SWALLOWS AND AMAZONS

燕子号与亚马逊号

燕子号与亚马逊号

[英] 亚瑟·兰塞姆 著 武越 译

山西出版传媒集团 山西人民出版社

图书在版编目（CIP）数据

燕子号与亚马逊号 /（英）亚瑟·兰塞姆著；武越译．-- 太原：山西人民出版社，2021.2

（燕子号与亚马逊号）

ISBN 978-7-203-11697-4

Ⅰ．①燕… Ⅱ．①亚… ②武… Ⅲ．①儿童小说–长篇小说–英国–现代 Ⅳ．① I561.84

中国版本图书馆 CIP 数据核字 (2021) 第 019916 号

燕子号与亚马逊号

著　　者：［英］亚瑟·兰塞姆
译　　者：武　越
责任编辑：崔人杰
复　　审：赵虹霞
终　　审：梁晋华
装帧设计：仙　境

出 版 者：山西出版传媒集团·山西人民出版社
地　　址：太原市建设南路 21 号
邮　　编：030012
发行营销：0351–4922220　4955996　4956039　4922127（传真）
天猫官网：https://sxrmcbs.tmall.com　电话：0351–4922159
E-mail：sxskcb@163.com　发行部
sxskcb@126.com　总编室
网　　址：www.sxskcb.com

经 销 者：山西出版传媒集团·山西人民出版社
承 印 厂：三河市明华印务有限公司

开　　本：710mm × 1000mm　1/16
印　　张：16.75
字　　数：272 千字
印　　数：1—5000 册
版　　次：2021 年 2 月　第 1 版
印　　次：2021 年 2 月　第 1 次印刷
书　　号：ISBN 978-7-203-11697-4
定　　价：46.00 元

如有印装质量问题请与本社联系调换

目录

CONTENTS

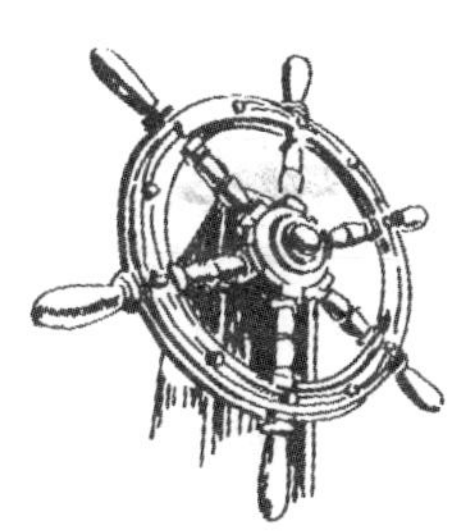

第一章　达恩峰

就像是那个矮胖的高兹，鹰眼一样锐利的双目
注视着太平洋——哦，他的水手啊，
四目相望，满腹猜疑，
哦，在这静静的达恩峰。

罗杰今年七岁，不再是家里最小的孩子了。眼下他正想象着自己是一艘帆船，沿着“之”字形路线从头到尾横穿整片田野呢。这片田野是一段长长的斜坡，一头挨着浩渺的湖水，另一头连着霍利豪威农场。每年夏天，沃克一家都在这里度假。只见罗杰先跑向小路边的栅栏，在只有一步远的地方转身，再朝着田野的另一端跑去。这样一次次不停地跑，每横穿一次，他就离农场近了一些。风迎面直吹过来，他抢风转变“航向”，朝着农场继续“航行”。在门口，妈妈正在耐心地等待他。但是他不能直接迎着风跑，因为他是一艘正在航行中的“帆船”，而且还是一艘“快帆”，名字就叫“兔子萨克”。那天早上罗杰的哥哥约翰刚说了，所谓的蒸汽船，不过是在锡铁箱子里放上几个发动机，可帆船就是帆船，别看它速度慢点儿。于是，罗杰这艘“小船”抢足了风，沿着田野向上“驶去”。

快靠近妈妈的时候，罗杰突然看到她手里拿着一个红色的信封和一张白色的信纸。一看到这张白纸，罗杰立马就猜到了：这是封电报！有那么一瞬间，罗杰甚至想直接朝着妈妈飞奔过去，因为他知道这封电报只能是爸爸发来的，而且是

给妈妈以及约翰、苏珊、提提和他的回信。他们在给爸爸的信里都问了同一个问题，只是提问的方式不一样。他的信非常短，就只有一句话："求求你了爸爸，能不能也让我去啊？爱你的罗杰。"相比之下，提提的信就长多了，甚至比约翰的还长。苏珊虽然要比提提大一些，可是她却没有自己动笔写，而是在约翰的信后面附上了自己的名字，这样信就变成了两人的了。妈妈的信永远是最长的，可是罗杰不知道妈妈都在信里说了些什么。这些信一起经过千山万水飞到爸爸身边。那时爸爸的船正在地中海的马耳他附近的海上驰骋，听说他们又接到命令，马上就要改航去香港了。现在，妈妈手里的红色信封终于带来了爸爸的回复。罗杰差点忍不住就要直接跑过去，可是帆船就是这样，它不像蒸汽船，速度快不了。罗杰继续抢风，再一次对准"航向"，快到门口的时候，他直接迎着风而上，慢慢地移动，在妈妈身旁停下，然后开始后退，突的一下就抛锚靠港了。

"这是爸爸的回信吗？爸爸同意了吗？"罗杰气喘吁吁地说。经过刚才与大风的那阵"搏斗"，他有些上气不接下气。

妈妈笑了一下，大声地把电报的内容读给罗杰听：

要不是傻瓜淹不死，那淹死也比当傻瓜强。

"这是什么意思呢？是爸爸同意了吗？"罗杰不甘心地问道。

"哦，我想是的。"

"那爸爸是不是也同意让我去了呢？"

"是呀。如果约翰和苏珊愿意带着你，而且你答应听大家的话，让你做什么你就做什么，就带你去。"

"好哇！"罗杰不禁放声高呼，顿时忘记了自己是一艘小船，忘记了自己此时应该老老实实地停靠在港湾里。

"他们都去哪儿了？"妈妈问。

"在达恩峰呢。"

"在哪儿？"

"哦，在山峰那边。提提给那个山峰起了一个名字，叫它'达恩峰'。从山上我们能看到那边的小岛呢！"

霍利豪威农场的下面，也就是田野的另一端，是一个小港湾，港湾里有一个船库和一个小小的码头。但是在农场里看不到湖，因为港湾的两侧都有高高隆起的岬角。田野里有一条小路从农场一直延伸出去，半路上还有一个大门，穿过大门，就到了松树林里，郁郁葱葱的松树把南面高高隆起的岬角遮挡得严严实实。而小路也在松树的遮掩下失去了踪影。刚来这里的第一晚，大约两星期以前吧，孩子们曾经穿过树林一直走到了岬角的最远端。岬角在尽头处直插入湖泊，有几分悬崖峭壁的感觉。站在顶端，广阔的湖面尽收眼底，湖水绕过南部的低山与丘陵，蜿蜒向北，逐渐消失在那边的高山中。正是在那个时候，也就是孩子们第一次站在岬角上的时候，面对着广阔的湖泊，提提给这块地方取了个名字。她在学校的时候听见有人大声地朗读过一首十四行诗，诗的内容她记不清了，但是一幅画面却深深地刻在她脑海里，那是探险队员们第一次见到太平洋时的情形。于是提提马上决定要把这个岬角命名为“达恩”。他们在岬角最高的地方收拾出一块空地安营扎寨，今天罗杰就是从那里提前“驶”回农场的。刚穿过那片郁郁葱葱的小树林，他就看到妈妈正在大门那里等着他。

“你能把这个消息带给他们吗？”

“那我能告诉他们，爸爸也同意让我去了吗？”

“当然可以。你得把电报交给约翰，他会知道你并不笨。”

妈妈把电报放进红色的信封里，交给罗杰。罗杰这艘“小船”现在还抛锚停靠在港里，妈妈低下头送上一吻：“晚餐七点半开始，一分钟也不许迟到，而且进门的时候小心一点，不要把维姬吵醒了。”

“遵命，船长！”罗杰两手把锚放开，向后转身，准备从田野上沿着“之”字形“驶回”，同时在心里盘算着该如何把这个消息告诉约翰他们。

背后的妈妈笑了起来。

“啊嘿，船！”妈妈喊道。

罗杰赶紧把船停了下来，回过头来。

“你来的时候是逆风行驶，”妈妈说，“现在是顺风顺水，所以你不用躲着风啦。”

“果然是呢。”罗杰说道，“这儿是正后方。我现在是一艘‘纵帆船[1]’了，装有鹅翼形帆角，两边都有风帆。”说着他伸开双臂假作船帆，一溜烟儿“开”远了，不一会儿工夫就穿过大门沿着小路钻进松树林里。

等他到了松树林边上，他又“现出原形”不做帆船了，因为没有人会在松树林里划船嘛。此时他又变成了一个探险队员，被落在后面与队伍失去了联系。他在森林里四处寻觅，沿着队伍留下来的痕迹寻找他们的踪迹。同时他还要格外小心，以免从树后面突然冒出来个野人，万一野人拿着有毒的弓箭射中了他，那可就不得了啦。罗杰穿过郁郁葱葱的松树林终于到了岬角的最高处。他从树林里走了出来，来到一片空地，空地上只有光秃秃的岩石和石南花，这就是他们的达恩峰。空地周围全是密密麻麻的树，但是透过树枝，他们还能看到清亮的湖水。一块凹下去的岩石上生起一团火，约翰正蹲在地上拨弄着，苏珊往面包片上涂着果酱，而提提坐在崖边上两棵树之间，下巴靠着膝盖，目不转睛地盯着远处的小岛。

约翰抬起头来，看到罗杰手里拿的电报，一下子跳了起来。

“我们的派遣信？”

“这是爸爸的回信，”罗杰说，“爸爸答应我们啦！而且还答应让我去啦！如果我服从命令，你和苏珊就得带上我。而且既然爸爸同意让我去，那肯定也让提提去了。”

约翰一把拿过电报来。提提从地上爬起来，朝他们飞奔过去。苏珊手里拿着沾满果酱的刀子，下面用一块面包拖着，这样果酱就不会掉在地上了，但现在她停下了手里的活儿。约翰打开信封，把那张白色的信纸拿了出来。

“声音大一点儿。”苏珊喊道。

要不是傻瓜淹不死，那淹死也比当傻瓜强。

“爸爸万岁！”约翰喊道。

“这是什么意思啊？”苏珊问。

“意思是——爸爸同意我们去。”提提说。

---

[1] 纵帆船：一种纵帆装置的航船，至少有两根桅杆，一根前桅，在靠近船的中部有一根主桅杆。

“意思是，爸爸相信我们都不会淹死。如果我们谁真的淹死了，那也是为家里除害了。哈哈哈。”约翰说。

“不过，笨蛋要不是笨蛋的话，又是什么呢？”苏珊问。

“不是啦，不是啦。爸爸没有这么说，”提提赶紧说，“爸爸说如果我们几个是一群笨蛋，那么我们就会淹死的。可爸爸停顿了一下又说，说我们不是笨蛋……”

“是如果。”约翰更正道。

“如果我们不是笨蛋，那么我们肯定也不会淹死的。”

“哦。原来爸爸是在安慰妈妈呀。”苏珊明白了，于是她又继续往面包片上涂果酱。

“那么我们现在就行动起来吧。”罗杰迫不及待地说。可是这时，一旁的水壶传出了另一种声响。刚才它就一直在“噗噗”地叫个不停，现在它开始轻声嘶叫着，壶嘴还吐出一串蒸汽。水开了。苏珊把水壶从火上面拿开，把一小包茶叶全部倒在里面。

“今天晚上是不可能出发了。我们先喝茶吧。然后把要带的东西都列一个单子。”

“那我们去能看到小岛的地方喝茶吧。”提提说。

他们把水壶、茶杯，还有放果酱面包片的锡盘子都端到悬崖边上。湖的南端，大约一英里[1]的地方就是那个让他们魂牵梦绕的小岛，岛上郁郁葱葱的树木倒映在明净的湖面上。他们已经盯着那个小岛看了十天了，可是今天的这封电报让眼前的小岛更加真实，此前它只是存在于脑海中的一个梦想。妈妈带他们来农场暂住的当天傍晚，他们就在提提的达恩峰发现了这个湖泊，那时他们还以为那是一片内海呢。在湖边航行时，他们真真切切地看到了那个小岛。当时，他们四个人的脑中都闪过同一个念头：这不是一个普普通通的小岛，这是他们的小岛，正等待他们去拜访。眼前有一个如此诱人的小岛，谁会愿意在陆地上玩，晚上在床上睡觉呢？他们赶紧跑回农场把他们的发现告诉妈妈，甚至还可怜兮兮地求妈妈带着全家人搬到小岛上去生活，再也不要回农场了。但是维姬不行。维姬是个

---

[1] 英制长度单位，1 英里 =1609.344 米。

胖乎乎的小宝宝，长得像老照片里的维多利亚女王，这个宝宝随时需要人照顾，所以妈妈不能带着维姬和保姆去露营，即使在这个最棒的荒岛上也不行。另外，没有爸爸的允许，妈妈也不同意他们单独去小岛上生活，尽管去年爸爸在家休假时，约翰和苏珊就都已经能独立驾驶小船了，提提和罗杰也已经开始学习了。农场前面的船库里停放着他们的燕子号，它是一艘特别小的帆船，旁边还挨着一艘庞大的划艇，可是，凡是驾驶过帆船的人，又有谁愿意去摆弄一艘划艇呢！如果没有那个小岛，没有那艘帆船，如果那个湖没有那么广阔，这些孩子们肯定愿意老老实实地待在船库旁边的港湾里，几支船桨也够他们玩的。可是眼前的湖泊就像大海一样宽广，船库里那艘带着棕帆的、十三四英尺[1]高的小船正静静地等待他们，那个郁郁葱葱的小岛就等着勇士们去探险。所以眼下除了一次航海发现之旅，别的一切都不值得考虑。

孩子们赶紧给爸爸写信，用最快的速度贴上邮票把信寄了出去。此后一到白天他们都在达恩峰上露营，晚上就在农场里睡觉。他们已经与妈妈一起坐划艇出去过，但是他们总是会绕开小岛，否则他们的首次探索之旅就没有新鲜感啦。但是，从信寄出去的那天开始，收到回信的希望似乎就越来越渺茫了。他们觉得小岛就像坐火车时看到的那些地方一样，永远都没有机会去体验那里的生活。但如今，突然间一切都变得那么真实。终于，小岛马上就是他们的了。他们得到爸爸的允许，终于可以自己驾驶帆船驶出小港，绕过岬角，驶入湖泊，朝着他们梦中的小岛前行了！他们终于有机会登陆那个可爱的小岛，在那里一直待到开学回城的时候！这个消息实在是棒极了，以至于大家突然都变得严肃起来，他们默默地吃着面包和果酱，满脑子都是美丽的憧憬，谁还有心情叽叽喳喳地闲聊呢？约翰心里在想着各种航行知识，担心自己是不是忘了去年学过的各种航海技巧；苏珊在想着需要什么储备、如何解决伙食的问题；提提脑子想得是小岛上的珊瑚、宝藏还有沙滩上的脚印；罗杰此刻只关心一件事，这次他终于可以和大家一起航海了。他第一次体会到，原来不再做家里最小的孩子还有这个好处。现在家里的小宝宝已经换成维姬了，她会留在家里，而罗杰，作为船上的水手之一，将要和大家一起去探索未知的世界。

---

[1] 英制长度单位，1 英尺 =30.48 厘米，所以十三英尺大约为四米。

过了好久，约翰从口袋里掏出一张纸和一支铅笔。

“现在，一起来制定咱们的《船员雇佣合同》吧。”他说。

面包与果酱已经吃光了，于是他就把锡盘翻了过来，把纸放在盘底，自己趴在石头上，写道：

船名：燕子号；出发港：霍利豪威；船主……

“那么谁是小船的主人呢？”

“无所谓啦，反正这个假期里它就是我们的。”苏珊说。

“那我就写上‘沃克有限公司’吧，这样我们都是它的主人啦。”

于是约翰在纸上一笔一画地写道“船主：沃克有限公司”。然后，他又在下一行里写道：

船长：约翰·沃克

大副：苏珊·沃克

一等水手：提提·沃克

见习水手：罗杰·沃克

“现在，”约翰说，“大家都在名字后面签字。”

每个人都在纸上写下了自己的名字。

“嗯，大副！”约翰说。

“到，船长。”苏珊反应很快。

“你认为我们最快什么时间就可以出海了？”

“报告船长，只要一起风我们就可以起航了。”

“你手下的水手们都准备得怎么样啊？”

“报告船长，他们是最棒的水手。”

“他们会游泳吗？”

“报告船长，一等水手提提会游泳，见习水手罗杰还是经常有一只脚踩在水底。”

“那他需要好好练习。”

“我也不总是用一只脚踩着水底嘛！”罗杰抗议道。

“那你也得尽快学会，不要总是踩着水底呀。”

“好吧。”罗杰说道。

“罗杰，你不能那样说，”提提更正道，“你应该说‘遵命，船长’。”

“我经常这么说呀，”罗杰不服气了，“我对妈妈就这么说呀。”

“你对船长和大副也得这么说。没准儿你也得这么称呼我。不过船上水手就只有我们两个，所以用不着使用敬语。”

“你还有纸吗？”苏珊问。

“只有电报纸的背面。”

“没关系，妈妈不会介意我们在上面写字的。”苏珊说，“其实就算起风了我们也不能立即出海，得把一切都准备好了之后才能出发。现在我们就列一下需要准备的东西。”

“指南针。”约翰说。

“水壶。”苏珊说。

“旗子。”提提说，“我自己做一个吧，我还会在上面画上燕子。”

“帐篷。”这是罗杰说的。

“望远镜。”约翰又补充了一句。

“锅、杯子、刀子、叉子、茶叶、糖、牛奶。”苏珊一边说，一边用最快的速度记录下来。

“哈哈，还有勺子！”罗杰又补充道。

他们一直在不停地想需要带的东西，偶尔也会卡壳，但是用不了多久他们又会想出新的东西。很快，电报的背面就写满了密密麻麻的字。

“我没有纸了，”约翰说，“连船员合同背面也写满了。算了，别写啦，咱们去问问妈妈能不能拿到船库的钥匙。”

他们到霍利豪威农场的时候，妈妈就站在门口。一看到他们，妈妈马上用手指做了个不许出声的手势。

“嘘——维娅睡着啦，进门的时候不要出声音。晚餐刚刚准备好。”

第二章 准备出航

为什么还要挂念天鹅绒被子呢？
哦，虽然看上去舒适又美丽。
今夜我就要在湿冷的地上入眠，
和一个衣衫褴褛的吉卜赛流浪汉一起，哦！

制定《船员雇佣合同》虽然很重要，但要准备一场探索之旅仅有些条款还远远不够，要做的事情还多着呢。不过好消息是，妈妈差不多已经把帐篷都做好了。其实他们刚把信寄给爸爸，妈妈就知道，如果爸爸同意孩子们到小岛上探险，那他们肯定会需要帐篷；如果爸爸拒绝了他们的要求，为了安慰他们她至少得允许他们去沙滩上露营，这样一来帐篷肯定是必需的啦。于是妈妈买来很多薄帆布。趁着胖乎乎的维姬睡觉，别的孩子在船库附近钓鱼或去达恩峰露营的当儿，每天不停地赶制帐篷。那天晚上，等约翰船长与苏珊大副和其他水手睡下之后，妈妈就把两顶帐篷都做好了。

第二天早上吃过早餐，在妈妈的帮助下，约翰与苏珊尝试着在农场的两棵树之间搭起了帐篷，提提站在一旁静静地看着，罗杰倒是帮了不少倒忙。妈妈做的帐篷是最简单的那种。帐篷的顶部是一块三角形的帆布，顶部与周边都用针线缝在一起，一根粗粗的绳子就被固定在帆布里面做帐篷的“屋顶”。绳子的两端分别系在两棵树上，这样帐篷就能撑起来了。妈妈设计的帐篷没有篷杆，反倒是在帐篷的底部——无论内外——都有一些大大的口袋，这些口袋是用来装石头用的，因为在岩石地面上搭帐篷根本就不能在地上插帐篷桩，也不能敲钉子，所以妈妈的设计是相当高明的！帐篷的前面是一个松松垮垮的“门帘”，门帘上有两根绳子，就像帆船上的缩帆[1]一样，这样门帘不论是收起来还是放下去就都很方便啦。

“不错，”约翰说，“我们其实不用带帐篷，因为我们可以直接把船帆变成帐篷。用帆桁做横梁，然后两头分别用一对船桨撑起来就行了。不过一顶帐篷不够大，要是做两顶帐篷的话，我们得需要八支船桨、两顶船帆，还得是大一点的帆。燕子号只有一顶小船帆、两支桨。嗯，不行，既然这样，带着这两顶帐篷还是不错的。”

“我做的帐篷可都是顶呱呱的，除非遇到大风。”妈妈说，“我和你爸爸年轻的时候经常住在这种帐篷里。”

提提板起脸来看着妈妈。

“你真的就那么老了吗？”她问道。

“当然没有那么老，”妈妈说，“只不过那个时候要比现在年轻一些。”

妈妈买了两张正方形的露营防潮布，一个帐篷一个。地上已经架起了一顶帐篷，所以他们先拿了一块防潮布铺在里面看看效果。

“小心一点啊，”妈妈说，“防潮布都要在帐篷里面，不要把布边露在外面，不然下雨的时候你们就要在水洼里睡觉了。”

大家都钻进帐篷里坐了下来。提提从保姆那里接过胖乎乎的维姬，把她也带到帐篷里面去。苏珊从里面把门帘拉了下来。

“哈哈，有了帐篷我们去哪里都不怕了。”提提高兴地说。

“嗯，下次咱们再把帐篷支起来的时候就是在岛上啦。”约翰说。

“可是床垫怎么办呢？”妈妈问道。

“用地毯或者小垫子就可以啦。”约翰船长说。

“不行，那可不够！”妈妈说，“除非你愿意像那个与流浪汉私奔的女孩那样，患了感冒，结果病死了！”

---

[1] 缩帆：把帆收回一部分并系上或在甲板上卷起来以减小其面积。

“那首歌不是这么唱的，”提提说，“人家歌词就只说女孩不小心嘛。”

“那么‘不小心’的后果是什么？”

“一个糟糕的结局。”罗杰说道。

“露营的时候，尤其是在荒芜的小岛上露营，一旦患上感冒，后果肯定不堪设想，”妈妈变得严肃起来，“所以绝对不能着凉。我们得找一些大袋子，在里面放上干草。如果不用床垫，就可以把草袋子放在防潮布上面，睡觉的时候躺在上面，再盖上毯子，这样就没有问题啦。”

约翰船长急着要驾驶燕子号试水。

“我们赶紧去港湾检查一下燕子号吧，”他说，“我们可以驾驶小船下水了，对吗，妈妈？”

“当然可以。不过你们第一次下水，我要陪着你们一起去。”

“来吧，来吧。妈妈，你是伊丽莎白女王，你就当作从格林尼治登船视察，女王殿下的大船要去印度群岛探险呢。”

听了他们的话，妈妈笑了起来。

“真的，妈妈，你没有红头发也无所谓啦。”提提一本正经地说。

“好吧。不过维姬不能和我们一起去，看来只能让保姆照顾她了。”

说完他们都从帐篷里爬了出来，把胖乎乎的维姬还给保姆。“伊丽莎白女王”向船库走去，约翰船长、苏珊大副还有一等水手提提在一旁陪同，见习水手罗杰则手里拿着一把大钥匙跑在前面去开门。

船库是用石头垒成的，几面石墙围成一个狭窄的码头，码头外面伸出一个小小的栈桥。

大伙儿到达船库时，罗杰早已经把大门打开了，不过刚才开门的时候他与那块生锈的大锁斗争了好久。此刻他已经站在船库里面了，居高临下地看着燕子号小船。燕子号是一艘带帆的舢板船，只能在浅水湾地带航行，那种地方通常在落潮时，地下的沙子都会露出来。一般帆船都有活动船板[1]，这种船板只要一活动龙骨[2]就能落下来，有了这种防浪板，只要一起风，小船的航行就会更容易。但是燕子号没有防浪板，不过它的龙骨可要比大部分的船都要长呢。燕子号小船足

[1] 活动船板：帆船上一活动龙骨，可以绕枢轴扯起以减少船在浅水区的吃水深度。

[2] 龙骨：船的主要结构部件，沿前沿中心线从船头延伸到船尾，船的肋骨附在这上面。

足有十三到十四英尺长，而且船里的空间也非常宽敞。此时桅杆正舒舒服服地躺在船舱里，旁边整齐地排放着帆的下桁[1]、帆桁[2]、船帆以及一对短桨，船尾上喷着小船的名字：燕子号。

约翰船长与水手们含情脉脉地看着燕子号，这可是他们自己的小船啊！

“现在把它拖出来靠在栈桥上，这样你们就能把桅杆撑起来了。”伊丽莎白女王殿下说，“如果在船库里把桅杆竖起来，那小船就出不去了，船库门太低啦。”

约翰船长登上了小船，苏珊大副解开了绳索，两个人一起把小船拖出了船库。随后苏珊把系船索系在码头边上的一个铁环里，做完这一切也爬到了船上。

“我能上去吗？”罗杰问。

“亲爱的，我们等他们俩把船帆撑起来以后再上去，咱们和提提先在这里看着他们弄吧。”伊丽莎白女王说，“船上太挤了，人多手乱，我们不要上去帮倒忙了。”

“嘿！”约翰喊道，“船上还有一根旗杆，而且桅杆上也有升降索，哈哈！这下升旗就方便啦。”说着他拿出一团升降索，上面还挂着一面蓝色三角旗。

“哼哼，我要做的旗子可要比这个好看多啦。”提提若有所思地说。

“最好先拿着这面旗，当个模版嘛！不然新旗子的尺寸就和这一面不一样了。”女王殿下提醒道。

约翰和苏珊都有很“丰富”的航海经历，但是这次他们要驾驶的是一艘完全不同的船只，所以他们还是有很多新鲜的东西要去学习。刚才他们就把桅杆的方向给搞反了，不过没关系，他们很快就调整好了。

“噢，燕子号没有前桅支索[3]呢，”约翰说，“而且船头也没有地方放升降索。”

“我来看一下，”女王殿下说，“通常体积小的船都没有支索帆。撑桅杆的时候你们有没有看到那个横板呢？横板底下应该还有几个楔子呢。”

“有两个呀。”约翰边说边用手摸了一下，“桅杆就插在前面横板的洞洞里。支座安在靠近船头的地方，大约有一平方英尺吧，刚好夹在内龙骨上面的一个狭

[1] 帆下桁：从桅杆上伸出的长杆，用来支撑或伸展帆的下端。

[2] 帆桁：吊在桅杆上一头渐细的长柱，用来支撑和展开横帆、梯形帆或三角帆的顶端。

[3] 前桅支索：从前桅顶部拉到轮船的第一斜桅的绳索或钢丝。

槽里。”

“好的。把帆升到桅杆顶上撑起来吧。孩子们把船帆系紧啦，咱们看看小船还有什么问题。”伊丽莎白女王说道。

“哈哈，你们说那个真正的伊丽莎白女王到底懂不懂航海呢？”提提又若有所思了。

“那个女王可不是在悉尼港长大的哟。”妈妈说。

说着苏珊已经把船帆收拾好了。帆桁上有一根皮带（其实就是一个绳圈），桅杆上挂着一只铁环——又叫“滑环”，因为铁环可以在桅杆上自由滑动——铁环一侧有一个挂钩，上面挂着皮带。升降索从滑环里伸进去一直伸到桅杆顶端，绕过一个槽轮（桅杆顶端还有一个小洞，洞里的小轮子叫作槽轮），然后就从桅杆顶伸到下面来。约翰把皮带固定在挂钩上，用力拽住升降索，慢慢地升起棕色的船帆。等滑环升到了桅杆顶端，船帆就完全撑好了。约翰把船帆紧紧地系在楔子上。楔子其实就是躲在横板下面的一个大钉子，横板的主要功能就是支撑桅杆。

“嗯，这样就对了。”妈妈站在码头上不住地称赞，“不过要想把船帆挂好，你得把帆的下桁放下来，这样帆上的褶皱就能弄平啦。”

“那么这些滑轮是用来干什么的？在支撑桅杆那个位置的内龙骨上有个圆环，滑轮们是要挂在圆环上的吗？你看看它们啊，乱糟糟的。”

“帆的下桁上还有别的圆环吗？就是靠近桅杆的那个地方？”伊丽莎白女王殿下问道。

“找到了！”约翰船长马上回答，“一个滑轮是挂在帆下桁的圆环上，另一个是挂在船底的圆环上。哈哈，这样把帆的下桁放下来就不费力气啦。怎么样？”

“可是你看啊，船帆皱巴巴的，褶皱一会儿向上，一会儿朝下，一点儿也不平展。”苏珊大副抱怨道。

“没关系的，”伊丽莎白女王说，“只要一出海，大风就会把它们吹平。请问我能上船吗，德雷克船长[1]？”

“请！”约翰船长说，“不过从现在起您就不是女王了。”约翰马上就要驾驶着燕子号出发首航了，没有女王，他自己照样儿能拿主意。

---

[1] 德雷克船长：英国最著名的海盗，维多利亚女王时期活跃于海上。

提提、罗杰和妈妈从码头上直接跳进船舱里，燕子号就在那里静静地停着，张开“羽翼”准备出发。

“妈妈我要抛锚起航了，您能握着舵柄吗？”约翰船长问道。

“不能，”妈妈说，“不管我是不是女王都不行。我是你的乘客，所以我要看看你自己能不能把这些事情处理好。”

“有道理。”约翰船长说，“大副先生，你能过来把船锚抛开吗？我们要起航了。把水手们都带到后面去，让他们小心自己的小脑袋，不要碰到下面的桅杆。”

“遵命，船长！”大副马上照办，“你们两个，都到船舱里面去。”罗杰和提提马上都乖乖地蹲在船舱里，他们低下头，比舷缘[1]还低。约翰手里握着舵柄，苏珊把船索解开一端串上铁环，紧紧地攥在手里。

“准备完毕！”

“出发！”船长一声令下，小船慢慢地开始移动了。

“我们要到岛上去吗？”罗杰问道。

“不，我们不去那儿，”妈妈说，“去那儿来回一趟时间太久了。如果你们明天早上就起航，还有很多事情要准备呢。船长，你只要迎着风行驶一段就可以了，我们得马上返航，回去还要准备你们睡觉用的草袋子、食物，还有远航用到的各种东西。”

所以燕子号只航行了很短的距离，便完成了试航。约翰驾驶着小船迎着风迂回前行，就和罗杰昨天在田野里以“之”字形路线迎风前进一样。过了没多久，小船调整方向，朝家的方向飞快驶去，溅起阵阵雪白的浪花。

“哦，约翰船长，你的技术不错嘛。”小船一靠岸，妈妈就开始夸奖约翰。约翰和苏珊一起把帆收起来，放倒桅杆，这样船就能停到船库里去了。

“船真漂亮。”约翰说。

这一天还有很多事情要做。妈妈用麻袋布给他们缝草袋子。提提把船舱里的旗子带回农场，又用做帐篷剩下的布剪了一面三角形的旗子。妈妈在纸上画了一只燕子，提提照着画用灯笼裤的蓝色哔叽布料剪了一只一模一样的。她在旗子

---

[1] 舷缘：船只侧面的上部边缘。

上比画了一下，把旗子也剪出了个燕子轮廓，然后把这只蓝色的燕子缝在白旗子上。这样，一面漂亮的白色旗子就做好了，旗子中间有一只展翅翱翔的燕子，无论从旗子的正面还是反面看，小燕子都一样的灵动漂亮。她把旗子系在旗杆上原本挂蓝旗子的地方。哈哈，小旗子终于挂上桅杆啦！

约翰船长和苏珊大副忙着搜集最重要的物资，他们还得决定什么东西可以暂时不用带上船。从昨天晚上吃完晚饭开始，清单上的东西又多出来很多。罗杰一直忙着来来回回地往船库里运很多大家一致决定必不可少的东西。

大副最主要的工作就是配备好船上的厨具与食物。杰克逊太太可帮了大忙，她是农场主人杰克逊先生的太太，这对夫妇非常热心，借给他们很多东西。

“一定得有个水壶，这才是最重要的东西。”杰克逊太太说。

“是的。而且还要有一个煮锅与一个煎锅。”大副仔细查看了他们的物资清单，“我最擅长的就是黄油煎蛋啦。”

“真的吗？”杰克逊太太有些不相信，“大部分人可只会煮鸡蛋呢。”

“哼，我从来不觉得煮鸡蛋是在做饭。”苏珊不以为然。

接下来他们还要准备刀叉、盘子、杯子和饭勺，而且大大小小的饼干罐也不能落下。大的用来装食物，小的就装茶、盐巴和糖。

“我们不能用大罐子装糖吗？”罗杰插了一句话。他一直在等着她们把东西收拾好，然后再由他这个搬运工搬到船库里去。

“你们又不烤面包，用不着大罐子啊。”杰克逊太太说。

“我也觉得装糖用不着大罐子。”苏珊附和道。

苏珊从清单上删除了一项又一项，可厨房桌子上的东西还是越来越多。

正忙着，约翰和提提走了过来给她们看提提做的新旗子，顺便看看苏珊的准备工作进行得怎么样了。

“上了船，谁做大夫呢？”苏珊问。

“应该叫船医，”提提更正道，“船上没有大夫，只有船医。”

“你做吧，”约翰说，“你是大副。照料病人也是大副的职责嘛。船医得踱着舞步去看病人，过去之后要说‘咳咳，你的胳膊腿儿、肾肺肝儿还有你那把老骨头都感觉怎么样了啊’，你不记得了啊，苏珊？”

“这么说，我还应该带些药和绷带之类的东西。”

“哎呀，不是这样子的啦！”提提说，“在那些荒岛上，人家用各种草药治病。船员会染上各种疾病和瘟疫，可能发高烧，甚至有的病还没有治疗的药物。所以我们得按照人家土著人交给我们的办法，用草药治病。”

正说着，妈妈走了进来，一句话就解决了这个问题。“什么药也没有！”她说，“谁要是生了病，就得马上回家！”

“可是如果病得很严重怎么办？”提提说，“我们真的有可能会得瘟疫或者发烧，或者是生其他病呢。”

约翰说：“航海图带了没有？”

提提告诉他，那片海域至今还没有人类开发过，所以肯定也没有什么航海图。

“但是所有优秀的航海图和地图上都有一些标示着‘未知地带’的地方。”

“啧啧。我们去这些没有探索过的地方，有地图也没什么用啊。”提提接着说。

“我们至少也得带张航海图，”约翰解释道，“上面也许会出错，没准儿地名也不对。当然啦，我们要亲自给那些地方起名字。”

他们在当地一本旅游手册上找到了一张地图，地图上还标着那片湖泊。提提说这根本就算不上是航海图。约翰坚持认为将就一下就可以了。杰克逊太太则说他们可以带着那本旅游手册上路，但是尽量别把手册弄湿了。这就意味着他们得再找一个盒子装那些不能沾水的东西。他们把旅游手册、航海日志用的纸和写家信用的纸都放到盒子里。他们把携带的书也放到了盒子里。后来提提还在会客厅里发现了一本德文字典，这也许是以前哪个客人留下来的，“上面全是外国字，”提提说，“没准儿我们与土著人聊天的时候能用得上。”不过最后他们还是把这个老古董留在了农场里，因为实在是太大太沉了，或许语言也不对。提提后来带了一本《鲁滨孙漂流记》，“因为这本书会告诉你如何在岛上生存。”约翰带了一本《海员手册》和《波罗的海航行记》第三卷。这些书其实都是爸爸的，不过约翰在每个假期都会把这几本书带在身上。苏珊带了一本《简单厨艺》。

最后，等他们在船库里堆完了所有的东西，提提和罗杰也该上床睡觉了。所有船员一起沿着曲折的小路，穿过松树林去了一趟达恩峰，再一次眺望他们梦寐以求的小岛。太阳渐渐地落山了，周围一片寂静，远处是他们的小岛和静谧的湖水，平静的水面没有一丝涟漪，一直延伸到远方。

“真不敢相信我们马上就能登上小岛了。”提提说。

“只有明天起风，我们才能顺利起航。”约翰稍稍纠正了一下，“不如我们一起吹口哨呼唤风的到来吧。”

提提和罗杰都同意了，他们在回家的路上一直吹着哨子。等快到农场的时候，头顶上的山毛榉树叶突然抖动了一下。

“你们看啊！”提提喊道，“有风了。明天早上我们要早起，吃早饭之前得再吹吹口哨才行！”

第三章 起 航

打布里斯托来的三个水手

驾着小船，奔向大海；

不过出发之前，

他们先在船上准备了

牛肉、饼干和腌肉！

——萨克雷

此刻，四个孩子都在船库外的码头上，他们正忙着往燕子号小船里搬运航行需要的东西。各种物件把小船塞得满满的，几乎都没有空地了。在船的主横板下面是一个大大的锡盒子，里面装着书籍、信纸还有其他一些“绝对不能沾水”的东西，比如说睡衣。盒子里还有一个无液气压计，这是约翰在学校里参加比赛赢得的大奖，自从得了这个奖之后，约翰无论去哪里都要把它带在身边。前侧的横板下面，桅杆的两侧是一个“巨大”的锡制饼干盒子，里面有面包、茶叶、盐巴、糖、饼干、腌牛肉罐头、沙丁鱼罐头，还有许多鸡蛋，每颗都被单独包裹起来，生怕会碰破了，盒子里还有一个大大的香籽蛋糕。桅杆前面，也就是船头，有一卷长长的草绳，旁边还放着船锚，不过后来大家发现把东西挤一挤还能给罗杰腾出地方做哨岗。哦，还有那两张防潮布，里面包着他们的帐篷和搭帐篷用的绳索。这些东西都放在船尾的桅杆那边。船舱里仅余的空地儿也放上了两个大袋子，袋子里装着睡垫与毯子。除这些大家伙之外，还有很多不能打包的东西，所以只好零零散散见缝插针，煮锅、煎锅、水壶、灯笼这些东西都是哪儿有空地就放在哪儿，他们还带了一篮子杯盘、刀叉和勺子。现在船舱里除了船员什么也放不下了，可是码头上还有四个大大的袋子，农场主杰克逊先生把里面塞满了草。草袋子是他们的床垫，也是他们的床。

“看来我们得来回两趟才能把东西都运过去。”约翰船长叹了一口气。

“还有可能是三趟。”大副也很无奈，“就算小船是空的，最多也就只能塞下三个大草袋啊！”

这时候一等水手提提想出了一个好主意：“我们能不能找个土著人，让他们用自己的划艇替我们运这些东西呢？”

约翰回头看了看船库，看了看停在里面的那艘大划艇，这艘大船是农场的财产。他知道妈妈会在天黑之前去小岛上探望他们，看看他们是否都安顿好了（妈妈私下里已经安排好了，但是没有告诉他们），而且他还知道妈妈打算请农场的主人杰克逊先生划船载着她过去。杰克逊先生是个大好人，是你能想象得到的最好的土著人。

田野上出现了妈妈和保姆的身影，她们抱着小维姬朝他们走过来。

约翰迎了上去。妈妈答应请杰克逊先生这些土著人帮忙，用大划艇把这些大草垫给他们运到小岛上去。

“所有的东西都带齐了吗？”妈妈一边看着“全副武装”的燕子号，一边问，“出海远航的时候，很少有人能把所有的东西都带齐呢。”

“只要是清单上写的，我们都带上啦！”苏珊告诉妈妈。

“都带上了？”妈妈问了一句。

“妈妈，你背后藏的是什么呀？”提提有些好奇，妈妈慢慢地从背后拿出一个小袋子，袋子里装着十几盒火柴。

“哎呀，果然！差一点就要完蛋了，”约翰非常惊讶，“没有火柴我们晚上怎么生火呀！”

他们在码头上互相道别。

“如果都准备好了，那就出发吧！”妈妈说。

“大副，开始准备！”船长下命令。

“全体船员登船！”苏珊大副一板一眼地喊道。

罗杰站在船头，提提坐在中间的船板上。约翰把帆桁挂在桅杆的滑轮上，把那顶棕色的船帆升了起来，然后又把升降索牢牢地系在桅杆上。提提的旗子，那面缝着深蓝色燕子的白旗已经高高地挂在桅杆上了。吃完早餐后，大家一起把桅杆撑起来，提提亲自把自己的小旗子挂了上去。约翰径直朝船尾的舵柄走去，苏珊把帆的下桁支起来，这样帆就挂好了，而且还系得牢牢的。

此时空中正刮着微微的西北风，毫无疑问是船员们虔诚的口哨把风给唤来了。妈妈手里攥着船索，等船帆彻底鼓满了，妈妈把船索抛给站在船头的罗杰。罗杰迅速地把船索卷好，放在自己脚边。燕子号小船慢慢地驶离码头，准备起航。

“再见了妈妈！再见了维姬！再见了保姆！”

“再见，再见了！”码头上也传来告别的声音。

妈妈和保姆挥舞着手帕，维姬也挥着自己胖胖的小手。

船上的全体船员也挥手向家人告别。

“我们应该为驻守在家里的人们高呼三声。”约翰船长提议。

于是他们全都张开嘴巴放声高呼起来。

“而且我们还得唱《西班牙女郎》这首歌。”提提又想出一个好主意。于是他们唱了起来：

再见了，美丽动人的西班牙女郎，
再见了，我心爱的西班牙女郎。
我们奉命要向古老的英格兰远航，
或许我们将永远只能隔海相望。

我们放声唱，就像真正的英国水手那样，
我们要跨越这咸涩的海洋，
从桑岛到锡利群岛，跨过百里海疆，
再回到古老的英吉利海峡身旁。

“当然了，我们其实是去别的地方，”苏珊说，“不过，那也没有什么关系。”

燕子号缓缓向港口驶去。起初，小船没有发出一丝声响，船尾几乎没有留下航行的痕迹。接着，当逐渐接近港湾的北边时，燕子号明显感到起风了，船头处开始发出拍打水面的声音，听起来是那么的欢快，同时船的尾波也开始逐渐拉长，冒起白色的泡泡。

达恩峰是霍利豪威港南面的岬角，比北面的岬角要长一些。这次，约翰船长仍然坚持一贯的原则，不去冒险，因为在达恩峰的尽头很可能有岩石和暗礁。他坚持直线航行驶出港湾，一直到他可以从另一侧看到港湾里面才行。顺着湖面向远方望去，水面上露出了小岛的轮廓。看起来，这距离似乎比从达恩峰到那儿还远。最终，约翰放松了帆脚索[1]，抬高了舵柄。由于风的作用，帆的下桁开始摆动，燕子号也跟着摇晃起来。约翰利用船尾的风力，掌着船舵径直向小岛驶去。

妈妈、保姆和维姬都还站在码头上呢，她们挥着手最后告别。燕子号的船员们也同样挥手致意。一会儿，他们就再也看不到港湾内的情景了，港湾被达恩峰挡在了后面。他们头顶上方就是达恩峰，在这个山峰上他们第一次看到了那个小岛。山峰本身看起来要比实际海拔低一些。一切似乎都变得渺小了许多，而湖面却似乎比以前更宽阔了。

“如果转帆的话，我们会没事吗？”苏珊大副问道。她想起了去年“悲惨”的一幕。那一次，他们驾驶着另外一条小船迎着风行驶，帆杠突然转过来打在她身上，打得可疼了。

“看旗子，”约翰船长说，“它和船帆正在向同一方向飘动。只要继续保持这样的风向，即使转帆也不用担心。”

此时的风不大，但是风向很稳定。约翰非常高兴，特别是燕子号第一次航行去小岛，因为在小船装满帐篷、饼干盒和厨具的情况下，缩帆收帆[2]是件很麻烦的事儿呢。而且，此刻很多地方和从达恩峰看时有很大不同。

小岛不在湖中央，而是在更靠近东岸的地方，与霍利豪威和达恩峰在同一边。湖岸沿线是一个接一个的小岬角，靠近湖边的地方到处被田地覆盖着，不过大部分的地方都是茂密的树林。树林里隐约可见星星点点的房屋，再往上看就是长满石南花的山坡了。

---

[1] 帆脚索：能使主帆平稳或张起角度的绳子。

[2] 缩帆收帆：把帆收回一部分并系上或在甲板上卷起以减小其面积。

当他们经过达恩峰旁边的第二个岬角时，瞭望员罗杰指向湖岸，向大家报告他看到了一艘船。那船在罗杰的一侧，所以他比其他人先看到。一只深蓝色、造型奇特的船停在岬角后面的港湾中。这只船船身又窄又长，船舱舱顶很高，侧面是一排玻璃窗，船头像十九世纪的快速帆船一样，船尾则像一艘汽艇。船上没有可以称之为桅杆的东西，只有一根小旗杆，可能算是桅杆吧，竖立在玻璃船舱前面。后甲板上有一个雨篷，一个大胖子坐在雨篷下面的甲板椅上，正在写着什么东西。这艘船正系在一只大浮标上。

“是一艘船屋。”约翰说。

“什么是船屋呀？”提提问道。

“船屋是一种可以居住的船，可以用来代替房屋。在法尔茅斯有这样的船，人们经常一年到头都住在里面。”

“多希望我们也可以整年住在船里面呀！”苏珊说。

“总有一天我会的，”约翰说，“罗杰也会的。爸爸现在就是这样。”

“是的，不过还是有些不同，驱逐舰可不是船屋呢。”

“反正一样，都是住在里面。”

“虽然是这样，但你不会总待在一个地方。船屋就像一个船库，总是扎根在同一地方。我也记得法尔茅斯的船屋呢。”苏珊说，“一大家子人住在里面，我们还经常看见他们在清晨的时候划船到岸上去取牛奶。肉贩和面包师经常过去喊他们，感觉它就是一所房子。他们去岸边，喊‘啊嘿，船屋！’。然后就会有一个男人或者女人划到岸边买些肉和面包。约翰，小心！船！”

约翰一心想着船屋的事儿，忘记自己还掌着舵呢。缝着蓝色燕子的小白旗在桅杆一侧飘动着，已经和船帆分离开了。当帆杠马上就要摆动的时候，苏珊喊了一声。这时，约翰立即将舵柄压低，省了一次转帆的过程。经过这次以后，约翰只用余光瞥了瞥那艘船屋。由于风很小，即使转帆幅度也不是很大，可能船身只是轻微的摇晃了几下，但这对于约翰来说意义却不一样——作为船长，他不可以在船员面前树立一个不会掌舵的榜样。

为了安全起见，提提靠在船底的两捆帐篷之间，把一个装餐具的篮子抱在怀里。躲在那儿，她只能从甲板边缘看外面。

“我想知道，”提提说，“在船屋上的那个男人有没有家人呢？”

"就他一个人。"罗杰说。

"其他人可能在船舱里做饭呢。"苏珊说。

"可能他是个退休的海盗吧。"提提说。

忽然，一阵刺耳的鸟叫声响彻水面。这时他们才注意到，在船屋的船尾围栏上站着一只绿色的大鸟，正拍打着翅膀。

"他一定是个海盗，那是他的鹦鹉。"罗杰说。

他们还没来得及看清船屋上更多的东西，一个小岬角就又出现在他们面前，挡住了他们的视线。这或许是好事，如果约翰船长总是想看鹦鹉的话，可就不能专心掌舵了，同时看两个方向显然是不现实的。

"后面有艘汽船开过来了。"苏珊大副说道。

一艘长长的汽船出现在达恩岬角的旁边，离燕子号的船尾还有一定距离。这种汽船每天在湖两岸往返两到三次，中途在一个小镇和一两个码头上停靠。那个小镇离霍利豪威有一英里左右，在旅游手册中另有名字，但是燕子号船员们很早之前就把那里称为"大里约"。汽船在里约停留片刻之后，就径直向湖南边开去，偶尔才会在码头停下来放下一名乘客，或者有人招手示意时停下来多搭载一个人。汽船紧靠着小岛行驶，不过从这个位置来看，汽船其实要更靠近对面的岸边。它很快就超过了燕子号，在湖面上掀起的尾波溅到了燕子号小船上。因此，放在船底板上的水壶、煮锅和煎锅不停地格格作响，提提不得不用胳膊抱紧装满器皿的篮子。不过很快，汽船就开远了，驶过小岛，慢慢地变成了湖面上一个冒着白烟的小点儿。

接着，远处传来一声轰鸣，而且越来越响。一个白色的斑点出现在小岛远端，离汽船非常近。这个白色的斑点似乎在水面上滑行，而且越来越近。这是一艘摩托快艇，比汽船的速度快多了，发出的声音也会比汽船高上百倍。摩托艇在湖面飞驰，一会儿工夫就超过燕子号一百多码[1]远。很快，摩托艇的尾端便消失在达恩峰后面了。在靠近岸边的地方，随处可见坐着小划艇的渔夫。但是，要是没兴趣，根本没必要留意这种事情，燕子号船员们驾驶着燕子号依然平稳地向南行驶，湖的更南面是一望无际的大海，那儿是由白人海员最先征服的。

[1] 英制长度单位，1 码 =0.9144 米。

他们离小岛越来越近了。

“继续观望，寻找一个好的登陆点。”约翰船长说。

“而且要注意野人，”提提说，“我们还不知道那儿是不是一座无人荒岛，一定要小心。”

“我会在小岛和湖岸之间航行，然后再绕到另外一边去，这样我们就可以选择一个最佳登陆点了。”约翰船长继续说。

小岛上满是郁郁葱葱的树木，其中一棵松树矗立在橡树、榛树、柏树和山梨树之间，而且要比它们高出许多。船员们曾在达恩峰上用望远镜看到过这棵树。这棵高大的松树长在小岛的南端，树下是陡峭的岩石，直伸到水面上。由于岩石带延伸出岸边几码远，所以在那儿几乎没有可以登陆的地方。

“现在，大副先生，”约翰船长说，“我们必须仔细地观察一下。”

“罗杰，如果你看到水下的暗礁，一定要大声通知我们。”苏珊说。

约翰掌舵，操纵燕子号从陆地和小岛中间的地方穿过，他没有离岛太近，否则会错过风向。微风依旧推动小船慢慢移动着，但不一会儿，燕子号就穿过了平静舒缓的水域。小岛东岸沿线大约有三分之一的地方是一个港湾，很小的一个，岸边是鹅卵石沙滩。沙滩后面有一片空地隐约出现在树丛之中。

“那里真是个安营扎寨的好地方呀。”苏珊说道。

“也是个登陆的好地方呢，”约翰说，“但如果风从这边吹来的话，那儿就不合适了。我们先从这边绕过去，看看还有没有更好的登陆点。”

“前方有礁石！”罗杰一边喊，一边用手指着前方水面上凸出来的东西。约翰改变了方向，小船离岸边远了一些。

小岛的这一面陡峭而且多岩石。刚才那个小港湾似乎是唯一一个可以登陆的地点了。这里像达恩峰那边一样尽是岩石峭壁，只是这儿的岩石要小一些，而且岩缝中长着石南花和摇摇欲坠的树苗。小岛南端的岩石更小，之后又突起一块光秃秃的岬角。从南面望过去，小岛像是被分割成了许多更小的岛屿。约翰继续航行，等把这些小岛屿完全甩在船后时，他开始拉帆脚索，同时放下舵柄，这样燕子号就转了过来绕着小岛岸边行驶。

“就刚才那个地方还不错。”苏珊说。

“我们从这一侧走捷径过去，再好好看一下。”说着约翰船长把船帆又拉近一点，让燕子号加紧迎风前行。在离小岛大约四十码的地方，约翰把船停下来，然后走到船的右舷处，接着说：“全体准备。”

苏珊赶忙低下了头。提提坐在船底板上，虽然已经够低了，可是她还是学着苏珊的样子把头低下去。罗杰在桅杆的前方，完全不受影响。

约翰压低船舵，燕子号迎风航行。帆的下桁和棕色的帆摆过来，换到了另一个航向上。燕子号借着急速的水流，飞快向着小岛的西岸驶去。这里的海面上没有凸起的岩石，但是岛本身十分陡峭，就像一面直插在水中的石墙。

“罗杰，你看到湖底的时候一定要喊一声！”苏珊大副喊道。

“遵命，船长。”罗杰一边答应着，一边仔细地盯着深绿色的湖水。

“我们真应该带一个回声探测仪来。”苏珊说。

“它在这儿也不一定好使呢。”约翰说。

他们继续航行，直至来到距岸边五码远的地方，可湖水还是深不见底。约翰不敢再往前了。

“准备好！”他喊了一声。

他们靠近岩石壁下面，还没来得及转弯呢，就听见罗杰大喊一声：“我看见湖底啦！”从这一侧看，很明显，小岛像是从深水里直挺挺地钻出来一样。

苏珊低下头，虽然提提没有必要这样做，但她还是把头低了下来。燕子号小船转了一圈，然后换了一个航向。约翰继续掌舵，驾着小船慢慢地朝岸边驶去，然后又是一声“全体注意”，所有人又都把头低下来。就这样，他们前前后后地移动着，每次都使小船沿着小岛的岸边又往北靠近了一点。

西岸的景象千篇一律，四周全是凹凸不平的峭壁直插进水中，触目所及没有港湾，看来没有可以登陆的地方。

“对面那个地方就是唯一的停靠点了。”苏珊说。

“那儿可不是一个好港口，”约翰船长说，“不过如果只有那里的话，也只能凑合了。我们可以把船拉上去。”

于是燕子号又换了一次航向，撤离湖岸返回湖面上。经过这一圈周折，约翰终于把小岛的北岸弄清楚了。他驾着小船快速离开了这里，刚看清楚周围的岩石带，约翰就放声喊道：

“转帆喽——”

苏珊大副赶紧拉住船帆，约翰将舵柄抬起，燕子号又转向了小岛的南面。帆的下桁从他们的头顶上摆过，借着这个劲儿，苏珊赶紧展开船帆。这样，他们又一次沿着港湾东岸开始航行了。眼见着他们就要到了鹅卵石港湾跟前，约翰喊道：

“等待命令，准备收帆。降下帆索！”

苏珊大副已经把升降索握在手里了。她慢慢地松开绳索，船帆缓缓地降了下来。

“罗杰，抓住帆桁。”罗杰立刻抓住了它。

苏珊解开滑环，然后和罗杰一起收起船帆和帆桁。提提拿着装满餐具的篮子，没有受收帆的影响。他们的速度比我讲的要快得多。降下船帆后，燕子号还有一段长长的路才能滑到沙滩那儿呢。

“罗杰，小心！”苏珊大副一边说，一边焦急地向船头望去。

“右舷船头方向有岩石！”她喊道。

约翰轻轻转动了一下舵柄。

这时，燕子号开始在平缓的水面上慢慢滑行。

“好了，没事了。”苏珊一边说，一边越过提提爬到船尾去，提提刚刚从船帆底下探出脑袋。苏珊去了船尾就能减轻船头的重量了。刚到船尾她就听见“嘎吱”一声，燕子号小船的“鼻子”已经碰到鹅卵石海滩了，苏珊还没来得及抓住船索，就听见罗杰扯着绳索“噗”的一下跳上了岸。

第四章　隐蔽的港湾

苏珊紧跟着罗杰跳下船，提提也带着厨具篮子下了船。约翰站在甲板上，忙着往外递东西。他先把那些零零散散的厨具递下去，然后把裹着防潮布的两顶帐篷拿出去，再接下来就是那些饼干盒子和那个装着书籍、气压计等不能受潮物品的盒子。等把这些东西都清空了，小船马上就轻便了很多。苏珊和提提一起把小船拉到岸边，这样把垫子、毯子拿下船就更容易了。卸下来的东西都堆在鹅卵石岸上，这周围的地面是干的，不会把东西弄湿。

“尊敬的大副，”约翰船长说，“咱们现在就出发去岛上探险吧。”

“当务之急，”苏珊说，“就是寻找一块最适合咱们安营扎寨的营地。”

“看起来可不好找呢。”提提有些担心。

“只要有一小块平地，有几棵树搭帐篷就可以了。”约翰道。

“还得找块儿合适的地方生火。”苏珊说。

“可是，把东西留在这里安全吗？”提提接着问，“万一有个四十英尺[1]高的大浪头把东西都冲走了怎么办？”

“不会那么大，”约翰满不在乎，“那么高的浪头能把整个岛都淹没了。”

“咦，我们的见习水手去哪儿了？”大副问道。他们还在说话的时候罗杰早就已经钻进小岛开始探险了。听到苏珊的声音，他在一片灌木丛后面喊了一声。

[1]　四十英尺约为十二米高。

“有人在这里点过火！”

其他人赶紧离开小沙滩，朝罗杰跑过去。在登陆点与岛上的高地之间有一块圆形的空地，上面布满苔藓。所谓的高地也就是他们之前看到的那棵大松树所在的位置。空地边上有很多树，中间有一块草皮已经被刮去了。罗杰正在空地上站着，盯着地上的一圈石头，这些石头堆在一起弄成了火灶的样子，里面还有一些余烬与烟灰。石头火灶的两端各有一个粗大的树杈架在地上，旁边还有一圈石头。一根大树枝悬在火堆上方，横架在两个竖直的树杈中间，这样火灶上面就能挂个水壶烧水了。火灶旁边放着一堆干树枝，排列得整整齐齐，而且几乎是一样长。看来有人曾经在这里生过一堆火，而且他可能以后还会来这里。

“土著人。”提提说了一句。

“或许他们还在这附近。”罗杰说。

“快点，”船长命令道，“我们四处检查一下。”

岛上其实没有什么值得他们探索的东西。燕子号的船员们没花多少时间就调查清楚了，虽然有人曾经在他们到来之前在岛上活动过，但是眼下岛上的确只有他们几个人。他们径直去了小岛的北部，站在那片高地上，挨着大松树俯瞰整个湖面。过了一会儿他们又去了小岛的南部，但是那儿却是一片崎岖的岩石，长满了密密麻麻的石南花和矮小的灌木丛，要拨开它们从中间走过去还得费一番力气。小岛的南部也有一些树，但是却不如北部的高大。举目四望，周围没有人的踪迹，但是也没有合适的地方能让他们生火，四个人只好回到大灶那儿。

“还是土著人会选地方，”苏珊不禁感叹道，“这个大灶真不赖。”

“可是现在岛上也没有土著人呢。”罗杰说。

“或许他们被其他的土著人杀害了，而且还被吃掉了。”提提说。

“不管怎么样，这儿都是安营扎寨的最佳地点，”约翰说，“我们赶紧把帐篷支起来吧。”

于是他们开始搭帐篷。首先把帐篷卷从登陆的地方搬到空地上解开放好，随后他们在大灶最靠近大松树的一面找了四棵树。“嗯，北面的高地就能保护我们的帐篷。”约翰说。说完他又拿着其中一顶帐篷的绳索爬上树，距离地面大约有七英尺高，然后把绳子牢牢地绑在树上。弄完这个，约翰又拿着另一根绳子爬到另一棵树上，两根绳子都系在同一个高度，而苏珊手里拿着绳子的另外一端在地上等着他弄好。绳子的中间一段毫无悬念地垂了下去，这样帐篷虽然搭起来了，也只有五英尺那么高。其实他们是故意不把绳子扯得太紧的，因为晚上露水一来，绳子会受冷缩短。帐篷在绳子的两侧垂着，看起来就像一个床单晾在绳子上。接下来要做的事情就是把帐篷底部的口袋里都装满石头。只要口袋里放些石头，帐篷的两壁自然就不会贴在一起了。为了能让帐篷站得更加牢固一些，他们不仅从树底下找来很多石头，还从岸边搬来一些，这样帐篷的两边和背面的口袋里都摆着一圈石头，帐篷也就完全撑开了。

苏珊说："妈妈给我们做的这种帐篷实在是太好了，地上到处都是岩石，根本就敲不进去钉子。"

接下来的事情就是把防潮布平铺到帐篷里面。等一切都弄好了，他们全都挤进了帐篷里。

"不错，从帐篷里还能看见火堆。"苏珊说。

他们用同样的办法搭好了第二顶帐篷，紧接着又把落在岸边的东西搬回到空地上。苏珊琢磨着该怎么做晚餐，提提和罗杰被派去捡柴火。树林里到处都是干树枝，不知道为什么，他们四个都不想用陌生人留下的那堆树枝，不过他们也完全没必要用。熏得黑乎乎的火灶里很快又冒出火苗。苏珊在登陆的沙滩附近找到一个地方，站在那里的两块石头上不费力气就能打到干净的水。她带着水壶回到了营地，挂在火灶上面的树枝上。

"嗯，所有东西都准备好了，"约翰船长说，"就剩下找个适当的登陆点的问题了。所有人在大陆上都能看到那儿，而且如果风是从东边吹来的话，小船在那里就很危险，我得找一个更好的地方。"

"可是周围都没有啊，"苏珊说，"我们刚才不都已经围着小岛转了一圈了吗？"

"最南端的那个位置我们还没有去呢。"约翰说。

"可是那里都是岩石啊。"苏珊说。

"无论如何，我都要再去看一下。"约翰船长说完，他自己去了小岛的最南端，而大副和水手们就留在空地上准备晚餐。

他知道小岛的北部以及西部都不是理想的停靠点，因为那儿的岩石就像一堵石墙直接插到湖里。东部的大部分地区，除了他们的登陆点，情形也好不到哪里去。可是在南端找到自己想要的“风水宝地”还是有希望的。小岛在那儿被分割成一些更小的岛屿，光秃秃的岩石暴露在水面上，有的甚至已经远远地伸到湖泊里面，因此刚开始他们乘着小船围岛航行的时候，觉得太靠近这些地方可能不够安全。

约翰穿过密密麻麻的矮树丛，抄了一条最好走的小路，总觉得似乎有人来过这里。他径直走向目的地。刚才他们第一次探索这个小岛的时候，他就在一两码远之外的地方看到过这里。但是他要找的那个地方实在是太隐蔽了，第一次来他直接转身走开了，根本就没有发现它的存在。这次再来约翰又差点掉下去。这里是一片面积较小的沙滩，环绕着小岛最南端一个小小的港湾。沙滩上长着一圈榛树，如果不拨开树丛仔细看，很少有人能发现这个“宝地”。港湾的外围是小岛的西南角，一直延伸到湖里二十码远，一个七八英尺高的巨岩在一侧高高耸起，然后又逐渐落下，在东南侧保护着小港。这儿有块大岩石，是小岛的一部分，外围还有一些相对较小的岩石，难怪刚才驾船路过这里的时候，他们以为这里除了石头什么也没有。

“没准儿这个小港只是一个水洼，没有能让船进来的路呢。”约翰自言自语道。

他爬上了那块大岩石，岩石上面长着一些石南花。约翰趴在岩石上，低头看下面的“水塘”。约翰清楚地看到，在小湾另一侧的水下有一些大石头，但是在他眼前的这一侧水却非常的清澈。湖面上风平浪静，尽管有时会有微风从西北方向吹来，但是由于小岛的遮挡，这片港湾却相当安静。看起来可以驾着小船避开岩石，从岩石间的狭缝里划进港湾，但是水下当然可能还有他看不到的岩石。

约翰沿着石头爬了下去，急急忙忙地跑回营地。

“我找到合适的地方啦！”约翰大声喊道，“起码我觉着合适。”

“你找到什么了呀？”苏珊好奇地问道。

“让燕子号休息的港湾，一个真正的港湾！不过现在还不能确定，我得驾着小船去那里转一圈，看看能不能划进去。你要不要和我一起去？”

“我在做饭呢，不能丢下晚饭就走啊。”苏珊有些犹豫。

“哦，但是我得带上一个人和我一起过去。”约翰说，“我能带着一等水手提提吗？”

“提提，和船长去吧！”大副说道。

“我也要去！”罗杰迫不及待地说。

“只能带一个人去。”船长说，“如果能顺利停靠的话，我们就会吹哨子叫你，然后你再过来。尊敬的大副，你能把哨子借给我用一下吗？”

苏珊把哨子递给他，约翰与提提急匆匆地朝登陆点跑去，他们要把燕子号小船开起来。

“我划船就可以了。”约翰说，“要是把帆撑起来，过一会儿还得再放倒，也没什么用处。”

约翰划船的时候，提提就坐在船尾。把燕子号划起来可不是一件容易的事，它的龙骨与压舱物非常适合开帆航行，即便这样约翰与提提很快就划过了小岛的最南端。然后，约翰驾着小船绕过了离岛最远的那些岩石。

“提提，”约翰说，“我们马上就要开进去了。现在我得去船尾划着双桨朝岸边靠近。你拿着另一支桨去船头，如果看到水底有石头，就划水让小船躲开。”

“我最好站在桅杆前面，就像罗杰那样。”提提说。

“没问题，如果桅杆前面还有空地，你就去那里站着吧。”

在燕子号船尾的横梁上有一个半圆形的缺口，看起来就像一块面包被人咬去一口。船尾只能放下一支船桨，这样一来，约翰只能用一支桨左右摆动来带动小船向前行驶，而且也只能左右摆动才能划开两侧的水。很多人不知道如何用尾桨划船，但如果知道其中的方法，操作起来就会非常容易。很早之前爸爸在法尔茅斯港口的时候，就曾经教过约翰如何使用尾桨，但是眼下唯一的困难就是小船的前端有些不稳，总是来回摆动。

约翰船长卸下船舵，把舵盘放在小船的底部。然后他开始在船尾用尾桨驾驶小船，虽然用力不大，但是却足以让燕子号慢慢地朝那一片岩石地带开去。提提手里拿着另一支桨站在船头，她已经准备好了。

“船的两侧水下都有石头。”提提说。

“前面有石头就告诉我一声，”约翰吩咐道，“想想办法，不要让船撞上石头！”

约翰继续在船尾划船。燕子号在一堆适淹礁之间小心翼翼地前行，这些礁石几乎与水面一般高，旁边还有一些凸出水面的大石头，它们的体积要大得多，有的居然把东面的湖水给堵住了，西面则被从岛上伸出来的一块大石头给遮挡得严严实实。他们仿佛就在两堵墙之间。约翰还记着爬上岩石时看到的景象，于是他驾驶着小船尽量向东面的那堵“墙”靠拢；提提手里握着船桨，如果有石头离船太近，她就拿桨把它们统统拨到一边去。要是像平常一侧一桨那样划，船桨可能在左右两边都碰上石头。不过现在燕子号小船正缓缓地向前行进，船底也只有清澈的湖水，还没有遇到岩石的干扰。

那些绿色的树木终于就在眼前了！燕子号小船在小港里平安无事，船头就靠在小港的沙滩上，北边有树木的庇护，而东西两侧又有岩壁的保护，风再大，也吹不走小船。

“哇，这个地方太棒了！”一等水手提提感叹道，“我猜几百年以前就有人在这个小岛上隐居，而且很有可能就把自己的小船藏在这里。”

“这个港湾太完美了！”约翰说，“我们是不是该吹哨子把他们也叫过来？”

约翰吹响了小哨子，把船桨放回原位，然后带着船索跳上岸。提提早就已经在岸上了，她正要从那些榛子树中间穿过去找苏珊和罗杰。他们听见哨子声马上就跑过来了。

“看，”约翰船长说，“这个地方做港湾怎么样啊？”

“为什么我们刚才从这里经过的时候没有看到呢？”苏珊不解地问。

“这些石头都延伸到海里去了，伸出去好远啊。”

“哈哈，把小船放在这里，谁也找不到啦！”苏珊说。

“而且如果万一我们被敌人打败了，还能从这里撤退。”提提说，“小船在这里谁也看不到，就算是从岛上往下看也看不到。这可是最完美的港湾了。”

“我们把船索系在那个树桩上吧。”约翰船长说，“然后我们得再从船尾扯根缆绳系在石头上的那棵矮树上，这样小船才能安安稳稳地漂在水面上。就算是把小船搁浅在沙滩上也没有这个办法好。”

“我能把小船系起来吗？”罗杰问道。

约翰把船索递给罗杰。

“咦，你干吗要在树上画一个十字架啊？”罗杰好奇地问道。

“什么十字架啊？”约翰也纳闷儿了。

“就是这个呀。”

这时，他们才注意到在树桩面向湖泊的一侧，离地四英尺左右的地方，快到树桩顶端了，画着一个白色的十字架，而且画在上面已经有一段日子了，颜色都有些暗淡了。提提和约翰都没有注意到它的存在，他们刚才一直在全神贯注地观察四周的岩石，没有留意这儿还画着一个十字架。

“这不是我画的，”约翰说，“是别人画的吧，可能在这里已经很久了。”

“肯定也是土著人弄的，”提提有点悲伤地说，“说明有人已经知道这个小港了。”

“我猜是在空地上生火的那群家伙干的。”苏珊说。

刚说完，苏珊大副突然想起来她还在烧饭。

“糟啦，水壶的水应该开了，”苏珊叫了起来，“水溢出来肯定要把火堆扑灭。刚才你吹哨子的时候我刚把鸡蛋准备好。”

苏珊拔腿就朝营地跑去。

其他人则留在港湾把小船停好之后才离开。约翰船长牵着一根长绳，把绳子的一端拴在船尾的夹板上，提提拿着绳子的另一端爬到一块大石头上，罗杰拿着船索。约翰弄好长绳之后跳上岸，提提拉了拉绳子，紧紧缠在一株长在石头上的欧洲花楸[1]上。罗杰和约翰把船索系在画有十字架的大木桩上面，前前后后都固定好了。这样一来燕子号小船就停在了港湾中间，纵向漂浮在水面上，浸在水里两到三英寸，四面有树木与岩石的庇护。

约翰船长一脸骄傲地看着他的小船。

“哈哈，世界上再也没有比这更好的港湾了。”约翰满意地说。

“要是别人都不知道这个地方就好了。”提提说。

做完这些，他们急忙赶回营地了。

空地现在看起来已经很有营地的样子了。几棵大树之间是他们的帐篷，苏珊与提提共住一间，船长与罗杰共住一间。大树底下的空地上火苗正欢快地跳跃着，水壶吱吱地叫个不停，一缕缕蒸汽袅袅升起。苏珊正把一块黄油放在煎锅上熔化。旁边的布丁碗里放了六只生鸡蛋，她先在杯子边上把鸡蛋磕开一个小口，然后再把鸡蛋全倒到碗里。鸡蛋皮在火苗上嘎吱作响，地上四个杯子排成一条

[1] 欧洲花楸：一种产于欧洲的蔷薇科落叶小树（花楸属欧洲花楸），长有羽状复叶，由花的伞房花序和橘红色浆果组成。

直线。

“今晚没有盘子了，”苏珊说，“所以我们要直接从大托盘里取饭菜啦。”

“可是这根本就不是大托盘呢，”罗杰说，“这是一个煎锅啊。”

“管他呢，我们直接从锅里夹就可以啦。鸡蛋特别讨厌，总是要粘在盘子上。”

说着话，苏珊把搅拌好的生鸡蛋直接倒在嗞嗞响的黄油上面，在上面洒了一些胡椒，然后又把鸡蛋与黄油在一起搅拌了一下，最后放了一大把盐。

“鸡蛋要粘锅了！”提提站在一旁仔细地看着，“等它们开始形成薄片的时候，你得不停地搅拌，不然就粘在锅底上了。我看见杰克逊太太就是这样弄的。”

“嗯，鸡蛋炒好了，”苏珊说，“快点把鸡蛋都刮下来吃吧。”

她把锅子放在地上，递给每个人一个勺子。燕子号的船长、大副和水手们都蹲下来围在锅边，虽然鸡蛋很烫，但是他们要趁着鸡蛋还没有完全粘在锅上赶紧狼吞虎咽地吃下去。苏珊大副早已经切好了四块厚厚的黑面包，涂上黄油伴着鸡蛋一起吃。然后她把四只杯子里的茶都倒掉，拿起瓶子把牛奶挨个倒在杯子里。妈妈说过：“瓶子里的牛奶够你们今天喝的了，不过明天要喝牛奶，我们得找一家更近的农场，霍利豪威农场就太远了。”吃完这些，他们又吃了一大块大米布丁，他们来的时候把它放在一个大饼干盒子里，搁在杂七杂八的东西上面，如今饼干盒子和煎锅一样，也变成了一个“大托盘”。然后他们每人又吃了一块厚厚的香籽蛋糕，最后压轴的是苹果。

第五章　小岛第一夜

水手们饱餐一顿，消灭了炒蛋、大米布丁、黄油黑面包、蛋糕和苹果。饭后苏珊和提提负责清洗各种餐具：勺子要洗干净，要把所有粘在煎锅上的东西都弄下来，把煎锅擦干净，还要把杯子和布丁盘子都泡到水里。约翰与罗杰则拿着望远镜走了，他们在小岛北面、营地上方的制高点上发现了一个绝佳的位置，可以趴在岩石凹下去的坑里观察湖面的情况，旁边有一丛丛石南花做掩护，这样就不会被人发现了。那棵高大的松树就站在他们后面，他们当初从达恩峰眺望小岛的时候就看到它了。

约翰躺在石南花丛中，看着高高大大的松树。

“也许，”他说，“我们得在树顶上放一根旗杆。”

“在树顶上放旗杆做什么呀？”

“这样我们就能把旗子当作信号牌了呀！比如苏珊和提提在岛上，咱们俩去钓鱼……”

“可是我们都忘了带鱼竿啊。”罗杰又说。

“明天就能拿来了。”约翰说，“假设我们都去钓鱼了，那群在空地上生火的土著人突然闯了过来，如果我们看到松树上升起了旗子，就能知道有事情发生了，这样我们就能赶回来给苏珊和提提帮忙了呀。而且这儿还可以做灯塔，如果我们要在深夜里远航回来，那么留守在岛上的人就能在这里点一个灯笼，这样大树不就成了灯塔了吗？湖面上无论多么黑，我们都能找到回来的路。”

“但是我、苏珊和提提都爬不到树上去，而且树干上没有伸出来的树枝。”

和其他松树一样，这棵大树的树干也是光秃秃的，从地面往上十五到二十英尺都没有伸出来的树枝。

“如果能爬上去，只要能爬到最底下的树枝那儿，我就能在那里扯一根绳子。然后再把绳子的两头都从树上放下来，这样你们就不用再爬树了，只要把灯笼挂在绳子上，然后再拉到树上就可以了。你看，只要把绳子的一头系在灯笼顶的圆环上，然后再把另一头拉到下面来，这样我们就能又上又下了，而且灯笼也不会摇晃不稳。”

“我们带的绳子够吗？”罗杰问道。

“我们的绳子不够细，小船的缆绳太粗了，备用的绳子又不够长。明天我得找一些细点的。幸亏咱们来这儿之前我刚过了生日，五先令能买好多绳子呢！”

正说着，苏珊和提提也来了，她们直接躺在石南花上。

“过夜的东西都准备好了，”苏珊说，“只剩下床。我们得等着土著人把干草袋子运来才能铺床。”

突然提提跳了起来。“来了一只船！”提提说，“罗杰你肯定打瞌睡了，不然你怎么会看不到那里有只船？”

“我没有打瞌睡！”罗杰抗议道，“我只是没有留心看罢了。就算我醒着，可是如果没有观察海面，那也肯定看不到的！”

约翰船长坐了起来，拿着望远镜仔细观察海面。

“是霍利豪威来的人，”他说，“妈妈也在船上呢！”

“把望远镜给我看一下。”提提说。约翰把望远镜递给提提，提提马上放在眼睛上。

“妈妈也变成土著人啦！”提提最后说。

“让我看看啊。”罗杰在旁边也要看。

他把望远镜架到自己鼻子上，朝着海面望去。

“我怎么什么也看不到，”罗杰说，“怎么全是黑乎乎的啊？”

“你把望远镜的镜头盖合上了。”提提在旁边指导他，她对望远镜了如指掌，“把它扭一下，这样就能看到啦。”

“现在能看到他们了。”罗杰喊道。

船上的土著人是霍利豪威农场的主人——杰克逊先生，小船在他的操纵下平稳地漂浮在湖面上，船桨划出一道长长的水波，远远望去小船就像是一只水蜘蛛。不过从望远镜里看去，很容易就能发现那是一只小船，而且还能看到船后面隆起的一个个干草袋子，亲爱的妈妈就坐在船尾。

小船越来越近了，罗杰和提提轮流拿着望远镜观察着小船的一举一动。船长和大副急忙跑回营地，他们得在客人带来之前把东西都收拾好。船长把他的大锡盒子放在帐篷的中间，从盒子里取出一个气压计挂在盒子的扣钩上。帐篷里除此之外什么也没有，所以看起来非常“整洁”。提提和苏珊的帐篷看起来更像家的样子。帐篷中间是饼干盒子，里面装着他们的食物。平常不用的时候，盒子还可以变成凳子。在帐篷的两侧，也就是她们准备放床的地方，已经把毯子铺开了，毯子的两端叠得整整齐齐。厨具也整齐地摆放在帐篷一角。帐篷外面，支撑帐篷的绳子上晾着两条毛巾。约翰船长仔细地研究了苏珊和提提的帐篷，然后他回到自己和罗杰的帐篷，学着苏珊的样子也把他们的毯子铺开了。毯子一铺好，整个帐篷看起来就有生活气息啦，而且待会儿再铺干草垫子的时候也就不麻烦了。苏珊又往火堆里丢了一些木柴，火焰更旺了。做完这些，他们赶紧回去与其他人会合。

“他们马上就到啦！”提提说，“我们可以把我们的秘密港湾告诉他们吗？”

“不可以，”约翰船长一脸严肃地说，“土著人可让人捉摸不透，就算他们都非常友好也不行，我们要继续把燕子号掩护好。如果是妈妈自己来，我们就可以带她去那里。”

“而且，他们还带来了我们的干草袋子，这个着陆点离我们的营地要更近一些。如果去小港我们就得抱着东西穿过灌木丛，太麻烦啦！”苏珊也支持船长的决定。

燕子号船员都站了起来，指着小岛的东部。坐在船尾的“女土著”——妈妈，用手指着小岛与陆地之间的东侧，告诉孩子们自己已经明白了他们的意思。妈妈对划桨的杰克逊先生说了些什么，杰克逊先生扭头看了一下湖面，然后用左桨使劲儿地划了一两下，慢慢地改变了路线。

他们已经过了小岛的岛尖，马上就要靠岸了。罗杰拔腿朝登陆点跑去，其他人紧紧跟在后面。杰克逊先生驾驶着小船刚靠岸，燕子号的船员们都已经到岸边了，准备帮他把船拉上岸。

“你们的船呢？”妈妈问，“燕子号呢？”

“呜哩唧哼啊哈吧，”提提吐了一串“土著语”，“意思是，我们不能告诉你，因为你是个土著人。当然啦，你是友好的土著人，大大的友好。”

“卟啦呜哩吱吧，”妈妈说，“意思是，只要小船平安无恙，你们把它藏在哪里都没关系。”

“放心吧妈妈，小船在一个特别棒的地方。”约翰船长说。

“你需要我为你翻译吗？”提提小声地问。

“实际上，”女土著说，“我有一大堆‘英文’要对你们说，当然了，如果你们喜欢，我也可以说‘哇啦考哇啦’。”

“如果你会说英文，那就不用再说土著语啦。”约翰船长说。

“咕噜克，”妈妈说，“意思是没问题。现在希望你们能带着我们土著人去看看你们的营地，我们好帮你们把草袋子搬到营地上去。”

霍利豪威的农场主杰克逊先生早已经把四个大草袋子从船上运了下来。他是个特别强壮的土著人，一把抓起了三个袋子直接扛在肩上。约翰与苏珊一起抬着剩下的一个，罗杰牵着“土著女人”的手，提提走在前面带路。

“啧啧，你们的营地不错嘛！”土著女人满意地说。

“真的吗？”苏珊问道，“那么你想参观一下这个帐篷吗？”

“土著女人”弯腰走了进去。杰克逊先生把肩上的袋子都放了下来。

“快点儿，罗杰！”约翰说，“趁着她们还没进咱们的帐篷，我们先把帐篷收拾好吧。”

约翰拖着草袋子的一头，罗杰拉着另一头，两人一起把袋子抬到了帐篷里，然后用同样的办法把第二个袋子运到帐篷里，把草袋子分别放到帐篷的两侧。接下来他们又隔着袋子把里面的草抚平，在上面铺上叠好的毯子。弄好之后，他们在床上躺了下来。

此时苏珊和女土著也在另一顶帐篷里收拾床铺，杰克逊先生回船上去了。

过了一会儿，土著女人的头探进了船长的帐篷。

“你们躺在这里似乎很舒服呢，”她说，“可是天黑了你们该怎么办呢？”

“我们应该带两盏灯笼来，”约翰说，“可是我给忘记了，我们只有一盏大灯笼，是给整个营地照明用的。”

“我又给你们带了两个小的蜡烛灯笼，每个帐篷里放一个。但是你们得给我保证要小心，千万不要把帐篷或者你们自己给点着了。可是大灯笼的灯油在哪儿呢？”

“在帐篷外面！”约翰说。

“你们得把它放在安全的地方啊，离帐篷和火堆远点儿。”

正说着，身强体壮的杰克逊先生带着一堆东西走了过来。

“都出来吧！”妈妈说，“我不能在这里久留，因为杰克逊先生得尽快返回农场。有几件事情要给你们交代一下，首先，牛奶。你们岛上没有奶牛，所以你们得去陆地上取牛奶。我已经和那边的迪克森农场说好了，每天早上你们就去那边取一夸脱牛奶。如果晚上还想喝也可以跟迪克森太太说，她会给你们的。但是每天早晨你们必须去那儿拿牛奶，他们的码头挨着一棵大橡树……哦，谢谢你，杰克逊先生。”

杰克逊先生递过来一个大篮子，里面有一个牛奶罐子，还有很多其他的东西。妈妈把里面的东西都拿出来，就像是从摸彩的袋子里往外掏礼物一样。

“这是牛奶罐子，”她说，“记住：白天的时候要尽量让牛奶保持比较低的温度。不要把它放到太阳底下，而且去迪克森太太那里取牛奶的时候，一定要把罐子洗干净。这里是你们明天的餐点，我给你们带来一个肉馅饼，是杰克逊太太今天做的。相信我的话，孩子们，你们很快就会厌倦牛肉罐头。”

“是牛肉糜压缩饼。”提提说。

“牛肉糜压缩饼，”妈妈接着说，“所以，如果换成我，只有不做饭就没有东西吃的时候，我才会吃牛肉糜压缩饼。顺便问一句，主厨是苏珊，对吗？”

“是的。”约翰船长回答道。

“那么我就把这些东西都交给苏珊。这是馅饼，我还带来了一盒早餐吃的‘储备军[1]’。早餐的时候就算不煮粥，苏珊也有很多事情要忙活呢。”

“没关系，我喜欢做饭。”苏珊一脸无所谓的样子。

“哦，孩子，如果你希望自己以后仍然喜欢做饭，”妈妈说，“你最好听听

[1] 储备军：食品品牌名。

我的建议——每天的餐具让他们几个洗。”

杰克逊先生又拿着一大包东西从小船那边走了过来。

“好心的杰克逊太太给你们带来了枕头。”妈妈说，“当然，虽然没有枕头你们也可以睡觉，不过有个枕头效果就不一样了。我相信克里斯托弗·哥伦布船长远航的时候肯定也带着自己的枕头。”

大家把枕头从袋子里拿出来，放到了自己的帐篷里。

“你们看到那个养着鹦鹉的海盗了吗？”提提把枕头放到帐篷里，爬出来的第一句话就是问海盗的事情。

“什么海盗？”妈妈有些纳闷。

“就是住在船屋里的那个人。我们看到他啦，还看见了他的鹦鹉。”

听了提提的描述，杰克逊先生笑了起来：“原来你们这样称呼他啊。哈哈，你说得还真对。”

“我看到那个船屋了。”妈妈说。

“那是特纳先生，”杰克逊先生说，“其实他只有夏天的时候才会住在船屋里。今年他不允许任何人靠近他。去年的时候，布莱凯特家的女孩儿们和他住在一起。这些孩子都是他外甥女，她们就住在湖的另一边。但是今年特纳先生要自己一个人享受夏天。没有人知道他一个人在那里做什么，但是大家都说他的船屋里的确有一些值钱的宝贝。”

“那是他的金银财宝吧，”提提说，“我就知道他肯定是个海盗，而且现在已经金盆洗手了。所以他当然不会让别人靠近他的船啦！”

“维姬现在该哭着找妈妈了，”妈妈说，“我们要走啦。而且我知道你们也不希望那么多土著人在这里晃悠。天马上就要黑了，如果我是你们的话，就该早早地睡觉喽，不然明天一大早就算叽叽喳喳的小鸟吵不醒你们，大太阳也会把你们都弄醒的。”

“谢谢妈妈给我们带这么多东西过来。”苏珊乖乖地说。

“尤其要谢谢妈妈给我们带来灯笼。”提提补充了一句。

“咕噜克，咕噜克，咕噜克。”土著女人一边说一边朝登陆点走去，“我不留下来喝茶了，谢谢你们啦，孩子们。你们自己已经享受完下午茶了。天不早了，我得赶紧回去了。哦——”她又补充了一句，“忘了一件事情。”她走进船长的帐篷，过了一会儿，又笑眯眯地走出来。大家一起去登陆点，妈妈一边走一边对约翰说：“我不会经常过来打扰你们……”

“噢，妈妈！你没有打扰我们。”约翰说。

“将来我也不准备要经常打扰你们，但是你得过两三天就去给我送个信儿——如果你喜欢，你也可以一两天就送个信儿——我得知道你们是不是一切顺利。而且你肯定也会需要一些补给，我们这些土著人可以提供给你们。所以你要经常回霍利豪威去找我，知道吗？”

“我明天就去一趟，妈妈。”约翰说。

“好的，我也想知道你们在这儿的第一个晚上过得怎么样。”

“你刚才在我帐篷里干吗了，妈妈？”约翰好奇地问道。

“你回去看看就知道了。”

妈妈上了船，走到船尾坐了下来。杰克逊先生把船推到水里，自己跪到船舷边上。等小船渐渐入了水，他很快拿出船桨，划着小船慢慢走远了。

“再见，再见妈妈——”燕子号小船的船员们一起与妈妈告别，“再见杰克逊先生。”

“晚安，孩子们！”杰克逊先生在船上向他们频频致意。

“嘟啦啦，”妈妈坐在船尾俏皮地说，“这句话的意思是晚安，做个好梦！”

“哈哈，嘟啦啦，嘟啦啦——”他们也用同样的方式回答妈妈。

他们又跑到小岛的岛尖，跑到那棵大树底下的“哨岗”上，在那里再一次与小船上的土著人挥手告别。小船载着土著人渐渐地消失在夜幕中。过了很久，他们已经看不到小船了，但是船桨划起的白色浪花却依然能够闯进他们的眼帘。又过了很久连浪花也看不到了，他们却还能听到划船的声音，只不过随着小船越走越远，声音也渐渐地弱了。

“我们最好在天色彻底变黑之前回到营地上睡觉。”苏珊大副提议说。

“半小时内熄灯。”约翰船长命令道。

“但是我们的灯还没有亮起来呢。”罗杰小声说了一句。

“是还没有亮起来，不过我正要点呢。”说着约翰船长打开了灯笼，划亮一根火柴。周围还有一丝亮光，不过大树底下光线不算好，帐篷里肯定更是漆黑一片。约翰点亮了灯笼，把灯笼带到自己帐篷里，放在锡盒子上。他已经把盒子摆在帐篷中间了，这样就不会有失火的危险了。约翰突然想起来妈妈走之前来过自己的帐篷，于是他看了一下四周，想知道妈妈到底在这里做了什么。原来他床头的篷壁上多了一张纸，上面写着："如果不是傻瓜，就不会掉到水里。"

"爸爸知道我们都不是傻瓜。"约翰自言自语道。

苏珊也把自己的灯笼放在饼干盒子上面，她正在和提提把床弄得舒服一些。

夜色中，帐篷看起来就像在树下闪闪发光的纸灯笼，里面人影晃动。第一次躺在干草堆上睡觉总是要先适应一下。黑暗中传来了一阵声音：

"提提，提提，你还好吗？"

"是的，船长。"

"罗杰怎么样啊？"

"他没问题。尊敬的大副，你准备好了吗？我们要熄灯啦。"

"好的。"

"嗯，全体熄灯！"

两只灯笼同时熄灭了，白色的帐篷融入了夜色。四周一片漆黑，只有火堆里的余烬还散发着一丝红光。"晚安！""晚安！""晚安！"此时周围格外寂静，只有湖水拍打岩石的声音。很快，船长、大副、一等水手和见习水手都进入了梦乡。

第六章　小岛上的精彩生活（一）

来到岛上的第二天格外忙碌。他们很早就起来了，射进帐篷的阳光要比射进屋子的刺眼。提提第一个醒来，她一直没起。太阳爬上树梢升起来了，一缕缕阳光穿过树枝照在帐篷上，留下一块块明亮的斑点，提提饶有兴趣地躺在床上看帐篷上斑驳的阳光和阴影在互相嬉戏。过了一会儿，她爬到门口，伸出头去深深地吸了一口早晨潮湿的空气，侧耳听了一会沙沙的树叶和叮咚的湖水。突然提提听见旁边的帐篷里传来一阵声音，哦，他们也起床了。“约翰！”“干吗？”“我们现在在小岛上呢！”“当然啦！你难道不知道吗？”“得等我彻底清醒了才相信呢！”

“喂，你们早上好啊。”提提喊道，“早上好！”

“早上好！”“早上好！”

约翰和罗杰也都爬到了门口。

“苏珊呢？”

“她还在睡觉呢！”

“没有，她已经醒啦。”苏珊说，她在草袋子上翻了一个身，又使劲儿揉了揉眼睛，“几点了？是不是该去取牛奶了？”

约翰又爬回去看了一下自己的表，不过现在这个表有了一个新名字，叫“计时器”，因为约翰现在已经是船长了，所以表也应该有一个更专业的名字。

“六点五十七分。”约翰说。他本来想换算成“船上时间”，但是他得想上一两分钟才能算出来。

“不知道卖给我们牛奶的迪克森太太挤好牛奶了没有。”苏珊说。

“我现在就去他们那里取牛奶。”约翰说。

“等一下，”苏珊说，“这是我们第一次去取牛奶，我们得一起去。这样我们就都认路了，而且他们也能认识我们了。所以以后谁去取牛奶就都可以啦！”

于是他们赶紧穿好衣服，又去登陆点那里把自己洗得干干净净，不过他们只是洗了一下脸和手，顺便刷牙。准备完毕之后他们拨开茂密的灌木丛，一起向小岛的南端走去，那里就是他们隐蔽的港湾。小船此时正安安静静地躺在那里，周围的一切与他们上次来这里的时候一模一样。虽然太阳已经升起来了，小船的横板上却还带着清晨的露珠，于是他们用手帕擦干要坐的地方。小船在他们的驾驶下小心翼翼地避开岩石，还带着湿气的船帆也升起来了，他们朝着大橡树旁边的渡口驶去。等到了岸边，他们把船头拖到海滩上，把船索系在一块大石头上。停好了船，他们一起向迪克森的农场走去。

迪克森农场离湖边不远。和霍利豪威农场一样，这个农场也是掩映在一片浓密的树木之间，脚下是一片碧绿的牧场。他们刚开始还琢磨着应该怎么说明自己是燕子号的船长和船员呢，迪克森太太倒是十分直接，省去了他们的“担忧”。一看到他们，她就说：“嗨，你们是来取牛奶的对吧？我看见你们拿着牛奶罐子。农场的工人正在挤牛奶呢。”迪克森太太拿着牛奶罐子走了，回来的时候罐子里满满的都是冒着泡泡的牛奶，而且还是温的！“孩子们拿着吧！”她说，“记住啦，如果你们还需要别的东西，千万不要客气，直接过来跟我要就是啦！”他们正站着说话，迪克森先生也走了过来，他是这个农场的主人，长得又高又瘦。“今天天气不错呀！”可是还没等大家回答，他头也不抬地就走了。

回程的时候，他们驾驶着小船朝登陆点开去，没有去他们的秘密小港。“现在是西北风，”约翰船长说，“所以码头那个位置不错，风都被挡住了。”回到营地后，他们还要生火做早餐。苏珊大副把这些活儿全包了，可是其他人实在太饿了，苏珊做饭的时候他们就全部围在火堆旁边。吃完早餐，他们又围着小岛走了一圈，但是没有任何新奇的发现。然后，苏珊和提提在营地里忙活，约翰和罗杰返回霍利豪威去给妈妈送信。其实他们只有一封信要送，而且是一封非常短的信——直到他们两个都准备好马上要起航了，提提才想起来该写封信。要不是早餐之后风越来越大，约翰船长决定要把船帆收起来，那么提提写信的时间肯定会更短。当约翰在船上教罗杰如何缩帆的空当，提提在一旁写自己的信。信中她写道：

亲爱的妈妈：

我们从一个荒无人烟的岛上送去对您的爱。愿妈妈一切顺利平安。我们在这里过得很好。

爱你的一等水手提提

“妈妈昨天刚来过，”约翰船长说，“所以今天不用给她写信啦！”

“我都已经写好了！”提提满不在乎地说。

于是小船带着提提的信朝霍利豪威驶去。

海上的风特别大，小船在呼啸的大风中穿梭，掀起的水花差点从船舷边上溢到船舱里。而且小船还与一个大浪头迎面相撞，激起的浪花溅到了约翰和罗杰身上。风从西北方向吹来，他们得迎着风朝北边的霍利豪威农场驶去。小船在湖上左右漂荡，一会儿在湖的这一边，一会儿又去了另一边。每次转弯小船都要颠簸一下，棕色的船帆也要抖一下，可是很快小船又铆足了力量继续全速在湖上乘风破浪。

一次转弯时，约翰把小船直接开进了船屋港，离船屋只有一步之遥，不过他又及时调整方向把小船开了出去。他们掉头走之前还特意靠近船屋，把它仔细地研究了一番。提提说的那个海盗正在后面的甲板上坐着，船舱和雨篷把外面的大风挡得严严实实。约翰驾着船靠近了船屋的尾部，看见海盗坐在椅子上，膝盖上摊着一张纸，他正在上面写写画画。那只绿色的鹦鹉站在栏杆上，低头看着燕子号，背上的羽毛随着大风飘了起来。他们经过时，那个金盆洗手的海盗抬头看了一眼，可是很快又低下头接着做自己的事情。

“他在干吗？”罗杰好奇地问道。

“那只鹦鹉吗？”约翰反问了一句。

“不是，是那个海盗。”

“或许在画藏宝图吧。”约翰说，“小心，我要转弯了！”

燕子号绕了一个圈，准备离开船屋港。他们要穿过小港北部停靠船屋的那个大码头时，小船棕色的船帆挡住了约翰和罗杰的视线，一直到离开码头他们才能再看到船屋。正是在那一瞬间，他们仔细地观察了一下船屋的船头，船头上一件东西让他们觉得这个蓝色旧汽艇改装的船屋更像一艘海盗船。

罗杰最先看到了那个神秘的东西。约翰正忙着驾驶着小船转弯，所以当时他的眼里就只有棕色的船帆，他要让船帆鼓起来，但是又不能太鼓，而且他要一直注视着前方，想办法让风一直只吹着他的右脸颊，脑子里要同时想着很多事情。燕子号小船速度很快，所以他们只有很短的时间观察那件神秘的东西，但是他们却非常确信自己看到的到底是什么。

“他有一门大炮啊！”罗杰惊呼，“快看，快看！”

在船屋前甲板的右舷处放着一门闪闪发亮的铜制小炮，圆圆的炮筒高出了船舷板。也许它曾经是游艇航行比赛的发令炮，可如今却停靠在一辆木制的炮车上，似乎已经准备妥当要发威了。现在连约翰船长也相信这个船屋肯定不一般了，这上面居然有一门大炮，还有一只绿鹦鹉！

“也许提提真的说对了。”约翰船长说。

他扭头想看看船屋靠近小港的另一侧是不是还有一门大炮。这样就可以证实他们的猜测。那边没有。但是，一门也是有，没有秘密的船肯定不会弄一门大炮放在上面的。

罗杰还要继续啰里啰嗦地评价这门大炮，可是约翰却不想接着说下去了。如果你正在大风中驾驶一艘小船，你根本不可能有心思去聊一些毫不相干的事情，当然你也听不见别人对你说任何不相干的事情。看到湖面颜色渐深，就知道更猛烈的风马上就要来了，你得做好万全的准备，时刻准备缩帆、转舵。看到约翰忙碌的样子，罗杰识趣地闭上了嘴巴。

最后他们终于绕过达恩峰，到了霍利豪威的海湾。他们把船索系在船库石头码头的一个圆环上，并且把船帆也降了下来，然后他们穿过田野向农场跑去。三天之前罗杰还自己扮演一艘帆船，那时他逆着风在田野上航行，妈妈则拿着电报在门口耐心地等着他，正是那封电报给他们带来了自由，让他们无忧无虑地踏上探险之旅。现在罗杰不用再迎着风航行了，他也不用把自己想象成一艘帆船了。如今他可是一名真正的水手，现在正陪同船长登岸处理事务呢！从昨天开始，田野里的这条小路，通往达恩峰的路上进入树林的那个大门，还有霍利豪威农场都已经变成了“异国他乡”。既然他们是从自己的小岛出发，经过水路到达这里，这儿肯定就与以往不同了。现在，他们已经完全不同于当初的那个自己，以前他们就住在这里，只能隔着浩渺的湖水远远地眺望那个小岛。如今他们回来了，这种感觉也和探险一样，就像探索自己在梦中看见的一片神奇土地，每件东西都如你想象的一模一样，但是每件事情又那么的令人惊奇。

从大门直接走进去似乎不对，约翰站在门口，敲了敲门。门里的一切好像都如以前一样，妈妈正坐在桌子旁边给爸爸写信。保姆坐在扶手椅上织东西，胖乎乎的维姬正在地板上摆弄一个长着黑鼻子的毛线山羊。

“嗨，孩子们，”妈妈抬起头来，“昨天晚上做梦梦见什么了呀？”

“我们梦见了好多东西呢，”约翰说，“而且我们没有和您说的那样早起，哦，至少没那么早就起床。”

“你们去农场取过牛奶了？还顺利吗？”

“是的，一切都很顺利。”

“我喜欢农场里的迪克森太太。”罗杰说道。

“我也是！”妈妈说，“昨天见到她，就觉得她不错。”

保姆似乎还没有意识到此时此刻她正在与另一个岛上来的水手聊天。“真是谢天谢地，你们都没有得重感冒！”保姆说，“你们都不在家实在是太好了，简直就像过节一样！罗杰少爷，你今天有没有刷牙？打包的时候我没有把你刷牙的杯子放进去呢。”

“我用的整个湖！”罗杰调皮地说。

“我们还带来了一封信，”约翰说，“这是提提给你写的。”

约翰从口袋里掏出一封信递给妈妈。妈妈打开信快速浏览了一下说：“那我也得给提提写一封回信。”

“我们是来取货的，”约翰船长说，“我们忘记带鱼竿了。”

“噢，你们当然会用到鱼竿，”妈妈说，“而且你们也忘记带洗浴用品了。昨天它们都挂在外面晾着呢。你们走了之后我一直没看到，今天早上才想起来。你们在岛上的时候没有洗澡吗？”

“今天早上没有洗澡。”约翰老老实实地说。

“我们明天就洗。”罗杰补充了一句。

“好的。洗澡的时候不要去有海草的地方，”妈妈叮嘱道，“而且不要让罗杰去水太深的地方。”

“等我学会游泳我就自由啦，”罗杰说，“我马上就要学会了。”

“不行！得等到你既会仰泳也会蛙泳的时候才能随心所欲。不过就算你会游泳了，也不要去水太深的地方，你得有力气能长距离游泳的时候才能往水深的地方去。现在孩子们，你们去取鱼竿吧，我要给提提写回信让你们带回去。”

他们把钓鱼的工具全都放在一起，先把四根鱼竿分开装好，每根鱼竿都放到各自的口袋里，然后又把浮标、鱼钩、卷线都放到一个大咖啡罐子里。这时候保姆也把他们的洗浴用具准备全了，用毛巾包好。然后妈妈走了过来，手里拿着两封信，一封是写给提提的。信里写道：“待在家里的每一个人问候亲爱的提提，谢谢你的来信。”另一份信则是写给苏珊的，告诉苏珊必须跟迪克森太太要一些生菜，因为船员们不补充维生素就会得坏血病。妈妈还给了他们一袋子豌豆。“告诉苏珊用水把豆子煮熟了，加一点盐，然后再在里面放一块黄油就好了。”妈妈还给他们准备了一盒巧克力饼干，“我觉得你们的大副可能不太会做布丁，这些饼干会有用处的。”船长和水手跑到田野里与保姆和维姬告别，妈妈则带着这些东西陪他们一起去了码头。

“今天早上的风有点大。”他们走在田野里时妈妈说。

“我们把船帆收起来了。”罗杰说。

“是你收的吗？”妈妈问道。

“没有，是我帮着约翰收的。”罗杰诚实地说。

“那么请问，应该先收哪一根绳呢？”妈妈问道。

“先收离着桅杆最近的那一根绳，”罗杰流利地回答道，“然后再收帆的下桁底下的那一根，船帆中间的那根绳最后收。”

“如果是放帆，那么请问应该先松开哪根绳呢？”

“先放中间位置的那根，然后是底下的那根，最后是挨着桅杆的那根。”

“不错！”妈妈说，“看来你们船上果然没有笨蛋。”

罗杰、约翰和妈妈一起把这些东西都放到船上，把船帆再次撑开，一会儿工夫就开出了港湾。

“船屋上的那个海盗有一门大炮！”等船开远了，罗杰突然大声喊道。刚才在陆地上的时候他忘了把这个发现告诉妈妈了。

“噢，真的吗？”妈妈在远处的岸上大声地回应他，“再见啦，水手们！”

回程的时候顺风顺水，燕子号朝着小岛的方向飞速驶去，船尾还溅起了阵阵浪花。约翰驾着船直接经过了船屋湾的外围，他们离船屋太远所以看不清，但是他们还是能看到船屋上的那个人已经从椅子上站了起来，他倚在船尾的栏杆上，正拿着望远镜观察约翰和罗杰。过了一会儿他们又绕过了船屋湾南面的岬角，船屋远远地消失在他们背后了。

很快，他们离自己的小岛越来越近了。现在霍利豪威看起来已经有些陌生了，但是这个小岛却像家一样非常熟悉。看到小岛越来越近，他们的心情也越来越愉快，满心欢喜地想着自己的帐篷、营地。一缕青烟从树梢飘过，他们知道这是苏珊大副生的火。

“应该到午餐时间了。”罗杰说。

“哈哈，肉馅饼。”约翰说，“喂，你看提提正在哨岗那儿呢。”提提站在哨岗的大松树下面，看到他们的身影她赶紧朝他们挥了挥手，马上又消失了。

“她要去告诉苏珊我们回来了。”罗杰自言自语道。

当他们去拜访霍利豪威的时候，提提和苏珊在岛上忙得不可开交。她们用大石块儿搭了一个栈桥，这样要是想从湖泊深处里汲一些干净的水，他们就可以踩着石头过去了。而且有了这条栈桥洗餐具也方便了很多。她们把土豆削去皮，丢到锅里煮了很长时间，然后用叉子扎进土豆肉里看看是不是已经熟了。就这样过了很久，一直到土豆看起来就像是一堆海绵她们才停火。然后苏珊又切了一大堆黄油面包。午餐做好了，提提到登陆点迎接燕子号“远航”归来。

“嘿，我们带来了给你的信！”罗杰大声喊道，“也有苏珊的信。而且你说的那个海盗居然还有一门大炮，我们亲眼见到的！”

“是真的大炮吗？”提提好奇地问道。

“是呀。”这次约翰回答她。

“我就知道他是一个海盗。”提提一脸自信地说。

等约翰和罗杰登上岸，他们一起回到营地。提提抱着洗浴用具，罗杰拿着鱼竿和浮标，约翰拿着饼干盒子与豌豆袋子。到了营地，他们四个很快就把肉馅饼吃完了。馅饼是凉的，可是土豆泥却是烫的，只能留在后面吃。换成谁都不可能把那么烫的土豆泥吃完。所以他们又把土豆泥当作主菜来吃，饼干和苹果充当了饭后甜点。

苏珊仔细地读完了妈妈给她写的信。“妈妈说我得给你们吃很多生菜和豌豆之类的蔬菜，否则我们就会得坏血病。可是，坏血病是什么东西啊？”

“很多水手因为害这种病像苍蝇一样病死了，生这种病的人可多了！”提提说。

“那好吧，晚餐我们就吃豌豆。”苏珊说，“提提你和罗杰负责剥皮，最好现在就开始剥。”

于是他们趁着苏珊大副饭后洗餐具的当儿，剥了满满半锅豌豆。

风现在变小了，约翰去登陆点查看燕子号的情况，然后把船帆收了起来。所有人都跳上船，他们要越过小岛去南边看看。那边的湖面很开阔，不过在尽头的地方湖面就有些狭窄了。他们远远地能看到湖边有一艘蒸汽船正在行驶。

“那里可能也有一个港湾，就像里约似的，”提提说，“而且岸边肯定有很多野人。”

“我们要想去各个地方探险还要等好多年呢，要等好多好多年。”罗杰说。

“那我们就做一张自己的航海图，”约翰说，“每年我们把自己到过的地方画到图里，等我们把各个地方都去过了，一切就都清楚啦！”

他们轮流掌舵驾驶小船。苏珊的本领当然和约翰船长不分上下，一等水手提提学得特别快。等他们快回到小岛的时候，罗杰也有机会亲自体验一把舵柄，不过约翰就坐在他旁边，以免他出什么错。

快回到小岛的时候，他们发现湖面上还有一个小岛。湖上本来有很多小岛，但是这个小岛却是第一次闯进他们的眼帘。不过这情有可原，因为它实在是太小了，而且紧紧挨着陆地，他们刚开始还以为是一个岬角呢。他们到了湖泊的西岸，正要掉转船头返航的时候，他们看到在小岛和陆地之间有一弯清澈的湖水。这个小岛位于湖泊的西岸，与他们的岛屿距离不远，但是位置有些偏北。他们立即决定先不返航，而是稍稍再往北走，去那个新发现的小岛上看个究竟。

“咱们从陆地和小岛之间的那个峡口穿过去吧。”提提说。

“不行，峡口太窄了，空间不够，”约翰说，“如果那儿水够深的话我就直接划过去，不过我担心水底下有石头。我们不能直接穿过去，但是我们可以直接朝小岛那边划过去。”

一次转帆把船员们带到了这个属于他们自己的小岛，又一次转帆，他们来到了这个刚被发现的岛屿。岛上非常小，而且也十分荒凉，只有岩石、石南花和两棵枯死的树。一棵树已经倒下了，另一棵仍然站在那里。树上很多树枝都已经折断了，光秃秃的没有叶子。虽然没有叶子可是却有别的东西——三只黑色的长脖子鸟正落在树枝上。提提拿着望远镜仔细地研究了一番。

“它们的脖子就像是橡胶做的。”提提说。

“又飞来一只鸟，”罗杰也说，“它嘴上还叼着东西呢。”

第四只鸟从湖上飞了过来，嘴里叼着一条闪闪发光的鱼。它停在一根树枝上，高高地抬起头把鱼吞下去。其他的鸟都伸着脖子，张开了嘴巴。

“这是什么鸟啊？”罗杰问。

“鸬鹚[1]。”约翰船长说。

“不一定呢，”提提说，“也许我们现在是在中国的海岸，中国人就养鸬鹚，他们训练这种鸟替他们去水里抓鱼，我就看到过这样的图片。”

燕子号渐渐靠近小岛，他们看见一只鸬鹚俯下身子朝湖面飞去，其余三只也跟在它后面飞走了。燕子号的船员们数着湖面上的这四只小鸟。忽然剩下了三只，过了一会儿第四只又冒了出来，没多久又有一只消失了，紧接着，湖面上又少了一只。一只鸟突然从水里冲了出来，嘴里叼着鱼飞到光秃秃的树枝上。

“原来它们在捕鱼！”提提说，“原来它们在捕鱼啊！”

“在我们的航海地图上，”约翰大声说，“我决定把这个岛命名为鸬鹚岛。”

燕子号离小岛越来越近，树上的那只大黑鸟却飞走了，它的下巴底下还有一道银色。湖面上的另外三只鸟也迅速地游远了，水面上只露出它们的脖子和头。过了一会儿，它们突然从水面上蹿了出来，跟在大黑鸟后面飞远了。

“我们要登陆吗？”罗杰问道。

“可是岛上就只有石头啊。”约翰说。

“我们还是回去吧，回去泡茶喝下午茶吧。”苏珊大副提议道。

---

[1] 鸬鹚：各种巨大的、分布广阔的海水潜水的鸬鹚科中的任一种，羽毛呈暗色，蹼足，喙细长钩形，皮囊有弹性。

“全体准备！”约翰大喊一声，小船掉转方向。约翰把船帆放下来，燕子号朝着南边开走了。约翰驾驶着小船绕开石头逆风开进了港湾，苏珊把船帆收起来，小船在他们的控制下顺利地停泊在港湾，舒舒服服地在那里停下了。

晚餐之后他们又带着望远镜去了哨岗。在天完全变黑之前，他们还能看到那几只鸬鹚站在鸬鹚岛的树上。如果不是近距离观察，他们可能真的不知道这几只到底属于什么鸟。燕子号的船员们都躺在地上规划他们未来的航程，仿佛一辈子都要待在岛上一样。

“或许，”约翰提议道，“我们应该去打野山羊做晚餐。”

“可是这里几乎没有野山羊啊。”苏珊说。

“而且也没有猎枪。”罗杰说。

“当然，”约翰说，“我们有补给，有肉饼啦，还有其他食物，特别是饼干，这非常好。所有的探险队员都会这么做。不过他们大部分情况下都会去打猎或者去湖里捕鱼来获取食物。明天我们去钓鱼吧，这样就能依靠钓来的鱼度日了！”

“要是咱们也有一只温顺听话的鸬鹚就好了。”提提说。

“我们有鱼竿呢。”约翰安慰她。

第七章　小岛上的精彩生活（二）

第二天早上，燕子号的水手们先洗澡再吃早餐。小岛东边带沙滩的登陆点是个相当不错的浴场。那里有细细的沙子，虽然也有一些岩石，但是不像别处的岩石那么锋利。而且这里的湖水没有一下子就变得很深，苏珊走出去很远，才让罗杰下水洗澡。

罗杰一直在岸边等着，听到苏珊的结论后他马上欢呼着跳进水里。

“哈哈，你这哪是在游泳，明明是在扑腾水啊。”苏珊大副说。

“是的，大副。”罗杰回答。他蜷伏在水里，只露个头在水面上，至少这看起来是在游泳哩。

约翰和苏珊要较量一番，他们要看看到底谁游得快，而且往返两趟都要比。

提提自己一个人正尝试着做一只鸬鹚。

她得等实验成功之后再给约翰和苏珊解释，所以一开始她什么都没有说。不过她看到海岸边的浅水里有很多银色的小鱼，也许水深一点的地方会有大鱼，比如昨天鸬鹚抓到的那些大鱼可能就生活在深水里。提提昨天仔细地观察了一下鸬鹚捕鱼的过程，它们都是先静静地游过去，然后猛地扎进水里，入水的时候背部弯成拱形，翅膀紧紧地贴在一起，而且一定要头部先入水。提提照着它们的样子尝试了一下，不过她发现自己必须得有双手的辅助才能钻进水里，而且即便用手，也得在水面扑腾好久才能钻进去。

“提提，你干吗要不停地摇摆脚丫啊？”看提提扎了好几个猛子，罗杰终于忍不住问她。罗杰说得很有道理。提提也知道自己如果把头伸进水里朝水底游去，她必须得不停地用脚拨开周围的水。

提提又向前游了一段距离，这样离那些小鱼就更近了，不过离罗杰也更远了。过了好久她终于发现了一个小诀窍，只要把手翻过来，这样手臂的挥动就能把她拖到水底去了。她发现自己在水里可以轻而易举地睁开眼睛，不过从水里看东西的感觉就像隔了一层绿色的雾。在水里没有看到鱼。提提又费了很大力气直接钻到水底，那里也没有鱼。她只好到水面上呼吸几口新鲜的空气，然后再一次次地钻到水里。还是没有找到鱼，提提只好从水底捡了一块石头证明自己真的到过那里，然后又赶紧浮到水面上换气。毫无疑问，水里的鱼儿能看到提提，而且它们游得更快。这样看来要捉鱼恐怕只能用鱼竿了，提提只好把石头攥在手里游到岸边。

"你捉到什么啦？"罗杰问。

"石头，"提提说，"这是我从水底捡来的石头。"

"什么样的石头呀？"

"可能是一颗珍珠吧。这样吧，我们就当个采珠人吧。"

鸬鹚立刻就被提提丢在脑后，一等水手和见习水手马上就变身成了采珠人。

"嘿，不要让罗杰游得太远喽！"苏珊在一旁喊道，"我要回营地看看咱们的火堆。"

约翰也要游回去，他要去取牛奶了，经过采珠人身边时他好奇地问道：

"你们俩在做什么呢？"

"我们在潜水捡'珍珠'呢！"

"不要在这里待得太久。等我取完牛奶回来的时候，如果有人身上还是湿的，或者还没有穿好衣服，那就没有饭吃！"

"遵命，船长！"提提说。

罗杰想在水里也说"遵命"，可是他张开嘴却没有声音。

罗杰在水里睁不开眼睛，不管他怎么努力都睁不开，只好凭借手的感觉去捡"珍珠"。提提在水底一直睁着眼睛在寻找那一颗最雪白的石头。这些"珍珠"个头都很大，不过没有人在乎这些"珍珠"到底有多大。没多久，采珠人就捡了一堆湿漉漉而又闪闪发光的"珠宝"，堆在水边。不过最糟糕的是，这些石头在太阳底下一会儿就晒干了，一干就不再闪亮了，就不能再当作"珍珠"了。

采珠人们看到约翰船长从迪克森农场满载而归，马上结束了潜水。他们急急忙忙地拍打着浪花朝岸边游去，拿起毛巾乱擦一气。约翰船长驾着小船靠岸的时候，两人已经擦干了身上的水，穿戴整齐地站在岸边迎接他。他们从船上卸下很多东西运回营地，这里面有两大块面包、两棵大大的生菜、一篮子鸡蛋、满满一罐牛奶，甚至还有一个烟草盒子。

“这里面是什么？”罗杰指着烟草盒子问道。

“虫子。”约翰船长说。

“我们要去钓鱼吗？”罗杰迫不及待地问道。

“是的！”约翰船长说，“迪克森先生给了我很多虫子，他说从这里一直到他的渡口有很多河鲈，而且用米诺鱼（一种银色的小鱼）做鱼饵要比虫子好，他还说只要有水草的地方我们就能找到河鲈。”

早餐很快就吃完了。苏珊忙着清洗餐具，其他人则趁这个时间把煮锅改造成鱼饵罐子，还在里面倒了半锅水。他们都坐在树荫里钓米诺鱼，果然收获很多。接着他们从燕子号的底座上取下桅杆，把桅杆、帆、帆桁和帆的下桁都放在岸上，这样小船里的空间就更多了。过了一会儿苏珊也准备好了鱼竿，加入了钓鱼的行列，他们划着船离开小岛去了迪克森农场下面的海湾。见习水手罗杰站在船头，观察水草。

“这里有水草！”刚进入海湾罗杰就发现情况不妙，大喊一声，“这里有很多水草！”他们看到小船两侧的水下有很多绿色长飘带般的水草。

“我们应该贴着水草的边缘行驶，那里的水应该不会很深。你准备好抛锚了吗？”

苏珊大副对见习水手罗杰说：“把船锚拿到船头去，我说‘扔’的时候你就抛出去。”

约翰使劲儿划了一下船，低头看了看湖水，然后又划了一下：“你们能看到湖底吗？”

“现在可以了！”罗杰回答道。

“好的，我也能看到。这边的湖底上有水草，说明这里有沙子，而且这儿离那些水草也不远，我们就在这儿吧！”

“扔！”大副命令道。

罗杰把船锚抛了出去。燕子号小船慢慢地转了一个圈，过了一会儿四个红色的浮标出现在湖面上，船舷的两侧一边两个。

“苏珊你下水的渔线有多长啊？”提提问道。

“已经是鱼竿允许的最大长度了。”苏珊说。

“我的只能伸到水下大约三英尺。从这个位置很容易就能看到米诺鱼呢。”

“这样不好，”约翰说，“你的鱼钩应该在离水底大约一英尺的地方。你得把渔线再往下放一些，我帮你把浮标往上提一下。”

苏珊的浮标第一个有了动静，她马上收竿，可是鱼钩上什么也没有。

“噢，我的米诺鱼被它拐走了。”苏珊说。

“你收竿太早啦。”约翰说。

“希望咱们的小船不要再摇晃了，”提提说，“小心，罗杰！你的浮标碰到我的啦！哎呀呀，你的浮标把我的给挤走啦，啊，它们缠在一起了！”

约翰帮他们把两根渔线分开，可是刚一弄完他却发现小船在他不注意的时候悄悄掉头转向了，自己的渔线又和苏珊的缠在了一起。

“这样可不好，”约翰说，“我们得在两头把船固定好，这样小船就不会乱动了。全体收竿！罗杰，收回船锚。我们去岸上找个大石头，船上还有很多锚绳呢。”

于是他们驾着小船朝岸边划去，把锚绳的另一端系上一块大石头，随后他们又把小船划回离原来不远的地方。罗杰放下船锚，苏珊把石头放在船尾下面的水里。这次燕子号迎着风漂在水面上，再也不摇晃了。不过船员们却发现迎风钓鱼可没有什么好处，因为风，即便是丝丝的微风，也能把浮标吹到船底下去。于是他们只好全部挤在一个方向钓鱼，小船没有接着摇晃，所以就算是挤在一起也没有关系，而且四个人还能同时照看这四只浮标。

“你们猜，鱼儿会先咬谁的钩呢？”罗杰好奇地问道。

“我的，”提提毫不犹豫地说，“我的浮标已经动了。”

“注意啦，约翰！”苏珊说，“你的浮标不见了。”

约翰四下看了看，浮标果然不见了，他只好收回渔线。突然鱼竿的顶端弯了，而且猛地动了一下，等约翰把渔线收回来，原来是一只胖乎乎的小河鲈上钩了。小河鲈的鳍是红色的，身体两侧还有深绿色的条纹。

“哈哈，不管怎么说，这也算是一条鱼啦。”约翰一边说一边在鱼钩上又挂了一条米诺鱼。

自从钓上第一条河鲈之后，鱼儿就更容易上钩了。有时三只浮标甚至会一起抖动，没一会儿工夫船尾就堆了很多鱼。

罗杰要一条条地数清楚：“十二、十三、十四……”

“啊哈，罗杰你的浮标呢？”苏珊问道。

“你也要看着自己的鱼竿嘛。”提提插了一句话。

苏珊的话提醒了罗杰，他赶紧跳起来，抓住了刚才数鱼时放在甲板上的鱼竿。鱼竿不停抖动，罗杰感觉那头有一条鱼。正当他慢慢地收回渔线时，湖面泛起一个巨大的漩涡，他的渔线又掉进水里去了。罗杰使劲地扯着渔线，鱼竿马上就要弯成一个圆形了。

“这是一条鲨鱼！这是鲨鱼！”罗杰大声喊道。

水里有个大家伙一直在摆动，它就在水底，弄得鱼竿左右摇摆。

“让他把渔线全都放出去！”约翰在旁边指挥，可是罗杰却不停地往回收渔线。

突然一个带着斑点的绿色大鱼浮到水面上来，这条鱼足有一码长，背部是黑色的，腹部却是白色的。它那硕大无比的头伸出水面，张着雪白的大嘴，摇摆着身子。随后一条小河鲈飞出水面，罗杰的鱼竿马上变直了。那只大鱼出现在水面上，一脸凶恶地看着燕子号上的船员，船上的孩子们也满脸惊诧地看着水里的大鱼。紧接着大鱼摇了摇尾巴，在水里激起一阵漩涡，哧溜一声游走了。罗杰把小河鲈从鱼钩上拿下来，它已经死了，身体的两侧还有伤疤，那是刚才梭子鱼锋利的牙齿留下的。

“你们看，”罗杰惊魂未定，“在这里游泳还安全吗？”

自从这条大鱼出现后，大家再也没有钓到一条鱼。那只梭子鱼把所有的鱼儿都吓跑了。河鲈也都不咬钩了，大家都没有了钓鱼的兴致，只有约翰一个人还兴致勃勃地要接着钓。最后苏珊说大家钓到的鱼已经够多了，如果想要在午餐的时候有鱼吃，他们现在就要开始清洗了。于是船员们收起船锚和石头返航回到小岛。

要把这些鱼全部都弄干净可不是容易的活儿。大副主要负责这项工作。她先用一把锋利的小刀把鱼肚划开，把鱼的内脏都掏出来丢到火堆里。罗杰把“解剖”好的鱼拿到登陆点的湖边清洗。刚开始的时候苏珊还想把鱼鳞都刮下来，可是很快她就放弃了这个念头。她先往鱼身上撒了很多盐，然后把带着鱼鳞的河鲈放到黄油里煎，这样鱼鳞就很容易地脱落了，鱼就能吃了。苏珊抱怨浪费了很多黄油，可是船长和两名水手却都说物有所值。

下午的时候他们把燕子号前前后后清洗了一遍。船员们先把压舱物都搬出来，然后把小船高高地立在沙滩上，先让小船的一侧着地，然后再翻过来让另一侧着地，这样他们就能擦洗船底了，不过船底其实根本不用清洗。可是谁又能说得准呢？也许小船会沾上很多藤壶，或者挂上很多又长又绿的水草。无论如何，只要是船都应该清洗干净，所以燕子号也应该收拾得干干净净。弄完之后，他们又把小船放平，把压舱物放回船里，把桅杆固定在底座上，然后再把小船送回港湾。

大副需要更多的柴火，于是忙完这些，全体船员又出去从海岸上捡了很多不错的浮木回来，摞在营地里，紧挨着陌生人捡的那一堆树枝。等把这些全部做完了，船员们都累得筋疲力尽，于是他们去了哨岗看湖面上来来往往的船只，而且他们还要把小岛上的所有地点都重新命名。他们的名单里当然少不了大树底下的哨岗，和他们的码头、港湾、西海岸、营地。从小岛上还能看到很多其他的地方，这些地方被命名为达恩峰、船屋湾、迪克森海湾（不过后来这个名字又被大家否决了，因为罗杰差点钓到大鱼这件事儿，他们决定把那个海湾命名为鲨鱼湾）、鸬鹚岛。最南边叫作南极，里约岛北边被命名为北极。不过该给自己的小岛取什么名字，他们却没有达成一致。他们想到了好多名字，比如燕子岛、沃克岛、巨树岛，不过他们感觉有些心烦意乱，因为他们想到了营地那个正在用的火灶，还有那堆码放整齐的柴火，不知为何他们就是不愿意用这些木头。也许这个小岛早就有了一个非常美丽的名字，即使达恩峰或里约岛都有了自己的名字他们也不介意，他们只在乎眼前这个小岛。

与此同时，他们轮流拿着望远镜观察湖面上的船只。湖面上有大蒸汽船来来回回地奔驰。每当蒸汽船经过，他们都会目不转睛地盯着大船激起的浪花，倾听大船离港起航的声音。这里有摩托汽艇，有在舢板船上钓鱼的人，也有带帆的游艇，但这种游艇不是很多。所有船只的体积，无论是蒸汽船、摩托汽艇、游艇，甚至是舢板船，都要比燕子号大很多，而且这些船大多都是土著人的船。直到来到小岛上的第三天，他们才看见一艘体积与燕子号一样大的船，那艘小船绕过达恩峰，拐进了船屋湾，消失得无影无踪。

第八章　惊现骷髅旗

在小岛上生活的第三天，大约是早上十一点钟，燕子号小船的所有水手都聚集到小岛北部的哨岗。苏珊大副正在替罗杰缝衬衫上的扣子，可是这会儿罗杰还正穿着那件衣服，所以苏珊缝起来特别不顺手。约翰船长正忙着对付一堆绳子，他正照着《海员手册》学习给绳子打结。提提则趴在一丛石南花中，时不时地透过望远镜看一眼远处树木林立的地方，船屋湾就藏在那里，而且那个已经退休的海盗和他的船屋也藏在那里。

“它还在那里。”提提说。

突然远处传来一声巨响，那片长满树的地方升起了一阵青烟。所有船员都一下子跳了起来。

“他一定是在冲海盗开火。”提提说。

“我跟你说过他有一门大炮。”罗杰一边说，一边扭着身子想要挣开苏珊大副的手。

“咱们去帮他。”提提说。

正在此时，一艘只有一只帆的小船从那个地方后面冒了出来。那艘小船的体积与燕子号差不多，只不过燕子号的船帆是棕色的，可是小船的船帆是白色的。此时的风向是西南风，小船张满帆迎风行驶。

小船先是朝船身左舷方向行驶，横穿整个湖面，然后改变航向直接朝着小岛开过来。

“船上有两个男孩。”提提说。

“是女孩。”约翰手里拿着望远镜说。

小船正在湖对面行驶，所以燕子号的船员们什么也看不清，但是他们尽量密切注视着小船的一举一动，轮流拿着望远镜时刻观察。这是一艘涂过清漆的带帆小游艇，他们还能够看到船的中间有一块活动船板。

“怪不得这艘船比燕子号更能迎风行驶，”约翰说，“不过燕子号的表现也不错。”说完他马上又补充了一句，主要是出于对燕子号的忠诚。

船上是两个女孩，一个掌舵，一个坐在中间的横板上。这两个女孩长得很像，都带着红色的针织帽，穿着棕色的衬衫、蓝色的灯笼裤，而且都没有穿袜子。她们直接朝着小岛开过来。

“全体卧倒！”约翰船长说，“我们不知道她们是敌是友。”

现在罗杰的扣子已经缝好了，于是他直挺挺地趴在地上。提提和苏珊也都趴下来，约翰船长把望远镜放在石头边上，这样他就能用一丛石南花挡住自己的头，同时也能用望远镜观察外面的情况。

“我能看到船的名字，”约翰说，“亚——马——逊，是亚马逊号！”

其他人都躲在石南花里，尽量壮着胆子朝外看。小船越来越近了，掌舵的那个女孩（现在他们能看到这个女孩的年龄要稍微大一些）从船尾掏出了一件东西，另一个女孩走到船尾接了过来，然后又朝前走了几步，在桅杆上鼓捣个不停。

突然，亚马逊号小船在距离小岛只有二十码的地方又掉头开走了。他们听见那个掌舵的女孩说“准备好”，然后另一个女孩蹲下去让帆的下桁转向。等她站起来的时候，手里还拿着旗杆的升降索。然后那个女孩开始用力往下拽绳索，一把一把地往下拉，紧接着一个挂着船旗的旗杆摇摇晃晃地升了起来，挂到了桅杆顶上。

“她们在升船旗。”约翰说。

旗杆在桅杆顶端直立着，那面三角形的小旗子在风中飘展。

提提深深地吸了一口气，差点呛到自己。

“这是……”她一脸不解地说。

那面在桅杆顶端迎风飘扬的旗子是黑色的，上面居然画着白色的骷髅头和两根交叉的骨头！

小岛上的四个人面面相觑。

约翰船长第一个开口说话了。

“罗杰你留在这里，”他命令道，“大副负责监视登陆点，提提监视西岸，我监视港湾。任何人都不能暴露自己，她们很可能还没有发现我们，等她们走远了我们再去各自的监视点。现在只能按兵不动，否则她们会看到我们。”

亚马逊号小船左舷受风飞快地航行，很快就到了湖中央。

“行动！”约翰命令道。于是他们把罗杰留在原地，悄悄地溜出去兵分三路回到营地上侦察。苏珊躲在登陆点旁边的灌木丛里。提提弯着腰在矮树丛里匍匐前行，一直到小岛西岸那块陡峭的大石头那里才停下来。约翰急急忙忙地穿过树林跑到港湾那边。然后他又找了一个隐秘的位置，躲在那里不容易被察觉，而且也能看到外面的情形。约翰还把船的桅杆放倒了，以免石头那边的人能看到小船，然后他又躲了起来继续观察。

提提所在位置视野比较开阔。她看到亚马逊号小船再一次转向，沿着小岛的南端拐了过去。提提一直注视着小船，直到南部的树挡住了再也看不到了。约翰也看到了一点点，当时小船正经过港湾外围那片布满石头的水域，不过约翰能看到的也就只有这些了。后来他听到不远处传来一阵声音，可是他不敢轻举妄动，担心这样会暴露自己。紧接着声音渐渐远去，到了登陆点那个位置。他赶紧穿过树丛去支援苏珊。苏珊已经透过树丛看见她们经过登陆点，不过也只是短暂的一瞬间。她们一分钟也没有停留，借着湖面上的风，她们的小船飞快行驶，迅速地穿过陆地与小岛之间的湖面，现在已经到了小岛的北部，直接朝着船屋湾和达恩峰驶去。苏珊和约翰赶紧朝哨岗跑去，罗杰现在正躺在石南花中看着亚马逊号在湖面上越变越小，他兴奋得不停摇晃着双腿。

“她们刚一驶出小岛的范围就把旗子收起来了。”罗杰报告。

“这就说明她们升旗仅仅是因为她们看到了我们。”约翰说。

提提也跑过来了。

“如果她们是海盗，”提提说，“那么为什么船屋上的那个海盗要朝她们开火呢？”

“也许他没有朝她们开火。”苏珊说，“我们留心观察，看看她们是不是又去船屋湾那边了。”

“可是她们没有大炮，”罗杰接着说，“但是那个海盗有，而且是一门非常漂亮的大炮。我敢肯定刚才开火的是船屋上的那个海盗。”

亚马逊号没有去船屋。小船张满帆在自己的航线上行驶着，留下一道长而笔直的尾迹，仿佛是用尺子标出来的一样。

“她们很会掌舵呢。”约翰船长说。燕子号小船的一个缺点就是顺风行驶的时候它总是要偏航，所以很难能留下那么笔直的尾痕。约翰船长绝不愿意承认有船只比燕子号更容易操作驾驶，因此，他只能把亚马逊小船能留下那么笔直的尾痕归功于船上水手了。

他们看着小船在湖面上越变越小，直到它消失在达恩峰的另一侧。

“她肯定是去里约港。”苏珊说。

“我们最好跟踪她们，看看她们是从哪里来的。”约翰船长提议道，“她们要是来过这里，肯定能被我们看到。现在我们看不到她们，她们也看不到我们了。而且就算她们以后发现我们，她们也不知道咱们是从这个小岛上来的。”

“除非她们已经见过咱们的样子，否则不会知道咱们是从这儿来的。”苏珊说。

“不管怎么说，她们没有看见燕子号，”约翰说，“刚才我把桅杆放倒了。我们今天吃牛肉糜压缩饼吧，这样就不用做晚餐了。不要浪费时间啦。我们带一块大面包、一罐牛肉糜压缩饼，再带上一些苹果，然后再从里约港买四罐姜汁啤酒，当然是掺水的。这样我们回来的时候除了茶就什么都不用麻烦了。快点啦，罗杰！我们把燕子号带到登陆点来，大副先生你能为大家准备这些食物吗？”

“遵命，船长！”苏珊说。

约翰和罗杰朝港湾跑去，他们先解开燕子号的系泊索然后爬上船。约翰撑起桅杆，划着短桨驶过狭窄的水道，等有足够的空间可以用大桨的时候他又改用两支划桨，要知道小船迎着西北风行驶的时候根本不能用尾桨。约翰划着船到了登陆点，苏珊和提提在那里等他们，手里拿着一罐牛肉糜压缩饼、开罐器、刀子、长条面包、用纸包的一大块黄油，还有四个大苹果。一会儿工夫棕色的船帆就挂了起来整装待发，燕子号小船载着四名船员离开了小岛。

四个人都在船尾，这样顺风行驶的时候小船就更容易操作了。约翰船长掌舵，其他三人坐在船舱里，小小的燕子号在水面上“吐”出一串串泡泡。约翰尽量让船头稳稳地对准达恩峰最外面的尖角，可是只要回头看一眼，他就知道自己掌舵的技术不如亚马逊号上的那个女孩那么娴熟。不过，他还是尽力做到最好，船底呜呜的水声也表明燕子号已经表现出了自己的最佳状态。湖边紫红色的山坡上长满了树，从这边望去，那些树顶像是正在比赛登山似的。

船屋湾这下完全呈现在他们眼前了。那儿停着一艘船屋，一个胖胖的男人站在前面的甲板上。

“他好像在为什么事情生气。”提提说。

似乎那个人正朝着燕子号挥拳头，他们不太确定。小船很快经过了船屋的另一端，那个人也看不见了。

每一秒钟，达恩峰都在他们眼前变得越来越清楚，越来越高大。

“在达恩峰的另一边她们就不能继续顺风航行了，”约翰说，“而且她们得离开里约港附近的岛屿之后才能再继续顺风行驶。我们被她们远远地落在了后面，但是没关系，我们还能看到她们，能看看她们到底要去哪里。”

燕子号绕过了达恩峰的一角，全体船员都不约而同地朝霍利豪威望去。他们看到农场外边有两个身影和一个手推婴儿车——那是妈妈、保姆和维姬。妈妈现在的生活似乎与他们的生活完全不同。在那里，阳光下的妈妈平静安详，维姬很可能还睡着了；可是这儿，在一串串的浪花里，燕子号小船正载着维姬的哥哥姐姐们。而就在大约一小时或者一个半小时之前，他们亲眼看到一艘奇怪的小船上挂着一面黑色的骷髅旗，而且他们怀疑这艘小船刚刚被一个住在船屋上、养着绿鹦鹉的老海盗袭击过。

有那么一瞬间，大家谁都没有说话。

过了一会儿，苏珊开口说：“现在告诉妈妈海盗的事情也没有用，等我们弄清楚之后再告诉她吧。不过我们必须得把这件事情写到航海日志里，以后再告诉她。”

“等妈妈不是土著人了，我们才能告诉她，这些事情我们不能随便就告诉土著人呢。”提提说。

小船继续往前行进。湖泊的东岸有很多房子，越往前行驶，房子越多。而且那儿还有一些岛屿，其中一个大的岛屿上面也有很多房子。一条长长的沙质岬角伸了出来，尽头有一些船屋。岛上的房子没有散落在树林中，而是在山丘的一侧形成一片建筑群，山丘就在里约小镇的上面。里面住的全是土著人，他们根本就不知道“里约”就是这儿的名字。燕子号在岛屿外围与岬角之间的安全地带航行，船员们能清清楚楚地看到里约湾和蒸汽船的码头。在船只停泊的海湾，小船慢慢地经过一排排停泊着的游艇，摩托汽艇载着游客四处穿梭。约翰船长命令水手罗杰去船头做哨兵，（这让罗杰喜出望外。）他自己则忙着驾驶小船避开四处穿梭的板船和独木舟。里约港在夏天的时候总是特别繁忙。一艘蒸汽船拉响汽笛，离开码头慢慢地驶出港湾。甲板上的很多乘客都低头注意到了燕子号，不过他们都不知道船上的四个船员是从一个荒岛上来的，他们也不知道水手们其实并不关心这些庞大的蒸汽船、游艇、摩托艇，他们感兴趣的其实是一艘与他们的船一样小的帆船。在燕子号船员的眼里，偌大的湖面上什么都没有，当然土著人那些庞大的船只都不算数，他们眼里只有那艘他们一直在追的白色小帆船。

但是那艘小船在里约港却不见了踪影。四双眼睛仔细地搜寻各个码头的所有角落，也没有找到小船的影子。也许小船已经落下船帆系在码头上了，这样的话就很难寻找了。它也可能去了那些岛屿的后面。在那些岛屿的掩护下，港湾成了游艇的天然停泊港，闹哄哄的土著人也驾着小船来到这里，把这片港湾变成了他们的天然游乐场。

“我们直接穿过港湾，”约翰说，“开到前面开阔的水域上去，到了那儿我们就能直接看到被命名为‘北极’的里约港北端了。如果还是找不到那艘船，我们就返航，围着这些岛屿转一圈。”

燕子号穿过港湾，刚一离开小镇前面狭长的岛屿，就听见罗杰兴奋地大喊：“我看见船了！”

“就是那艘船！”苏珊也喊道。

在港湾的北部入口、岛屿的另一侧，他们能看到湖面的最北端。蓝色的湖面不见边际，浩浩荡荡地奔向远处的高山，而坐落在湖泊南部、紧靠沙滩的一座座小山则显得相形见绌。

大约一英里之外，一艘白色的小帆船正朝西岸的一个岬角驶去，一会儿工夫，又消失得无影无踪。

“接下来我们该怎么办呢？”提提问道。

船员们短暂地争执了一番。

罗杰要继续追下去，约翰反对这个提议：

“现在我们已经知道她们在哪儿了，”约翰说，“或许她们是要故意引诱我们离开小岛。如果我们真的追过去了，没准儿她们又从某个角落冒出来，这样一来也许我们就追着她们回到我们自己的岛上了。如果我们在这里停下，肯定能在她们到达咱们的小岛之前抵达大本营。所以我认为我们应该在这里停下，吃点肉饼，顺便看看她们还会不会再出现。”

苏珊说：“来点兑了水的姜汁啤酒怎么样？”听了这句话，大家顿时都觉得又渴又饿。

“可是，她们可能会趁我们买啤酒的时候再冒出来。”约翰说，“她们可能会从岛屿之间的缝隙里穿出来，我们买完啤酒从里约岛回到这里等她们时，也许她们已经占领我们的营地了。”

提提想出来一个主意。岛屿的这头有很多更小的小岛，这些小岛把里约湾围了一圈，不如就让提提留在其中一个小岛上，然后他们再驾着小船去里约港买啤酒。这样做，他们至少能知道那些海盗们到底有没有再出现。

“提提，好主意！”约翰船长说。

不远处，大约一百码之外有一个小岛，上面只有一些岩石与石南花。他们驾驶燕子号朝小岛背风的一面驶去，然后，约翰把船头转到迎风的方向。

“罗杰，留意观察水底的石头。”大副命令道。

船帆在风中飘扬，燕子号离小岛越来越近了。

“大副，站到一边，拉低船帆。”约翰命令道。苏珊赶紧做好准备稍稍拉低船帆。不过他们完全没有必要这么做，因为小岛高出水面很多，燕子号完全可以沿着小岛缓缓地漂移。小船轻轻靠岸，提提从小船的一侧跳上了岸。

“把望远镜给我。”她说。

“在这儿呢。”大副把望远镜递给她。

“帮我把小船推出岸边。”约翰边说边握着舵柄朝左转舵。

提提推了一下小船，燕子号后退，随后张满了帆。小船停顿了一下，有点倾斜，不过马上又向前开进。提提朝他们挥了挥手，随后立刻爬上了小岛，坐在小岛的最高处，把望远镜放在膝盖上。

小船又调整了几次航向，很快就到了最近的停靠点，从里约湾湖滩出来的小船都停靠在这里。罗杰第一个爬上渡口，他把船索在系船桩上缠了两圈系紧了，然后坐在船柱上。为了确保万无一失，他们又把船帆降了下来。随后约翰和苏珊赶紧跳上岸朝岸边的小商店跑去，那儿什么都能买到，从老鼠夹子到牛肉糜压缩饼罐头，无所不有。

“请给我四罐兑水啤酒。”约翰不假思索地说。

“确切地说是姜汁啤酒。”苏珊一脸严肃。

约翰看到小店的角落里有一卷绳子。

“请再给我二十码长的绳子。”他又补充了一句。

店主量了二十码，团成整齐的一团递给约翰，随后把四罐啤酒放在柜台上。约翰把五先令放下，接过绳子拿起两罐啤酒，苏珊拿着另外两罐。

“今天天气不错。”店主一边找零钱一边说。

“是啊，真的很不错呢。”约翰附和了一句。

这是他们与土著人全部的谈话。

等他们回到渡口，罗杰说：“有一个土著人走过来对我说‘你的小船不错’。”

“你对他说了什么？”苏珊紧张兮兮地问。

“我就只说了一个词‘是的’。”罗杰回答道。他和约翰一样，什么信息也不会透露。

他们返回刚才那个小岛去找提提。提提看到小船，赶紧朝他们挥了挥手。她正坐在水边，等约翰驾驶着小船一靠近，她就可以直接爬上船了。

“一切正常，”提提说，“她们没有出来，也许还在岬角后面藏着呢。”

“好极了。”约翰说。

“我能去提提那个小岛上吗？”罗杰问道。

“我们干脆都上去，在那儿吃晚餐多好啊。”苏珊提议道。

于是他们降下帆来跳上岸，手里还牵着锚，让燕子号挂在锚绳上，躺在小岛避风的一侧。

小岛顶上的一块大岩石变成了他们的餐桌，约翰打开了肉饼罐头。他摇了摇罐头盒子，这样里面的肉饼就能一股脑儿全倒出来了。苏珊切好了面包片，又在上面均匀地涂上黄油，而且每片面包上的黄油都是一样厚呢。他们在厚厚的黄油面包上又放了厚厚的一层牛肉糜压缩饼，就着从里约买来的姜汁啤酒大口地吞下去，饭后还吃了苹果。他们一边吃饭，一边细心观察远处的岬角，海盗们的那艘白色小帆船就是在那里消失不见了。

“可能她们根本就没看见我们。”苏珊说。

“我敢说她们一定看到我们了，不然不会升起旗子。”约翰不同意苏珊的说法。

提提说：“也许她们实际上有很多人。那两个升旗的海盗只是要把我们引出来，然后她们的同伙趁机去我们的小岛，占领我们的营地。”

“哦，这个我还真没有想到，”约翰说，“也许现在有整整一个舰队在等着我们回去呢。”

“可能他们现在已经占领了我们的小岛。”提提又说。

“管他呢，咱们起航吧。”罗杰提议，他只有听到燕子号拍打水面的声音才能高兴起来。

返航时候一路上非常热闹。里约湾里满是土著人的船，燕子号夹在其中左右穿梭，他们还要和西南风搏斗。自从离开小岛后，大风就一直吹个不停。他们想过不如干脆收帆，不过只要能掌控小船他们就不想把船帆收起来。大风时不时地吹来，苏珊大副手里握着帆索站在一旁，随时准备着在必要时缩帆。船头溅起的浪花把罗杰的衣服全都弄湿了，苏珊让他挪到船尾坐到船舱里。此时他们脑子里想的，全都是驾驶着小船赶紧返回他们岛上的避风港，没有时间考虑别的事情。经过船屋湾时，船屋上的那个男人正在船尾的椅子上坐着，一看到燕子号他赶紧站了起来，拿着望远镜仔细观察他们。可是燕子号的船员们根本没有注意到他。

“等太阳落山的时候风就能停了，”约翰说，“我们先停靠在登陆点。燕子号在那里能躲一下风，风小点儿的时候我再把它带到后面的港湾去。”

于是他们先在原来的登陆点停靠。一上岸他们就跑回营地检查自己的帐篷，随后他们又围着小岛里里外外检查了一遍。一切都非常正常，与他们离开的时候没有两样。没有人来过这里，看来亚马逊号船上的海盗没有同伙。

随后他们在火堆里生了一把火，大家坐在一起喝茶的时候，船员们突然觉得也许他们都搞错了，他们之前还以为亚马逊号升旗是为了引起他们的注意，现在他们甚至都有点怀疑他们是否真的听到过船屋湾传来的那声炮响。

“为什么船屋上的那个男的要朝我们挥拳头呢？”提提好奇地问道，“肯定是发生了一些事情。”

“也许他不是在挥拳头。”约翰说。

“我觉得我们以后可能再也见不到那群海盗了。”提提感觉有些失落。

“没准她们不是海盗呢。”苏珊补充道。

第九章　绿羽毛箭翎

早上，约翰是第一个醒来的。时候不早了，头顶的太阳早已高高地挂在天空了。刚来的那几天早上，只要有一丝细微的晨光就能把探险队员们都弄醒，不过现在他们已经习惯了睡在帐篷里，而且昨天实在发生了太多事情。约翰刚醒的时候有些不开心，因为昨天看起来是那么的不真实，一整天都给浪费掉了。那些海盗、船屋湾的炮声、从湖边一直到里约港的“大追击”似乎都是一场梦，醒来的时候他却过着平凡的生活。嗯，约翰心想，谁也不能指望这种事情能总是发生，现在看来，倒不如没有发生过。毕竟，就算没有海盗，这个小岛和燕子号是确实存在的，没有海盗他一样可以继续精彩的海上探险。该去取牛奶了。

约翰看了看帐篷另一边的毯子，决定让罗杰接着睡。他慢慢地从毯子里爬出来，穿上沙滩鞋，拿起自己的一堆衣服和毛巾，钻出帐篷来到了冷清清的阳光下。他拿着牛奶罐子径直去了登陆点。“扑通”一声他直接扎进水里，使劲儿游了一两分钟。游泳要比洗澡好多了。阳光下他一个人静静地浮在水面上，只把鼻子和嘴巴露出水面。不远处海鸥正从水面上捕捉米诺鱼，没准儿哪只粗心的海鸥还会把他当成鱼，朝他猛扑过来。如果能在半空中抓住它们黑色的腿，那海鸥能拖着他飞吗？不过海鸥们都离他远远的，他只好侧身游回岸边，然后穿过树从跑到港湾，把衣服、毛巾和牛奶罐子都丢到燕子号里，把船推了出去。

约翰铆足了力气朝大橡树旁边的海滩努力划去，那棵大橡树就在迪克森农场脚下。还没到地方，温暖的阳光和和煦的南风就已经把他“烘”干了。他用毛巾把身上还有些湿的地方擦干，穿好衣服匆匆忙忙地朝农场跑去。

“你今天来得不是很早啊。”迪克森太太说。

“是的。”约翰老老实实地回答。

“吃点儿太妃糖吧，怎么样？”迪克森太太说，“昨天晚上没有事做，所以我就给你们烤了一点儿点心。你们一共有四个人，对吗？”

“谢谢您。”约翰说。

迪克森太太先往罐子里装满牛奶，交到约翰手上，顺便还给了他一大袋棕色的太妃糖。

“你吃过早餐了吗？”她问道。

“还没呢。”

“不过你已经洗过澡了，从你头发上可以看出来。你最好先吃点儿东西。等一下，我去给你拿块蛋糕。”

游泳之后再来一小块蛋糕当然是一个不错的选择，而且约翰也没觉得有任何不对劲。不过正当他吃蛋糕的时候，迪克森太太开口说话了：“船屋上的特纳先生曾经打听过你们。你们没有招惹过他的船屋吧？”

“没有啊。”约翰说。

“噢，可是他却觉得你们冒犯了他。”迪克森太太接着说，“孩子，你们最好离特纳先生和他的鹦鹉远点儿。”

昨天发生的事情一下子变得真实起来。约翰记起自己看到船屋上那个退休的海盗一个劲儿朝他们挥拳头，马上又想起自己是船长，他要为自己的小船、为自己的船员负责，而这个农场主太太迪克森太太虽然给他们太妃糖和蛋糕，但她是个土著人，不值得完全信任。

约翰马上返程回小岛，路上还想着应该先把大副叫醒再过来取牛奶。

不过他可以从迪克森农场下面的田野里看小岛，还看到一缕炊烟从树丛之中飘了上来。看来大副已经起床开始忙活了，火也生好了，一切都照旧，没准儿他还没回到营地，小壶里的水就已经煮开了。

他飞快地朝下面的岸边跑去。一等水手提提和见习水手罗杰正在小岛旁边游泳。他看见两个白色的身影拨开水花从水里冒了出来，周围溅起一阵阵喷泉般的水花。等他驾着小船到达登陆点的时候，他俩还在擦身上的水。两人帮着约翰把燕子号停到岸边。

“我从土著人那里拿来了牛奶，还有一些太妃糖。”约翰船长说。

“是真正的太妃糖吗？”罗杰问道。

“叫蜜糖，”提提说，“太妃糖是土著人叫的名字。”

“而且我还有一个坏消息要宣布，”约翰船长又说，“发生了一件事情。吃完早餐，我们立即召开船员大会。”

“遵命，船长！”一等水手回答道，她戳了一下见习水手，于是见习水手也赶紧说：“遵命，船长！”

一等水手和见习水手抱着牛奶罐子和蜜糖跑回营地。船长跟在后面，手插进口袋里，一边走一边思索。

“尊敬的船长，早餐已经准备好啦。”苏珊兴高采烈地喊道。

“谢谢你，尊敬的大副。”约翰说。

“牛奶在这儿。”罗杰说。

“还有满满一袋子蜜糖。”提提接着说，“你知道怎么做朗姆潘趣酒吗？就是用蜜糖做的，对吗？”

“我觉得是，”大副回答道，“但是我从来没做过。”

茶已经准备好了。鸡蛋还在锅里煮着，大副在一旁拿着计时器计时。

“已经三分钟啦，”她说，“开始计时的时候，鸡蛋已经在锅里煮了一小会儿了，现在应该已经熟了。”她用勺子把鸡蛋一个一个舀出来。鸡蛋、黄油面包和茶让他们的谈话暂停了几分钟。吃完后他们又吃了面包和果酱，然后大副又给每个人分了一些蜜糖，“这些蜜糖还不错哦，”她说，“如果吃不完，我就做朗姆潘趣酒。”

吃完早餐后，约翰船长开口说话了。“尊敬的大副，”他说，“现在我要召开会议。”

他们围着火堆坐成一圈，火苗现在已经很小了。锅子坐在火堆的余烬上，里面还有一锅水，他们要留着热水清洗黏糊糊的餐具。

苏珊一下子坐直了，扫视了一下自己的队伍。

“报告船长，全体集合完毕。”

“我们有一个敌人。”约翰船长说道。

“谁？”一等水手提提沉不住气了。

“是亚马逊号上的海盗。”罗杰说。

“安静！”大副命令道。

“你知道船屋上的那个男人吗？”约翰船长问。

“知道。”大副回答船长的问题。

“他告诉那些土著人，说我们曾经骚扰过他的船屋。”

“可是我们从来没有碰过他的船啊。”

“我知道我们没有碰过，但是他却告诉土著人说我们碰过。他是在挑唆土著人与我们为敌。我不知道他为什么恨我们，但是他的确是非常痛恨我们。”

“所以昨天他朝我们挥拳头。”苏珊若有所思地说。

“我知道他是个退休的海盗，”提提说，“他有秘密，那些海盗都有秘密。要么是他们以前干的非法勾当，要么是他们的财宝。你们看看昨天他朝那个海盗船开火的样子，他肯定是以为她们要争夺他的财宝。”

“是的，不过他为什么要敌视我们呢？”约翰有些不解。

“或许这小岛是他的，”提提说，“我们来之前已经有人到过这里了，而且还建了一个大灶。”

“但是，如果这真的是他的小岛，那他应该住在岛上，而不是住在船屋里啊。”

“住在船屋里他的鹦鹉可能更舒服些。”提提不以为然地说。

“不管怎么说，看来他是想把我们从小岛上赶出去。”

“我们才不走呢。”罗杰抗议道。

“我们当然不走，”约翰船长说，“但问题是，我们接下来该怎么做呢？”

“我们去把那个船屋弄沉。”罗杰和提提异口同声地说。

正在这时，一个东西“砰”的一声撞在锅上，火堆里的灰烬飞了出来，一个带着绿色羽毛的长箭直挺挺地插在火堆里，微微颤抖着。

四个探险队员同时跳了起来。

“战斗开始了。”提提喊道。

罗杰抓住箭柄把它从火堆里拔了出来。

提提立马接过去。“这上面可能有毒，”她说，“不要碰箭头。”

“你们听！”约翰船长说。

他们竖起耳朵仔细听，周围没有一丝声响，只有湖水拍打西岸的声音。

“是他，”提提说，“他用那只绿鹦鹉的羽毛做的箭翎。”

“你们听。”约翰船长又说了一遍。

“都闭嘴，安静一下。”大副下了命令。

在小岛中间的某个位置传来一阵刺耳的噼啪声，一根枯树枝掉了下来。

“我们必须搜查一遍，”约翰船长说，“我们进行地毯式搜索，我在一头，大副负责另一头。提提和罗杰在中间，彼此之间拉开些距离。只要有人看到那个海盗，其余的人全都上去帮忙。”

他们在小岛上分散开来，向前侦察行进。但是还没走出十码远就听见约翰大喊。

“燕子号不见了！”他喊道。他负责小岛的左侧，刚一走出营地就看到了那个登陆点。取牛奶回来的时候他直接把燕子号放在那里，可是现在燕子号不见了。其他人全部都跑到登陆点去，小船确实不见了踪影，它就这么平白无故地消失了。

“再接着分头找，再接着分头找！”约翰命令道，“沿着整个海岛地毯式搜索！大副，注意你所在岸边的警戒，小船不可能自己漂走，肯定是那个老海盗劫持了小船，他现在肯定还在岛上，我们听到他的动静了。”

“我和罗杰把船都停妥了，”提提说，“它不可能自己漂走。”

“再接着分头找，”约翰船长说，“而且要竖起耳朵来仔细听。大副只要一吹哨子立即行进。发出一声猫头鹰的叫声表示一切正常，叫三声表示发现情况。大副，如果你准备好了就马上吹哨子。”

大副穿过小岛，在靠近西海岸的地方停了下来。透过树丛望去，湖面上一艘帆船也没有，远处有早上的蒸汽船冒出的烟雾，不过这不算数。罗杰与提提之间距离大约六码，他们在小岛的中部地带搜查。约翰船长的侦察范围稍稍朝内陆收缩了一下，但是幅度不是很大。任何人只要出现在岸边都能被他发现。他们都竖起耳朵仔细听，但是四周没有一丝声响。

紧接着，一阵声音从小岛的西岸传了过来，大副吹响了哨子。

四个人马上继续在树林和矮树丛之间四处搜索。

“罗杰，”提提喊道，“你有武器吗？”

“没有啊，”罗杰回答她，“你有吗？”

“我有两根树枝，当长矛用。你最好也拿一根。”

说着，提提把自己的武器扔给罗杰一根。

突然她的左手方向传来一阵猫头鹰的叫声。

“应该是船长。”她说，随后也叫了一声表示回应。右手边的苏珊也叫了一声。他们仔细倾听周围的声响，然后继续往前行进。

“喂，”罗杰大声地说，“这儿曾有人来过。”

提提赶紧朝罗杰那边跑去。那里有一块圆形的地方，上面的草和蕨类植物有被压过的痕迹，似乎有人曾经在上面躺过。

“他还把小刀落在这里了。”罗杰手里拿着一把折好的小刀，这是在草地上找到的。

提提像猫头鹰那样叫了三声。

船长和大副跑着赶过来。

“他肯定就在附近。”提提说。

“我们找到了他的刀子。”罗杰报告道。

约翰船长蹲下去用手摸了一下被压平的草地。

“上面已经没有热气了。”他说。

“这地方凉得快。”大副说。

“继续分头行动，接着找。”约翰船长命令，“我们绝对不能让他把燕子号偷走。他肯定走不远，因为我们听见他的动静了，而且，如果他把燕子号弄出海了，我们就能在湖面上看到。他肯定是把燕子号藏在这里，在某个地方，在海岸附近的某个地方。”

正在这时，远处传来一声大喊。但是这个声音不是从前面传来的，而是从身后飘过来，从营地的方向传过来的。

“快点，”约翰船长说，“集合，进攻！”

全体船员穿过树丛，朝着营地冲回去。

刚到空地边上，一个声音马上喊了过来，可是他们却看不到说话的人。

“都站住！举起手来！”

声音是从他们正前方直接传过来的。

“举起手来！”那个声音又重复了一遍。

“卧倒！”约翰船长大喊一声，马上趴在地上。

苏珊、提提和罗杰也立刻卧倒，恰好一支箭从他们头上飞过，有惊无险。

他们观察着自己的营地，但是他们最先看到的东西和约翰船长想的不一样。营地中间插了一根高高的木杆，上面飘着一面黑色的海盗旗，但是营地周围却似乎没有人。然后，他们在帐篷里发现两个跪着的人影，一个手里握着弓箭准备发射，另一个正要把箭搭在弓弦上。

第十章 和 谈

“不是船屋上的那个人，”提提说，“是海盗船上的那两个女海盗。”

“而且正在我们的帐篷里。”苏珊接着说。

“我们上去捉住她们。”罗杰提议。

“举起手来！”藏在帐篷里的亚马逊号女海盗大声说。

“你们举起手来！”约翰船长大喊一声，似乎马上就要跳起来了。两个海盗手里的箭立即射过来。

“行动！”约翰船长大声喊道，“在她们上箭之前冲过去。为了燕子号，冲啊！”

燕子号四名船员马上站起来，片刻就到了空地中央。

戴着红帽子的亚马逊号海盗从帐篷里跳出来，看着他们。

不过她们手里的弓箭却对着地面。

“我们要谈判。”那个领头的海盗大喊一声。

“暂停！”约翰船长一声令下。

燕子号的四名探险队员站在那里，盯着亚马逊号的两个海盗。她们比燕子号的大部分水手都要大，其中一个比约翰船长高，另一个和约翰差不多。如果真要打起来，两边可能打个平手。

不过他们没有开战。

“我们先谈判，然后再作战。”亚马逊号的头头说。

“如果船屋上的那个人已经把燕子号偷走了，我们就没有必要再和你们谈判了。”约翰船长驳斥了海盗们的请求。

“船屋的那个男人？”年纪较小的那个海盗说，“可是我们跟他没关系，他是土著人，而且特别不友好。”

“哦，他对我们也不友好。”约翰船长说。

苏珊扯了扯约翰的袖子。“如果船屋上的那个人和她们不是一伙的，”她悄悄地说，“那燕子号肯定是被她们掠走了，而且肯定停靠在港湾里了，她们自己的船也肯定藏在那里。所以，她们既然抢占了我们的帐篷，我们也能拿下那两艘船。”

“如果他对你们也不友好，那我们应该马上谈判。”那个年纪大一点的海盗说。

“燕子号现在在哪里？”

“那是我们的战利品，放到我们的港湾里了。”

“那是我们的港湾，”约翰说，“不管怎么说，形势对你们不利。你们打不过我们四个，所以根本走不出小岛这边，港湾这一边在我们手上，所以亚马逊号就是我们的战利品，而且我们手上有两只船。你们只是占领了我们的帐篷而已。”

提提开始说话了：“为什么你们的箭上有绿色的羽毛？肯定是船屋上的那个海盗给你们的，你们就是一伙儿的！”

那个年纪小一点的海盗大声嚷嚷：“绿羽毛是我们的战利品，是我们抢来的！他留着绿羽毛用来清洗烟斗，这是我们登上他的船偷偷抢来的。”

年纪大一点的海盗说：“其实我们是一伙儿的，打仗对我们两边都没好处。”

约翰问：“那你们干吗来我们的小岛？”

“这是我们的小岛！”两个海盗异口同声地说。

“这怎么可能是你们的小岛？这是我们的营地！”

“好几年前这儿就是我们的地盘啦。”亚马逊人说，“要不然谁搭的火灶？谁标出的港湾？”

“怎么标港湾？”约翰问，“就是在树上画个十字架吗？谁都可以在树上画十字架。”

那个年纪大一点的海盗放声大笑。“那恰恰就说明了这是我们的岛，”她说，

“你们连这个港湾有什么标记都不知道！”

“我们知道！”罗杰说。

约翰没有说话，他们几个的确不知道，这一点他心知肚明。

最后约翰开口了：“好吧，我们谈判。不过你们必须得放下武器，我们也放下。而且你们必须得降下你们的旗子，因为我们的旗子现在在燕子号上，没办法在空地上升起来。”

那个年纪大的海盗说：“今天有这么好的风吹着旗子，降下来可惜了，就让它挂在那儿。你们可以派一个人去港湾把旗子取回来。这样我们谈判的时候两个旗子都在，这样就合理了。”

“那么，我们的人去取旗子的时候你们不许开战。”

“好的，保持和平，我们现在就放下武器。”

亚马逊人把弓箭放在地上，罗杰和提提也放下长矛，约翰和苏珊手里没有武器。

“尊敬的大副，”约翰说，“你可以派一个船员去港湾把我们的旗子拿回来吗？”

“罗杰，马上去取！”苏珊下了命令，然后又扭头对亚马逊号上的水手说，“你们发誓船屋上的那个人不会把他抓起来？”

“当然，”亚马逊号水手说，“那么你也得发誓他不会对我们的船捣鬼。我们之前对待你们的船很小心，对你们的帐篷也没有做手脚。其实把这些帐篷烧掉或推倒在地上，对我们来说很容易的。”

“我们当然能保证。”约翰船长承诺道。

“为什么不把她们的船凿沉了，俘虏她们？”提提悄悄地问。

“在谈判结束之前，我们都要维持和平。”约翰船长说，“罗杰快去取旗子，但是不要碰别的东西。”

罗杰一溜烟跑了。“反正我手里有她们的刀子。”他一边跑一边大声喊了一句。

年纪大的水手扭过头看着自己的同伙。

“佩吉你这个笨蛋，”她说，“船上的刀子呢？”

年纪小点的佩吉马上摸了摸屁股上的口袋。

“不见了。”她说，“一定是刚才藏在草丛里的时候落在那儿了。”

“我们不想拿她们的刀子。”苏珊悄悄地对约翰说。

“我们会把刀子还给你们，”约翰对亚马逊号水手说，“等我们的人从港湾回来了，他就把刀子放在其他的武器那儿。我们不想要你们的刀子，我们船上就有三把。”

“而且我们还有切肉饼的刀子、切面包和黄油的刀子。”提提又插了一句。

“那把刀子是去年在船屋上替吉姆舅舅擦大炮时他送给我们的。”

“船屋上的那个男人是你们的舅舅？”提提问，“刚才你们还说他也是你们的敌人呢。”

“他只是有时是我们的舅舅，”小水手说，“去年的时候他是。今年他和土著人结成一伙儿了，而且那些土著人很不友好。”

“我们认识的土著人都很友好啊，”提提说，“每个人都很善良，除了船屋上的那个人和……你们。”她说着又补充了一句，“如果他是你们的舅舅，那你们肯定和他是一伙的。”

“我们才不是，幸亏不是……”大水手说道。

“提提闭嘴！我们等着和她们谈判。”约翰船长说。

罗杰回来了，手里拿着提提做的小旗子。

“她们的船不错。”他悄悄地对苏珊说。

“把小刀给我。”约翰说。

罗杰把小刀交给他，约翰在空地边上找了一棵榛子树，从上面砍下一根树枝，把树枝一头削尖，好做旗杆插在地上。随后他把提提的燕子旗系在树枝上，找了一个土壤松软的地方，把旗杆结结实实地插在亚马逊号海盗旗旁边的地上。最后他把刀子在草地上擦干净折好，和弓箭、长矛放在一起。

“好了，现在可以开始谈判了。”约翰说。他朝亚马逊号船员走去，伸出手。

“我叫约翰·沃克，”他自我介绍说，“是燕子号的船长。这是苏珊·沃克，燕子号的大副。这是提提，船上的一等水手。这是罗杰，见习水手。你们是谁？”

年纪大一些的亚马逊号女孩与约翰握了一下手。

“我是南希·布莱凯特，亚马逊号的船长，船的主人之一，海上之王。她是佩吉·布莱凯特，亚马逊号的大副，她和我一样，都是小船的主人。”

“她的真名不是南希，”佩吉说，“她其实叫露丝，可是吉姆舅舅说亚马逊人都冷酷，我们的船叫亚马逊号，我们都是从亚马孙河上来的海盗，所以必须得给她换个名字。那艘小船也是吉姆舅舅去年送给我们的，以前我们只有艘舢板船。”

南希·布莱凯特凶巴巴地瞪了她一眼。“佩吉，你再不闭嘴，我就把你的腿打断。”

“她们和那个船屋海盗肯定是一伙儿的，”提提说，“你们没听见她说那个老海盗送给她们一艘船吗？”

“那都是去年的事情了。”南希解释道，“去年的时候他对我们很好，今年他比土著人还坏。”

“我们干吗不坐下来谈呢？”苏珊说，“要不我在火堆里添一点柴，烧点儿水喝？水壶里还有一些茶叶呢。”

“我们不喝茶，谢谢你，”南希说，“但如果你想用我们的火灶，请随便用。”

“这是我们的营地！”罗杰马上不服气地说。

“我们都坐下来吧。”苏珊招呼道。

于是双方坐在火灶旁边的地上，里面还隐隐冒着一丝火星儿。苏珊说得有道理，坐下来大家就心平气和多了。

“首先，”南希·布莱凯特说，“你们什么时候来到这片水域的？”

“一个月以前我们就发现这个地方了。”

“你们什么时候来到这个小岛上的？”

“我们在岛上已经生活了好多好多天了。”

“噢，”南希·布莱凯特说，“我们出生在亚马孙河畔，亚马孙河最后就注入这片水域。好几年以前我们就来这个岛上了。”

“我们以前都是驾驶大舢板船来，不过后来吉姆舅舅把亚马逊号小船送给我们。”佩吉说，“从前我们来的时候就在你们放船的那个地点登陆，后来我们发现了那个港湾。我们每年都来这里露营。”

“听我说！”南希·布莱凯特说，“这个小岛叫什么名字啊？”

“我们还没有给小岛取名字。”约翰老老实实地说。

“它叫野猫岛。吉姆舅舅这么说的，因为这是我们的小岛。这也说明小岛到底该属于谁。”

“不过现在它已经是我们的了。”约翰说，“我们来的时候岛上没有人住，而且我们在这里安了帐篷，你不能把我们赶走。”

正说着，提提突然插了进来。

“你们的吉姆舅舅是不是一个退休的海盗？”她问道，“第一次看见他的时候我就觉得他是一个海盗。”

南希·布莱凯特想了一会儿。“他曾经是个出色的海盗。”过了好久她才说话。

“不过，”提提说，“你们也是海盗。”

“这也就是他讨厌我们的原因。他就像《珍宝岛》里的弗林特船长，熟悉海盗是什么样的人。他知道我们总有一天会攻下他的船，把他从船上赶下来。”

“我们会帮你。”罗杰说。

“他讨厌我们，”约翰船长说，“而且他还教唆土著人，让他们跟我们作对。”

“我们结盟吧，”南希·布莱凯特说，“这样小岛归谁都没关系啦。我们联合成同盟一起对抗弗林特船长，一起对抗世界上所有的土著人。”

“但是对我们友好的土著人除外。”提提说。

“我们结盟吧，”佩吉迫不及待地说，“昨天我们在岛上看到你们的炊烟，那个时候就想和你们结盟了。我们讨厌土著人。如果不是答应要回家吃饭，我们当时就要和你们结盟了，这也是为什么我们只围着岛转了一圈，只用旗子引起你们的注意的原因。我们没有时间做别的，紧接着就直接回家了。”

“我们在里约港那边的大岛上监视你们来着。”苏珊说。

“里约港？”南希说，“里约港？噢，好吧，如果你们愿意让这个小岛叫野猫岛，我们就同意那个港湾叫里约港。这个名字还不赖。”

“野猫岛这个名字也不错。”约翰客气地说。

“不过我们从这儿走了之后，你们怎么能在里约港那边的岛上看到我们呢？”佩吉好奇地问道。

“我们驾着燕子号去跟踪你们了。”约翰解释道。

“速度可真快啊，”南希·布莱凯特说，“我们错过了一个好机会。如果我们知道的话，一定要和你们硬碰硬地好好较量一番，一直到我们中的某艘船沉了才算完，就算耽误了回家吃饭也没关系。”

佩吉·布莱凯特接着说：“我们今天继续来侦察你们，太阳刚一升起来我们就起床了。我们就在小岛附近航行，但是岛上没有炊烟，还以为你们已经走了，或者是还没起床，然后在登陆点看到了你们的船。后来我们就去了茶叶湾吃了今天的第二顿早餐，一顿名副其实的早餐，还有茶呢，第一顿早餐我们就只吃了凉稀粥和三明治，是昨晚从厨娘那儿拿的。随后我们沿着沙滩匍匐前进，看到你们中的一个人驾着船从别的地方回来，其他人在洗澡。后来我们发现你们都不见了，于是爬回我们的船上，直接开进了海湾。那儿也没有人。后来我们穿过灌木丛来到这边，四处搜寻你们，接着就看到你们都围着火堆坐成一圈，于是就把你们的船弄走了，藏在港湾那里，然后又折回来突袭你们。你们发现小船不见了就都跑到登陆点那边去，于是我们趁机悄悄溜进来，占领了你们的营地。南希正说着与你们结盟的事可能不好办，这时候……”“打住，佩吉，你这个笨蛋！”南希・布莱凯特说，“请原谅我的大副，”她抱歉地对约翰船长说，“她总是唠唠叨叨地说个不停。”

“南希说我们的突袭很成功，所以搞得现在都不能和你们做同盟了。我说我讨厌到处树敌，今年和那些土著人还有舅舅的关系都不好……”

“叫他弗林特船长。”南希更正道。

“管他呢，要是她没想起来结盟这件事，那你们也就都成了土著人了，而且永远永远都是。”佩吉说。

“我们才不是呢。”提提马上说。

“你们当然不是土著人了，”南希・布莱凯特说，“做老水手，或者是伐木工比做土著人好玩多啦。我建议我们结成同盟。”

“完全赞同。”约翰船长说。

“我的主意是，”南希・布莱凯特说，“我们结成同盟对抗所有的敌人，尤其是吉姆舅舅——我是说弗林特船长。但是我设想的同盟是，如果我们愿意，那么我们之间也可以开战。”

“这根本就不是一个同盟嘛，”提提不以为然地说，“这是一个条约，叫攻守条约。历史书上有很多这种条约呢。”

“是的，”南希・布莱凯特说，“一起抵御共同的敌人，只要我们想打仗，我们之间也可以打个你死我活。”

“没问题。”

“你有纸和笔吗？”南希问道。

“我有。”提提马上回答，她跑进大副的帐篷，从航海日志上撕下一张纸，又拿了一支铅笔。

南希接过纸笔开始写：

本人，燕子号之约翰船长，与本人，亚马逊号之南希船长，代表本人所在船只以及所有船员据此达成攻守条约。一九二九年八月于野猫岛双方签字盖章。

写完后她把这张纸传给其他人看。

“看起来没问题。”约翰船长说。

“应该是‘本八月’，不是‘八月’，”提提更正道，“而且你也没有写经纬度，人家在所有的地名后面都要标注经度和纬度呢。”

南希·布莱凯特接过纸，在八月前面又加了一个“本”字，在“野猫岛”后面补充上“南纬 7 度，西经 200 度”。

“我们应该蘸着自己的血签字才行，”她说，“不过，用铅笔写也没有问题啦！”

约翰拿过纸签上自己的名字：“船长：约翰·沃克。”

南希也签了字：“亚马逊号海盗：南希·布莱凯特。”

双方船长握手。

佩吉松了一口气：“不管怎么说，今天是和平的一天。”

苏珊说：“你想尝尝我们的太妃糖吗？”

“是蜜糖。”提提更正道。

佩吉说：“我们占领营地后的确看到了那个东西，不过我们一点儿也没碰。如果你真要请我们吃的话，我们非常乐意。”

南希说：“我们开一大罐牙买加朗姆酒吧！我们在亚马逊号上还有一个宝贝呢，现在就去港湾拿出来。这真是个好东西呢，我们的厨娘有时候在土著人里面算是非常友好的，她把这个宝贝叫作柠檬汁。”

第十一章 结 盟

燕子号船员和亚马逊号船员一起去了小岛最南端的港湾。那条小路现在已经非常好走了，不过他们还是要时不时地从树枝底下钻过去，跨过荆棘丛，还要把灌木丛都拨到一旁以免挡路。两艘小船一起挤在小小的港湾里，船头靠在湖滨上。亚马逊号是一艘特别棒的小船，它是用涂过清漆的厚松木板做的，看起来要比燕子号更新一些，长度与燕子号差不多，但是舱内空间却没有燕子号那么宽敞。在桅杆的底部，桅杆与活动船板的格子之间有一个小小的橡树桶，散发着闪亮的光泽。

那个活动船板让罗杰有些摸不着头脑。

“船中间那个从上到下的大东西是什么呀？”他好奇地问道。

“那是放活动船板的格子啊。”佩吉说。

“什么是活动船板？”

“那是一根铁制的龙骨，迎风开船时可以把它放到水里去，要是顺着风行驶，或者在浅水的地方，我们就把它提上来，放到那个小格子里。”南希解释道，“没有活动船板你们怎么逆风开船啊？”

“燕子号逆风行驶的能力很不错。”约翰船长说，“它的龙骨大约有六英寸那么深，不过龙骨固定不动，所以我们不用在船舱里再装活动船板。”

“吉姆舅舅——弗林特船长——说逆风行驶如果没有活动船板就什么也做不成。”

“这只能说明他还不了解燕子号。”约翰船长特别自信。

“那个桶是干吗的呀？”罗杰接着问。

“那是一个淡水桶。因为那些土著人认为，湖里的水不能直接拿来喝。”佩吉说，“但是我们经常喝湖水，不是从湖里取水直接喝，是用来煮茶，所以我们用这个淡水桶装可以直接喝的水。现在它里面有很多好东西呢。”

“待会儿我们把它搬回营地。”南希·布莱凯特说。

“可是不是很重吗？”苏珊说。

“用我们的办法搬就不重啦，”南希说，“我们把它吊在一支船桨上，这一招才好使嘛。快点佩吉，帮帮忙。”

亚马逊号的海盗们都爬上船。南希从船尾拿出一根绳子，在绳子一头打了一个结做绳圈。然后她和佩吉用力把桶举起来放到船头的侧舷上。约翰和苏珊在船头扶着桶，亚马逊号船员拿着绳子和船桨爬上岸。南希把绳圈套在橡木桶上系紧，这样桶就不会溜出来；然后她把绳子在船桨上绕了两圈，把绳子从圈圈里伸过去，绕到了桶的顶端，然后又围着木桶绕了几圈，在绳子的另一端打好结。最后南希用绳子又围着船桨绕了两圈，重复刚才的做法，这些木桶就系得紧紧的啦。

“准备好了吗，佩吉？”南希问道。

“好啦。”佩吉说。

“用力拉哟。”南希船长喊起了号子。她们一人一头儿把船桨抬了起来，放到肩膀上，把橡木桶老老实实地挂在船桨上。

“出发！”南希说，于是亚马逊号海盗们离开港湾，沿着树林间的小道一路向前。

“这样抬根本感觉不到重，”佩吉说，“海盗们就是这样搬水桶啊，运财宝啊，只要是从船上向陆地上运东西，他们都用这个办法。”

苏珊、提提、罗杰跟着她们一起走了，约翰船长却站在港湾没动。他还在想亚马逊人说的这个港湾已经被她们标记了。她们到底是什么意思呢？他在岸边的树桩上看到了那个十字架，他说任何人都可以在树上画个十字架，可是南希·布莱凯特却说这更加证明了他根本不知道这个港湾有什么标记。那么，到底有什么标记呢？他又看了看四周，树桩上有个白色的十字架，可是除此之外就没有看起来像记号的东西了，石头上没有记号，树上除了那个十字架也没有其他的记号。他对亚马逊人的尊敬油然而生，她们不仅是优秀的水手，而且好像什么都知道。他本来可以直接向她们问清楚，可是作为船长他可不想这么干。他又朝四周看了一眼，然后赶紧去追其他人。

约翰追上的时候他们刚到营地。亚马逊号船员从肩上卸下船桨，把木桶放在旗子那边，然后她们又在木桶的两边垫了一些石头，这样木桶出水的塞子就离地面高了一点。

“我们忘了带杯子。”佩吉突然想起来。

“用我们的就够了。”苏珊说，她和提提从帐篷里拿出好几个杯子。

“因为担心有人不小心把杯子摔碎了，我们从家里来的时候带了六个杯子。”提提说，“不过幸运的是，现在这些杯子都还完好无损。”

“我们在船里有大酒壶呢，”佩吉说，“模样就和这些杯子一样。”

她把杯子里都倒满了柠檬汁，此时南希·布莱凯特却坐在一旁冥思苦想。罗杰递给她一只杯子，她顺手接了过来。提提递给她蜜糖袋子，她也顺手拿了一大块，可是有那么一段时间，她好像根本没有意识到别人的存在。

最后她终于开口说话了：“本来我们应该先敬海盗旗，敬骷髅头，敬死亡和荣誉，敬成千上万的西班牙古银币，可惜你们不是海盗，我们就不能用这个祝酒词了。不过我们可以举杯诅咒我们的敌人。”

“那个养鹦鹉的海盗。”提提说。

“船屋上的那个男的。”约翰船长说。

“是的，”南希说，“我想到新的祝酒词啦！燕子号和亚马逊号万岁！让弗林特船长去死吧！”

“燕子号和亚马逊号万岁！”佩吉重复了一遍，“让吉姆舅舅去死吧！”

“弗林特船长！你这个满脑子糨糊的笨蛋！”南希船长更正道。

其他人都说得一字不差，连罗杰也说对了。

“干杯！”南希船长欢呼道。

这是海盗和探险队员们有生以来喝过的最好喝的柠檬汁。

“我从来没有喝过比这更好喝的朗姆酒。”一等水手提提不禁感叹。

“很好喝，”南希船长说，“你的蜜糖也很好吃。”

嘴里吃着蜜糖不方便说话，所以一时间大家都顾不上说话了。

最后提提打破了安静问道：“弗林特船长从哪儿弄来的鹦鹉啊？”

佩吉·布莱凯特连忙吞下嘴里的蜜糖，解释道：“他是从桑给巴尔岛带回来的，他去过世界上好多地方呢。妈妈说他年轻的时候是家里的害群之马，所以家里人把他送去了南美洲。不过他没有在那里住多久，而是到处跑。去年的时候他回到家乡，说已经跑遍了各个地方，也搜集了足够的钱可以定居下来了。妈妈是他的姐姐。可是他喜欢在海上生活，所以他买下了那个船屋，去年我们经常去那里。那时他和我们还是一伙儿的，而且我们还经常和他驾着亚马逊号出海。后来他把亚马逊号送给我们，没到冬天就又走了。今年他回来的时候说自己合同在身，要写一本书，而且虽然今年夏天他也还是住在船屋上，可是他不肯和我们一起出来航海，却总是和土著人混在一起。我们想尽了各种办法要他回心转意，但是都没有成功。他甚至告诉妈妈让我们离他远远的，所以妈妈就对我们说他要写书，让我们不要去打扰他。但是我们觉得写书又不是他的错，而且我们也不会因为他要写书就觉得他不好。我们甚至主动提出要过来和他一起生活，可是他一点儿也不领情。最后，他就禁止我们靠近他。”

“所以我们就在一旁监视他，等他上了岸，我们就溜进了他的船屋，把他的绿色羽毛抢了过来做箭翎，”南希接着说，“我们就是要向他示威。他把羽毛都放在一个罐子里，留着清洗烟斗。”

“而且好可惜呢。”佩吉说，“我们本来在教那只鹦鹉学着说‘八片币’，这样它才算是合格的海盗鹦鹉，才有资格跟我们来野猫岛。它只会说‘漂亮的波利’，但只会说这句话没用啊。不过人家也说，绿色的鹦鹉说话不如灰色的鹦鹉好。”

“我记得你说过你以为他是个海盗，而且已经退休了，是吗？”南希问提提。

“是呀。”提提说。

“这么说，这只鹦鹉只会说‘漂亮的波利’这一句话，也许是一件好事，因为其他的话就会暴露主人的身份。”

“他昨天真的朝你们开火了吗？”约翰船长问道，“我们看到了烟，还听到了砰的一声。”

“不是他，是我们。”南希船长说，“我们开进了那个海湾，围着船屋转圈圈，然后又透过船舱的玻璃往里面看。我们看到舅……弗林特船长正在睡觉。于是我们就拿了一个大大的罗马氏爆竹，这种爆竹先是嘶嘶地响，然后就会发出‘砰’的一声。我们把那个爆竹放在船舱顶上，点着之后就开着船溜走了。爆竹炸开的时候，我们正好通过那片长满树的地方。我们去年十一月五号就买了，不过它到现在也没失效。本来的动静还要更大呢。”

“我们从这儿都听到动静，”罗杰说，“特别响。”

“我猜他肯定会勃然大怒。”南希乐开了花。

“我们要去里约港追你们的时候，他就站在甲板上朝我们挥拳头。”约翰说，“那个时候离着爆竹响都过去好久了。”

“嗯，现在我们都和他为敌啦，”南希说，“改天我们就包围他的船屋。只要我们合伙就肯定没问题，燕子号在一头，亚马逊号在另一头，反正他肯定不能在甲板两边同时作战。然后我们再给他两个选择，他要么像去年夏天那样我们一起共进退，要么就放弃这个船屋。”

“他最好是放弃这个船屋，”一等水手提提说，“这样我们就可以拿着他的财宝去买一艘大船，以后永远都住在船上，畅游全世界。”

“我们还可以去中国海域找爸爸。”苏珊说。

“而且我们还能发现新的大洲，”提提说，“美洲大陆不可能什么都有，其他地方肯定有很多我们还没发现的东西。”

“我们也去桑给巴尔岛，运一船的鹦鹉回来，只要灰颜色的鹦鹉，听它们说话玩儿。”

“还要带猴子。”罗杰补充了一句。

“可是我最喜欢绿色的鹦鹉。”提提说。

“听我说，”南希·布莱凯特突然说，“我们都忘了谈判的事啦。我们不能总是和弗林特船长作战。不过我们可以演习，但是不必打沉对方的船。”

“谁也不能把燕子号打沉！”罗杰立即凶巴巴地说。

“好吧，”南希满不在乎地说，“不做就不做。不过要是我们能俘获燕子号，你们也能想办法俘获亚马逊号，这倒是个不错的演练呢。而且赢的那艘船就可以做旗舰，每一个舰队里都要有一艘旗舰。如果你们能俘获亚马逊号，那燕子号就是旗舰，而且约翰船长就可以做舰队的总指挥官。如果我们能俘获燕子号，那亚马逊号就是旗舰，我就是总指挥官。演练明天正式开始。”

“演练结束后，我们就直接去攻打船屋。”提提充满雄心壮志。

“不过，”约翰说，“你们知道燕子号的停靠点，因为你们知道我们驻扎在这儿。如果我们不好好看守，你们就能轻而易举地把燕子号掳走。可是我们根本就不知道你们把亚马逊号藏在哪里呀。”

“我们昨天回去的时候你们已经看到了呀。”

“我们看到你们在湖泊的西岸拐到岬角的后面去了。”

“哦，只要过了岬角，你们就能看到一个河口。那就是亚马孙河。离那儿不远的北边，在河的右岸有一个船库，你们从湖里驶进河时是左岸。那里有一个石头做的船库，前面还系着一块木板，上面有骷髅头的标志。那儿还有一艘摩托艇，不过你们最好不要碰，那是土著人的。除了摩托艇还有个舢划艇，亚马逊号到家之后也会停在那里。现在你们都知道了吧？”

“等一下，”约翰说，“我这儿有一个航海图。”

他拿出那本旅游书翻到地图那一页，上面有湖泊的全景。南希·布莱凯特把亚马孙河指给约翰看。不过它在地图上还有另一个名字。约翰把铅笔递给南希。

“你把船库所在的位置标出来吧。”他说。

南希船长用铅笔把船库在地图上标出来。

“这只是一个突袭式远征。”她说，“我们双方承诺不管谁赢得最后的胜利，对待对方的船都必须像对待自己的船那样小心仔细。”

“肯定是我们赢啦。”佩吉信心满满地说，“南希只要说她行，她就一定能成功。”

“那我们等着瞧吧。”约翰船长说。

“战斗明天开始。”南希船长说。

“听我说，”苏珊说，“我们是不是趁着柠檬汁还没有喝完把午餐解决了？”

“是牙买加朗姆酒。”提提责备道。

“我们有很多三明治。”佩吉说。

“我们有肉饼罐头，”苏珊附和道，“还有沙丁鱼罐头。我们把馅饼吃完了，新馅饼得等到明天呢。”

“哎呀，我们没有钓鱼呢，”提提一脸惋惜的样子，“要不然我们就能做煎鲨鱼给你们吃了。”

“吃沙丁鱼就行啦。”佩吉说。

营地里一阵忙乱。亚马逊号的佩吉大副似乎和燕子号苏珊大副一样都掌管着船上的饮食。在提提和罗杰的帮助下，大副们准备做一顿真正的大餐。她们把新鲜的木头放在火上，又吹燃了火堆里的灰烬烧开水。她们一致同意最好用热水清洗餐具，泡茶也应该用热水，木桶里的水留着以备不时之需。然后要开沙丁鱼罐头和肉饼罐头，而且还要去亚马逊号上拿三明治和蛋糕。

两位船长刚开始都没有过去帮忙，只是在一旁看着船员们工作。

后来约翰船长说："南希船长，希望你能给我讲讲港湾的标记是怎么一回事。"

“这很简单，约翰船长，”南希说，“趁着水手们在准备午餐，你跟我来，我指给你看。”

他们一起去了港湾，在路上还碰见佩吉拿着满满一篮子蛋糕和三明治。等他们到了港湾，那儿就只有他们两个人，这让约翰船长很满意。他径直朝那个划着十字架的树桩走去。

“我一开始就发现了这个。”

“但是你没有发现其他的东西。”南希船长说，“我们是亚马逊号海盗，我们的标记是个秘密。两个标记少了哪个都不行，但是另一个标记我们根本就不画出来。”

“那到底什么是标记呢？”约翰好奇地问道。

南希船长蹲在湖滩上，画了半个圆。“假设这儿是港湾，”她说，“这些是外围的岩石。”说着她拿了几块石头放在相应的位置上，“你想进入港湾，有这样一条路直接指引着你绕开石头直接开进来。把这条线延长一些，延长到港湾里，直到湖滩上。那么你的标记就在这条直线上。假设这是你的第一个标记，”说着她在那儿插了一根小树枝，“假设这个树枝就是那个画着十字架的树桩，现在在这条直线上，除了第一个标记，你还能看见别的东西。不过这可以是任何东西，所以如果你知道是什么的话，就不用专门标记出来了。如果你想从外围水域直接开进港湾，你只需让两个标记在一条直线上就可以了。只要这么做，你在这条直线上航行，就能顺利地避开那些石头平稳地开进来。即便这个湖泊——这片水域——水非常深，水下有石头，只要两个标记在一条直线上，你不用看那些石头也能安全地驶进来。”

“哦。”约翰船长若有所思地说。

“我们去亚马逊号船上，我先开出去然后再进来给你看看。”

约翰登上亚马逊号。南希·布莱凯特抛锚直接驾驶小船去了石头外围，这样他们就在比较开阔的水域了。然后她在船尾划着短桨指挥小船掉头朝小岛驶去。

“现在，”她说，“你能看到画着十字架的树桩吗？”

“可以啊，”约翰说，“我能看到那个十字架，可是隔着沙滩很难看到树桩呢，它们颜色差不多。”

“这也就是我们为什么要画个十字架在上面。”南希说，“现在朝右前方看，你能看到一个树杈，树杈下边还掉了一大块树皮。看到了吗？”

“看到了。”

“这就是第二个标记。现在我们和港湾之间有很多石头。但是，如果我稍稍往北一点，你会发现树杈离着标记过的树桩更近了，慢慢来，树杈就被树桩挡住了，这样我们就能直接开进去了。等这两个标记在一条直线上时你就告诉我。”

“现在都在一条直线上了。”约翰船长说。

“好的，”南希船长说，“现在我什么都不用看了。只要划船，留心小船的底部就可以了。你看着这两个标记，如果它们两个不在一条线上了就告诉我。”

她坐在船尾飞快地划着小船，亚马逊号小船朝着岩石开过去。

“现在树杈在树桩的右边。”约翰喊道。

南希稍稍调整航向。“现在怎么样了？”她问道。

“可以了。”

于是她继续划桨。

“树杈又到左边去了……现在好了……又去左边了……好了……去了右边……好。”

南希头都没有抬一下，但是每当约翰说两个标记不在一条直线上时，她就稍稍调整方向。亚马逊号小船在岩石间穿梭，最后到达港湾。

“好啦，穿过来了，”约翰赞叹道，“这样真有意思。”

“非常简单，”南希船长说，“是弗林特船长教给我们的，去年他还没有变坏时——还是我们的吉姆舅舅的时候教给我们的。所有的港湾都是这样标记的，都有两个记号，指引船只在正确的航向上前进。当然这些标记上应该都挂上灯笼，方便夜间的时候船只靠港。只要标记上有灯笼，即便是漆黑的夜晚你也能顺利地穿过这些岩石。”

“这就是航海书上说的导航灯吗？”约翰问道。

“什么是航海书啊？”这下轮到南希不懂了。约翰很兴奋，原来南希船长也有不懂的东西啊。

他们把亚马逊号停妥后立即返回营地享受大餐。这是一顿非常棒的大餐，三明治、沙丁鱼搭配肉酱罐头和柠檬汁非常好吃。等他们享受完午餐，水壶也开始吱吱地叫了，要是吃蛋糕没有茶水来搭配，那多可惜啊。

六个航海队员坐在一起策划航海旅行，时间不知不觉间就飞走了。南希船长抬头看了看太阳。

“我们现在该起航了，”她说，“不然土著人肯定又会来找我们的麻烦。这个礼拜我们已经有两天没有赶上饭点了。湖面上总是有风，得等到太阳落山的时候才能停，我们要赶很远的路呢。佩吉，动动你的腿。”

“可是有一条已经麻了。”佩吉说道。

“两条腿一起动一下就好了，”南希船长说，“快点，帮忙收拾这个木桶。”

空木桶抬起来一点也不费劲，不过她们要用老办法，所以还是要绑在船桨上抬走。提提替她们拿着海盗旗，罗杰提着篮子。燕子号所有的船员们都去了港湾给她们送行。

亚马逊号驶出港湾，撑开船帆借着徐徐的风很快就过了小岛北端。燕子号船员们又跑回到哨岗朝她们挥手告别。

“战斗明天就打响啦！”南希船长大声喊道。

“没问题！”约翰船长高声回应。

第十二章　导航灯

当天晚上燕子号船员们很晚才睡。亚马逊号船上的白帆刚刚消失在达恩峰的另一侧，约翰船长就带着锤子、几个钉子和两个蜡烛灯笼去了港湾，苏珊大副作为帮手也跟着他一起走了。提提和罗杰留下来清洗餐具。

“你知道她们是怎么标记港湾的吗？”约翰一边说一边指着那个标有白色十字架的树桩给苏珊看，“这是其中一个标记，另一个标记是一棵树，那棵树上有一个大树杈，而且树杈下面还掉了一大块树皮。只要让这两个标记在一条直线上，那些亚马逊号船员不用看水底的石头就能驶进港湾。南希船长还带着我体验了一把。只要知道其中的诀窍就很简单了。不过在真正的港湾里所有的标记上应该挂个灯笼，这样船只在深夜里航行的时候也能找到路。我要把这些导航灯挂在标记上，这样我们就能在夜里突袭亚马逊号船员，回来的时候不管多么黑都能顺利靠港。”

他在那个画着白色十字架的树桩中间敲进一个钉子，把灯笼挂在上面。然后他和苏珊又去那棵有树杈的大树跟前，树杈太高了，他们都够不着。

“你要爬到树上去，把灯笼放在树杈上吗？”苏珊有些好奇。

“不，尊敬的大副。那样不好，否则就只有我们俩能爬上去点亮蜡烛了。我们得放在一个大家都能点亮它的地方……”

“罗杰不可以，”大副更正道，“他还不能用火柴。”

“哦，是的，”约翰船长说，“我们不用非得把它放在提提能够得到的地方。

挂得太低也不好，灌木会把它挡住的。你去港湾那边，站在那个树桩后面，尽量靠近水边。”

苏珊后退几步，站在树桩后面，挨着水边。树桩离水边大约有十码。

“你能看到树杈吗？”约翰大声问道。

“能啊。”苏珊说。

约翰把手放到树干上，手尽量举到最高。

“你能看到我的手吗？”

“可以。”

“现在还能看到吗？”他沿着树干慢慢地把手放低。

“现在看不到了。”苏珊喊道。

他又稍稍把手举高了几英寸。

“现在又能看到了。”苏珊喊道。

“你吹哨子把提提叫过来吧。”约翰船长命令道，于是苏珊吹响了哨子。提提和罗杰跑过来。约翰船长一直把手放在那里等他们，然后他让提提试着看看能不能够到那个地方。提提刚好能够着。

“好极啦。”约翰船长说。

“这是要干吗呀？”提提问道。

约翰船长没有说话，在刚才的那个位置敲进一颗钉子，然后把第二盏灯笼挂上去。

“现在试一下能不能把灯笼盖子打开。”

提提踮起脚尖，打开了灯笼盖子。

“这到底是要干吗呀？”提提问道。

“天一黑你就知道了。”约翰船长神秘兮兮地说。

“可是我够不到呢。”罗杰也试着够了一下。

“没关系。”约翰船长说。

“允许你用火柴之后才够得着呢，”大副安慰他，“那个时候你就长高啦。”

天一黑，燕子号的水手们又都聚在了港湾上。约翰船长把火柴递给提提，她点亮了灯笼，罗杰在一旁看着他们。四人随后爬上船。

“罗杰应该上床睡觉了。”大副说。

“我们用不了多少时间，”约翰船长安慰她，“而且我们不能让他落单。”

“没关系，反正我也不困。”罗杰说。

他们把小船划进湖里。黑暗很快便笼罩住他们。星星在天空闪闪发光，猫头鹰在周围叫喊，湖泊的边际消失在山脚之下。船员们能看到群山的轮廓，黑压压的一片直冲星光闪烁的天空。然后，云彩飘过来遮住了星光，船员们连山丘和天空的分界线都分不清了。

他们突然在黑暗之中看到一束摇曳的火光，紧挨着旁边还有一束，又一束，随后一个细微的火焰上冒出一缕烟。船员们都抬起头看那缕烟，仿佛黑墙上方有一扇小小的窗户，他们都盯着那个窗户看。正看着，烟雾中间冒出一个人影，那个黑黑的人影忙着拍打四周的火焰。火焰渐渐地灭了，仿佛小窗户上挂了一面黑色的窗帘。突然又有一股火焰冒出来，那个人影紧接着出现在火焰旁边，再后来这个火焰也灭了。周围就只剩下一片黑暗。

“肯定是野人，”提提说，“我敢说这个树林里肯定有一些野人。”

“他们是烧炭工人，”约翰说，“农场的土著人还问我们有没有看到他们呢。如果我们以前就走这条路，肯定就能看见他们了。”

“他们看起来就和野人一样，”提提说，“我们过去看看吧。”

“反正现在不行。”大副说。

“那我们怎么回家啊？”罗杰问道，“我什么也看不见了。”

约翰船长也在担心这个问题。他分不清他们现在到底是在哪里，也看不到港湾后面的导航灯。不过这倒也正常，灯光可能被大石头都挡住了，燕子号只有在港湾入口的另一边才能看到它们。只是，就算能看到灯光，他也不太确定能驾驶着小船顺利地开进去。他知道应该没问题，但是毕竟以前从来没有尝试过。白天靠着标记划进船港是一码事，如果发现问题可以四处观察自己在什么位置，可是到了晚上就是另一码事了。四周被黑暗包围，除了光亮什么也不能指望。无论如何，现在他们要做的第一件事就是先找到光。看到岸边的烧炭工人，约翰或多或少地知道他到底在什么地方，正朝着哪个方向前进，不过现在没有星星帮他的忙，约翰庆幸自己带了指南针。

他擦亮一根火柴，借着火柴的光看了看指南针，不停地调整指南针的方向，直到指南针侧边的一条线刚好处于指针相反的方向。这就能告诉约翰哪个方向是北。幸运的是约翰预测的方向没错，刚好和指南针的指向一样。他稍稍调整燕子号的航向，又擦亮一根火柴再次确认指南针的方向。然后他继续划着船，驾着燕子号朝湖泊的北面驶去。

“这样用指南针导航根本就不合理，”他说，“我们得在船上装一个固定的指南针，而且上面还得有灯光一直照着。我们真正需要的是一个手电筒。要是我过生日的时候想起来要一个当礼物就好了。无论如何，每个人都在各自的哨岗，一有情况就立即报告，只要一看到我们的导航灯，立即报告。”

一两分钟后提提最先看到了导航灯，闪烁在树丛之间。过了一会儿导航灯又不见了，它们被小岛南端的岩石给挡住了。

约翰划桨的速度慢了下来。

“又出现了。”苏珊报告。

“挨得很近呢。”提提说。

约翰转过头来，好好地研究了一下那两颗在水上闪闪发光的亮点。

“好的。”他说，紧接着他又想起了南希船长的话，“现在你们仔细地看着那两盏灯，我负责划船。”

“反正除了灯，我们什么也看不见。”提提说。

“现在那两盏灯还是挨着的吗？”约翰问道。

“靠得很近。”苏珊报告。

“都是分别在对方的哪个方向呢？”约翰接着问。

“什么意思？”苏珊有些困惑。

“那个高一点儿的灯在哪里？”约翰换了个方式。

“在那个矮灯的左边一点。”苏珊回答道。

约翰划了几下水，右舷方向稍稍用力。“等那个高的灯在矮灯正上方的时候通知我。”

“现在就在正上方。现在又在右边了。”

约翰又摇了几下左边的桨。

“现在是正上方。”

“只要一偏出来就告诉我。”

约翰继续划船。苏珊、提提和罗杰都盯着那两道光，只要上面的灯笼一稍稍靠左或靠右，他们就立即报告约翰。有这么多哨兵，约翰船长本应该满意，但他还是自己抬头一看，就看到一盏灯笼刚好在另一盏的正上方，看起来就像是标点符号里面的冒号。最后约翰船长的右桨碰到了一块石头。

“我们现在应该离着岸边很近了，”他说，“我现在去船尾用短桨划船。”

“两盏灯笼刚好一盏在正上方，一盏在正下方。”苏珊说。

约翰已经把桨放下了，他要去船尾用短桨划水。苏珊和提提稍稍动了一下，在船上让出一条道。小船在黑暗中继续前行。

“我们离灯很近啦。”罗杰说，正说着燕子号船头就碰到了小港柔软的鹅卵石沙滩，发出一阵柔和的嘎吱声。

这是约翰船长第一次使用导航灯，而且还是在漆黑的夜里。

“这么一来，与亚马逊号船员战斗，我们肯定赢啦！”他一脸兴奋地说，“她们以为这件事情我们办不到，其实我们做得非常好。她们会认为晚上的时候咱们肯定不会发起进攻。”

他们爬上岸，把灯笼从树上摘下来，就着灯光把燕子号停好。然后他们打着灯笼穿过荆棘和灌木，回到营地。十分钟之后，两个帐篷里的灯笼都熄了，过了大概半分钟，整个营地都进入了梦乡。

第十三章　拜访烧炭工人

第二天连一丝风都没有，周围一片死寂，非常不适合开战。约翰船长在草垫子上翻了个身，看了一下气压计，一切正常。他爬出帐篷，看了看天空，天上没有一丝云彩。随后他直接去哨岗查看湖面的情况，水面上倒映着群山、树木和远处的农场。约翰发现，那些倒影非常清晰，如果弯下腰来从腿间的夹缝里倒着看，你甚至都分不清楚哪些是真实的农场，哪些是水里的倒影。等他回到营地，船员们都已经起床了。

“提提，醒醒啊，”罗杰在一旁说，“你忘了吗？今天战斗就打响啦，亚马逊号船员随时都可能出现呢。”

“现在湖面上没有风，”约翰船长说，“看起来今天一天都不会起风了。如果没风，她们也就来不了了。而且我们也只能按兵不动，要是划着船去她们那里就太远了。所以今天我们也不用担心打仗的事啦。没风，就没有战争。太遗憾了！”

“那今天我能和提提划着船去取牛奶吗？”罗杰问道，“你说过只要没风的时候就让我们去。”虽然没有战斗，但至少还有很多其他的事情可以做。

“好吧，”约翰船长说，“但是要当心，靠岸的时候不要撞到石头上。”

“没问题！”一等水手提提说。

于是提提和罗杰划着短桨出了港湾朝岸边驶去。他们每人手里握一支桨，肩并肩地坐在中间的横板上。一会儿提提要转舵了，于是就换成罗杰一个人划桨。一会儿他们又换成罗杰掌舵，提提划桨。他们把船开得左右摇摆，此时，约翰船长正在平日里沐浴的地点游泳，刚开始他还有些担心小船，不过最后，他还是看到了提提和罗杰拿着牛奶罐子朝农场走去。

等他们回来的时候，全程都是提提在卖力地划船，罗杰在船尾掌舵。提提急着回到营地，而且她有很多话要说。

“我们昨天晚上看到的那些烧炭工人，”她说，“我问迪克森太太，他们是不是野人。她说，有的人的确这么认为，这些工人都住在自己用木头搭的小屋里，他们还在盒子里养蛇哩，她还说，如果我们去树林里找他们，他们还会把蛇给我们看。我们去看看吧。”

“迪克森太太说，他们不会在一个地方待得太久，包括现在这个地方，他们也马上就要完工搬走了，所以我们最好今天就去。”

“我敢说他们比其他那些土著人更像野人。”提提打开了话篓子。

苏珊的视线从火堆上移开，抬起头来说：“我觉得咱们今天没有理由不去呢。”她说，“今天亚马逊号船员不会来了，而且我们得把小船带在身边。”

“说得好，尊敬的大副，”约翰船长说，“只要一起风，我们就马上回来。不过现在既然风平浪静，我们就先不操心打仗的事儿，我们还得接着探险呢。”

吃过早餐，他们把桅杆和船帆从船上取下来，划着船走了。罗杰还是在自己原来的工作岗位，站在船头做哨兵。约翰船长划船，苏珊和提提坐在船尾的空位上。船舱里还有他们的水壶和装着各种东西的旅行背包，因为如果天气一直这样下去，他们就要在那里待大半天，还要再捡些柴火回来。现在小岛上已经不好找柴火了，不过湖泊岸边高水位线附近却有很多，而且像今天这样的好天气，随便一靠岸就能捡到很多。

他们从小岛出发向南航行，昨天晚上他们刚刚到过那里。不过白天这里却是另一番景象。湖泊东岸的山丘上有很多树，他们还能看到远处有片青烟在树林上空涌动，一股轻烟正笔直地上升。他们知道那里肯定有昨晚看到的那群野人，昨天晚上他们在烟雾里忙得人仰马翻扑灭火花。今天在明晃晃的阳光下看不到火苗，只有一股烟升入树林上方一小片云里。远处还有砍木的声音，不过除此之外周围一片寂静。

他们为燕子号找到了一个好地方，于是靠岸停船，把船拖上岸安置好，然后把船索紧紧地系在水边一棵小橡树上。

“我们不带水壶和背包了，”大副说，“在海滩上生火总比在树林里好。等回来的时候我们就直接在这儿生火吧，而且捡柴火之前我们要先吃饭，这样我们装船的时候就不用再担心水壶之类的东西了。”

“难道我们不用留个人在这里看着吗？”提提好奇地问道。

“如果你想在这儿，你可以留下，”约翰船长说，“不过等到了山顶上，我们就能直接看到湖面。如果看到亚马逊号船员打过来了，我们回来的速度肯定也要比她们划船快。”

提提想，自己来这儿的目的就是要见识一下野人，于是赶紧同意不用再专门留人看守小船了。

全体船员穿过树木向上攀爬。没走多远就遇到了一条小路，越过小路后，一旁的森林更加险峻。这些小小的树木在层层岩石之间还能紧紧地抱在一起，有时这真是一个奇迹。这里有各种各样的树木，时不时地还能碰到一棵参天高的大松树，不过大部分都只是橡树、山毛榉、榛木和花楸。周围没有能直接走的小路，地上的荆棘和忍冬花长长的枝条缠在一起，布满在树枝与树枝之间，这样一来穿过这些矮树丛就更难了。

“我们最好一起走。”看到提提想自己拨开一条路，苏珊连忙提议。

“这是一座真正的森林。”罗杰说。

“几乎算得上是一个热带雨林了。”提提说。

“应该拿斧头在树皮上做些记号，这样我们回来的时候就不会迷路了。”约翰说，“不过如果我们回来的时候一直往下走，应该也不会错太多。直直地往下走就到湖边了，等我们到了湖边一切就都好说了。”

“如果我们找不到那些烧炭工人怎么办呢？”提提有些不放心。

“你们听！”约翰船长说。他们全都竖起耳朵，能听到一阵阵有规律的斧头声，那声音是从远处的山上传过来的。“如果他们一直发出那种声音，我们就一定会找到他们。”约翰说。

他们在树丛之中一直往上爬。约翰船长打头阵，罗杰和提提紧跟在后面，苏珊跟在最后面，这样就没有人掉队啦。兔子在灌木丛之中穿过，露出白色的短尾巴。一只小松鼠从松树上伸出头来，冲着他们啾啾地叫个不停。罗杰则回叫了几声。

“它们和猴子一样好玩，”提提说，“要是再有几只鹦鹉就更好了。”

忽然，前面靠近他们的一个地方发出一阵沙哑嘈杂而又刺耳的鸟叫声，叶子也哗哗地摇个不停，只见两只松鸦拍着翅膀从树顶飞过，露出翅膀上黑白灰蓝四色相间的条纹。

“这是鹦鹉，”罗杰喊道，“而且还是会说话的鹦鹉。它们会说‘漂亮的波利’，不过是用野人的语言说，不是我们的。”

最后他们终于走到一条小路跟前。这条小路沿着山坡向上延伸，似乎通向发出伐木声的地方。

“现在我们必须得在树上做记号了，”约翰船长说，“标出来我们在哪儿找到了这条小路，这样我们下来的时候就知道该从哪儿拐弯了。”

提提掏出小刀，在榛木的一侧划了一道记号，但是不够大。

“找到这个记号不太容易，”船长说，“我们得做个一眼就能认出来的。”他把榛树上的两根树枝折弯，分别把两头系在树上，这样树干的旁边就有了两个大大的圆环。

“我们肯定能看到。”罗杰说。

“而且我们还有一个路标。”约翰船长说。

“那是什么呀？”提提问。

“是吉卜赛人相互之间指路的一种办法。你找一根长树枝和一根短的，然后把它们叠成十字放在路上，长树枝的方向指向要去的方向。”

约翰又砍了两根树枝，把长的树枝放在路中间，指向那棵挂着两个圆环的榛木。短树枝放在长树枝上，两根树枝交叉成一个十字。

“这就是路标啦。”他说。

“可是如果有人把它们踢走了怎么办？”罗杰问道。

“没有人会故意捣乱的。”苏珊说。

“如果他们踢走了，那还有约翰的圆环和我的记号。”提提胸有成竹。

他们沿着山丘一侧蜿蜒盘旋的小路走，比起之前在树林和灌木丛之间爬上爬下，速度可要快多了。一会儿小路就延伸到了一块空地上。空地中间有一大块黑色烧焦的土地。

“这是野人举办篝火狂欢会的地方，”提提说，“他们把俘虏来的人放在火堆上烤，然后围着火堆跳舞。”

“而且还像疯子一样大吼大叫。”罗杰补充道。

在空地的另一边他们又看到一条小路，伐木的噪音就在附近。闷燃的树木散发出一股强烈的气味刺激着他们的鼻孔。沿着小路又走了一会儿，眼前一下豁然开朗，他们来到了开阔的山坡上。那里也有很多高大的树木，但是那些小树和矮树丛却都被砍光了。一堆同样长的树枝摞在一起，堆得整整齐齐，可以直接放在火堆上烧。旁边还有一堆树枝围成一个圆圈，中间留出一个圆洞。四五十码外还有一个土墩，一股蓝色的烟从上面冒了出来。一个男人手里拿着铁锹在土墩上拍个不停，有烟冒出来的地方他还要在上面盖上一铁锹的土。有时他直接跳上土墩，用土把顶上冒出来的烟压灭。刚封上一个口，又会有一股烟从别的地方冒出来。探险队员到空地之前，那阵敲敲打打的声音刚刚停止。

“你们看，你们看！”提提喊道。

在树林的另一边，离土墩不远的地方有一个小小的棚屋，形状就像是一个圆圆的帐篷，不过这个棚屋不是用篷布搭起来的，而是用落叶松木搭起来的。所有的松木都竖起来，倾斜着靠在一起，所以高度长一些的松木在顶端就会相互交叉。在正对着土墩的一面有一个小门，门上挂着一面用旧麻布袋做成的门帘。门帘在棚里面掀开，一个驼背老人从里面走了出来。老人个子不高，棕色的脸上就像核桃壳一样皱巴巴的，长长的胳膊上全是结实的肌肉，露在衣服外面。阳光下他眯起眼睛看了看探险队员。

罗杰赶忙拉住提提的手。

“嘿，你们好啊，”老人说，“过来看一看，好吗？见到你们真好。”

“早上好。”约翰非常有礼貌。

“嗯，”老人说，“今天的天儿不错啊。”

“早上好。”燕子号其他几个水手一齐说道。

“你们也早上好。”他似乎是一个很友好的野人。罗杰松开了提提的手。

燕子号船员们都盯着小棚屋看个不停。

“这是红发印第安人的棚屋。”提提说。

“你们想进来看看吗？”老人问，“大伙儿一般都想进来看看呢。”他又补充了一句，似乎是在对自己说话。

“真的可以吗？”提提问道。其实她是在问老人，也是在问苏珊。

“可以呀。”老人痛快地答应了，苏珊也不反对。她和提提一样也想进去看个究竟。

老人掀起门帘的一角，把它挂在木屋外面的钉子上。

“进来吧，”他说，“里面很黑，不过一会儿你们就能适应了。”

棚屋的门特别低，所以约翰船长只能弯下腰钻进去，而且因为屋门太矮，虽然外面是一片明媚的阳光，可是门里面却还是黑乎乎的一片。老人先进了门，其他人甚至都看不到他。他们听见他哧地笑了一声。

“马上你们就能比蝙蝠看得还要清楚了。都坐在那边的床上吧。”

他们的眼睛逐渐适应了周围的黑暗，他们看到小屋的两侧各有一个粗短的原木隔出来一块地方，那里放着垫子和毯子。两个原木之间是一块空地，似乎那儿之前还点过一小堆火。仅有的一丝光线是从门孔透进来的。搭建这个棚屋的松木之间密不透光。每条缝隙之间都塞满了苔藓。头顶上有一个和他们营地里一样的灯笼，挂在金属丝末端的钩子上。不过灯笼现在是灭的，屋子最上方漆黑一片，松木的顶端聚在屋顶，形成一个尖尖的角。老人蹲在隔出一边床位的圆木上，燕子号船员们在另一根原木上坐成一排。

“你们一直住在这儿吗？”苏珊好奇地问道。

“只要是在这里烧山，我们就住这儿。”老人回答说。

“噢，在这儿烧木炭的时候啊。”苏珊说。

“是啊，”老人说，“得有人日夜守着火，把火苗扑灭。”

“你真的有毒蛇吗？”提提问。

“蝰蛇吗？是啊，”老人说，“你想看看吗？”

“是的，谢谢。”所有船员异口同声地说。

“好吧，它其实就在你们屁股底下呢。”老人说。

所有水手，甚至连约翰船长，都像屁股上扎了钉子一样赶紧跳了起来。老人哈哈大笑。他从屋子的那一头走过来，在毯子底下摸索了一通，掏出来一个旧雪茄盒子。

“这是小比利的蛇，”他说，“我们拿出去吧。嘿，小比利！”他冲着门外喊了一嗓子，“让他们看一下你的蛇。”

他拿着盒子走出棚屋，燕子号船员们跟在后面。“小比利”在土墩上又拍了几下，然后朝他们走过来。他年纪也很大了，但不像刚才那个人那么老。

“爸爸已经带着你们在四周看了一圈了？”他问燕子号的水手们。

“他是你儿子吗？”罗杰问刚才那位老人。

“是呀，而且他自己也有儿子和孙子啦。你们可能以为我没有那么老，但是我确实是老比利，他比较年轻。”

“他看起来可不像是谁的儿子。”罗杰说。

小比利笑了起来。“爸爸，把盒子给我吧。”于是老比利把雪茄盒子递给他。他把盒子放在地上跪在一旁，把盒子上的闩打开，揭开盖子。除了一块绿色的苔藓，刚开始船员们什么也没看到。小比利捡了一根小树枝，轻轻地挑了挑那堆苔藓。先是有一阵刺耳的嘶嘶声，接着，棕色的蛇头从苔藓上露出来，从一侧探出了盒子。小蛇不停地吐着前端分叉的信子。小比利用树枝碰了碰它，它又发出“嘶嘶”的声音，突然拖着长长的棕色身体从盒沿滑了出来。小比利丢下树枝，捡了一根小棍把小蛇从地上挑了起来。蛇尾在棍子的一头，舌头在另一头，左右摇摆，不停地吐着信子，还发出“嘶嘶”的声音。燕子号的水手们都吓得纷纷缩到后面，可是又忍不住不看。突然蛇好像要从木棍上滑下来，小比利早有准备，在它掉到地上之前用另一根树枝接住了。

“碰碰它会有危险吗？”苏珊好奇地问道。

“你们看。”小比利说。他把小蝰蛇放在地上，然后把木棍放在它面前。小蛇突然张开嘴巴咬住了树枝。

“永远都不能靠近蝰蛇，”小比利说，“这附近有很多，所以你们在树林里走路或者爬山时要小心啦。它们要是看见人肯定就会爬到一边去，但如果不小心踩住一条，它就会像咬树枝那样咬人，而且被咬一口就不得了了。很多人就这样丢了命。”

“那你干吗要养一条啊？”约翰不解地问。

“为了求幸运啊。”小比利说，“自我记事开始，我们的棚屋里就有一条。我爸爸，就是老比利，记得更久以前我们就在养蛇。”

“对，我们总是养蛇，”老比利说，“而且我爸爸在荒山里烧炭的时候也养过一条，他烧炭的时候可是一百多年前呢。”

小比利把蛇干净利落地放到盒子里，又把盖子扣好。他拿着盒子让孩子们听听里面的动静。他们能听见小蛇在里面仍然嘶嘶作响。然后他把盒子递给老比利，放回屋里。

此时，又有一股浓烟从土墩上冒了出来。

“你们看，”小比利无可奈何地说，“一分钟也不能离开那儿，就算把火扑灭了也不行。火苗就和小蝰蛇似的，只要有一个小洞，它肯定又会马上冒出来。”他拿起铁锹回到土墩旁边，一个小火苗正从里向外地烧出了一个小洞。小比利在上面盖了一铁锹的土，在土上又拍打了几下。

“反正你们是在烧木炭，干吗不直接让它烧起来呢？”提提好奇地问，“我们总是希望我们营地上的篝火能烧起来，但有时候不行。”

“我们是希望火能慢慢地燃烧。”小比利说，“如果火势太大了，烧完火就只剩下烟灰了。火势越慢，烧出来的木炭才越好。”

苏珊在一旁认真地观察。

“那它为什么不会灭呢？”她问。

“因为控制得好啊。”小比利说，“只要把火候控制好了，你就能把火苗盖起来，你盖得越好，里面的火烧得就越热，烧得也就越慢。如果放进去足够的空气，火势就控制不住啦。”

“我们的火堆很小，也能这么做吗？”苏珊问，“如果我把营地上的篝火用土盖住，那它也能烧一晚上吗？”

“可以啊。”小比利说，“如果你想让火不灭，那就用土块盖住，再在上面泼一些水，把土块稍稍打湿，早上的时候火肯定还灭不了，拿开土块就可以直接烧水啦。”

“今晚我就试一下。”苏珊说。

“把望远镜递给我。”罗杰说。

约翰船长正拿着望远镜观察山下面的湖泊。从烧炭工人的这片空地望去，山下的湖面尽收眼底。里约港和小岛远处的地方，蔚蓝色的湖水在夏天清澈天空的映衬下一直延伸到大山那边。在最南边湖泊渐渐地变窄了，最后变成了一道弯弯曲曲的大河横穿绿色的低地。在湖泊变成河流的地方有一片白色的蒸汽，一艘蒸汽船正静静地停在码头，还有一艘正在达恩峰附近向下游湖边驶去。天上没有风，湛蓝的水面波澜不兴，但是蒸汽船的船尾有两道长长的尾痕，看起来就像湖面上有一个巨大的V字，从湖岸的一边延伸到另一边。

“我能用一下望远镜吗？”罗杰又重复了一遍，“我想看看我们的小岛。”

“等一下，”约翰船长说，“小岛附近有一艘船。”

“是亚马逊号吗？”提提说，“她们要来突袭我们吗？”

“不是，”约翰船长说，“船上只有一个人，可能是正在钓鱼的土著人。不过我们该下山了，燕子号小船孤零零地停在那里呢。”

约翰把望远镜递给罗杰。

“咱们的小岛看不全，”他说，“有一部分被那边的树给挡住了，不过要留意那个人要去哪里。”

“你们是在下面的岛上露营的孩子吗？”小比利问，“我猜你们是。昨天你们和布莱凯特家的小妞们在一起呢，是吧？我们看到她们的船了……嘿，爸爸！”

老比利从棚屋里走出来。

“爸爸，”小比利说，“他们是在小岛上露营的孩子，昨天就是他们和布莱凯特家的小妞们在一起呢。”

“哦，”老比利说，“我还记得布莱凯特太太，也就是以前的特纳小姐，她还来这儿看我的火和棚屋呢，那个时候她和你们差不多大，苏珊小姐。”边说他边打量了一下她，“她和吉姆少爷一起来的，嗯，嗯！现在她已经是成熟的女人了，还生了两个小姑娘。”

“我有些担心吉姆先生，”小比利说，“最好让他知道大家都在说他什么。”

“是啊。”老比利也同意他的话。

小比利转过头对着苏珊和约翰。

“你们以后还会见那两个女孩吗？”他问。

“会啊，”约翰说，“只要一有风就能见面，不过像现在这样风平浪静的可不行。”

“那，麻烦你告诉她们，让她们转告吉姆先生……”

“她们恐怕不能，”提提接过话茬，“她们要和他开战呢。”

“她们肯定会告诉他的。”小比利说，“你告诉她们，让她们转告给吉姆舅舅，就说小比利，也就是我，告诉他晚上出去的时候，一定要把船屋锁好。在比格兰地那边的酒吧里，很多人都在议论那个船屋，猜他在里面放了什么宝贝。附近的人肯定都不会碰那个船屋，可要是这些消息在比格兰地传播，保不齐谁会听见呢。那儿很多疯疯癫癫的小伙子做事可都没脑子。”

“没准儿现在他们就冲着他过来了。”他接着说，“万一出了什么事，可别说我们没有提前告诉他啊。我本来要亲自下山见他，不过这些火苗离不开人，所以你们告诉那些女孩子就行了。”

“我们会告诉她们的。”约翰说。

“你们不会忘了吧？”小比利不放心地问了一句。

“不会的，”苏珊说，边说边拿出一个手帕，“只要有这个就忘不了。”说着她在手帕角上打了一个结。

“我看不到那艘船了，被树挡住了。”罗杰说。

约翰拿过望远镜。“我们现在马上下山。”他命令道。

苏珊转过身，礼貌地对老人说：“谢谢您能让我们进来看看，我们在这儿玩得很开心。”

“而且也要谢谢您把小蝰蛇拿给我们看。”提提补充了一句。

船员们向他们告别，比利父子俩——两位老人，一个非常老，一个要更老，也说：“再见了，孩子们。”

燕子号船员们在陡峭的树林里踏上了回程的路。

“不要忘了让那两个女孩转告吉姆舅舅。”小比利在身后又嘱咐了一句。

“不会忘的——”苏珊喊道，朝他挥了挥那个打着结的手帕。

第十四章　弗林特船长的来信

快要走出烧炭工人的视野范围时，燕子号的船员们又重新回到了真实的生活之中。

“他们是我见过的最好的野人了。”提提说，“我觉得他们养蛇是为了巫术。我猜他们懂法术，你看他们都那么老了。他们应该是山那边游牧部落里的巫师。”

说完话她沉默了一两分钟，突然间又大声惊呼：“讨厌的亚马逊号船员！”

“为什么呀？”苏珊问道，

“因为亚马逊号船员也发现了他们，还发现了我们的小岛，现在能让我们去探索的就什么也没有了。”

“不是啊，我们是自己发现了他们呀，”苏珊说，“而且他们还给我们看了小蝰蛇。”

这句话让提提开心起来。“可能他们没有把他们部落的秘密告诉亚马逊号船员。或许亚马逊号船员还没见过他们的小蛇呢。也许真的是这样，看来我们才是真正的发现者。仅仅是看到一个人并不能代表什么。”

“我们跳跃前进吧。”罗杰提议道。

“那就开始吧。”提提说。

跳跃前进就是半跳半跑着前进，这是个快速下山的好办法。

提提和罗杰下山的速度很快，经过路标和那棵折过的榛树时，都没有看到那些记号。约翰船长也直接跑过去了，他一直在想该怎么提醒那个老海盗锁好船屋呢。亚马逊号船员会怎么说呢？如果南希船长想趁老海盗上岸的时候突袭船屋，她肯定希望船屋不要上锁。约翰船长一边小跑一边思考，他刚才是不是应该告诉比利父子，其实他们几个不是那个海盗的朋友，而是敌人，而且老海盗不是布莱凯特姐妹的吉姆舅舅，而变成了狡猾的弗林特船长，亚马逊号和燕子号船员已经结盟要共同对抗他呢。他有些心不在焉地跑下山，速度很快，停都停不下来，根本来不及看周围的事物，这个时候就很容易眼花，所以他也没有看到自己做的路标。但是苏珊发现了。刚一穿过树林到了小路上，她就开始寻找那些路标，也就是说，她根本就没有跳跃前进。

苏珊走在队伍最后面，发现路标已经被其他船员在小跑的时候踢到一边了。要不是看到那两个弯成圆圈的树枝和提提画的记号，她还真有些不太确定。

“约翰！”她喊道。

没有人回答，只有一阵阵脚步声从远处的小路上传过来。

她拿出哨子，用尽全身力气把哨子吹到最响。

脚步声停住了。她又吹了一下。

她听见约翰大喊：“嘿，提提，罗杰！”

苏珊又使劲吹了三下。

约翰沿着小路慢吞吞地上来了，身后还跟着提提和罗杰，他们都累得气喘吁吁。

“你们都跑过了，”苏珊说，“看，路标在这儿呢。”

“的确，”约翰船长说，“刚才我在想其他的事情。幸亏你看到了。”

“那条小路或许会把我们带到别的地方。”提提说。

“路标在哪儿呢？”罗杰说，“有人把它踢走了，或许是我，我们把它放好吧。”

“不行，当然不行，”约翰船长说，“我们把它放在这儿是给自己指路用的。如果把路标继续留在这儿，那些野人就能知道我们下山的路了。我们还得把这些树枝解开才行。”说着他把树枝解开，小树马上就变直了，“现在就剩下路标了，不过它非常小，不会引人注意。这下谁都不知道我们下山的路了。”

“他们如果擅长追踪，”提提说，“就能顺着我们的脚印一路找到我们。”

“刚才我们已经超过路标走出去好远了，这是件好事，”苏珊说，“我们的脚印会让他们丢掉这条线索。他们肯定会沿着这条小路跑下去。”

“而且会一直跑下去。”罗杰总结道。

“一直到天涯海角。”提提说。

“所以我们从这儿拐弯的时候不能留下任何迹象，”苏珊说，“不然会被他们发现的！”

“最好的办法是跳过去。”说着约翰从小路上跳了出去，落在了树林里，“现在，你们三个从不同的地方跳到树林里来。”

他们全都跳了过去，这样也就摆脱了任何潜在敌人的追捕。随后他们一起穿过陡峭的树林朝山下走去。他们摔倒过，也绊倒过，有时还得抓住树干才不会滚下去。

罗杰和提提说着悄悄话。

“那些烧炭工人也是我们的敌人吗？”他问。

“不是，刚才不是，”提提说，“不过，他们可能也会成为敌人。”

“可我喜欢他们。”罗杰说。

“我也是呀，”提提说，“尤其是那条小蝰蛇。不过他们仍然是野人，小蝰蛇就是证明。但是，如果他们不是野人，那也就没什么意思了。”

“不过他们都不吃人呢。”罗杰说。

“可能他们都已经吃了成百上千个人了。”提提说。

他们来到那条大路跟前，一起穿过去。

“我看到水了。”约翰说。

“那是湖。”提提大声地说。

没过多久，他们就出了树林来到湖岸上。四下里看了看，小船在刚才那个地方停着，离他们大约有一百码。

“不错，”约翰船长说，“我们上山时，一路上都应该做好记号，这样从里面出来的时候就还在原来那个地方。但是，没关系，我们现在挨得也很近。”

“嘿，”苏珊说，“我们小岛附近有一艘土著人的船。”

约翰拿起望远镜仔细观察起来。

“没关系，”他说，“朝一边划过去了，也许是渔船。像这样的天气渔人们就会划着船在岸边活动，拖着螺旋状的鱼饵捉梭子鱼。”

“是鲨鱼。”罗杰更正道。

“我们现在要做的第一件事，”苏珊说，“就是在岸边生火吃饭。然后我们再去捡点柴火放到燕子号里。”

“说得对，尊敬的大副，”约翰船长说，“所有人都去捡柴火。我们先捡够生火用的，再趁着大副先生烧水的时候再多捡一些。”

苏珊大副在湖滨上挨着燕子号的地方用石头搭了一个小火灶。其他人则沿着深水线捡干树枝。苏珊抓了一把干叶子和干苔藓，放在火灶中间，然后在上面用去年长成的干芦苇搭了一个小“棚子”，看起来就像是烧炭工人缩小版的小木棚。随后她把芦苇和苔藓都点着，然后在芦苇上面又用小树枝搭了一个小“木棚”，刚好罩住底下的火苗。等火着大了，开始发出噼啪声，她在小树枝上面堆了更多的树枝。几分钟之后火烧得更旺了。苏珊在火灶的两侧各放了一块大石头，然后把水壶架在上面，这样水壶就盖在火上了。苏珊在火堆旁往里面添了更多树枝，控制火苗尽量集中在水壶底下。其他人在沙滩上分开捡柴火，只要能抱得动，他们就尽量捡很多回来。树枝到处都是，他们不用花力气四处找，很快，柴火堆越来越大，苏珊烧水都用不完了。

天气非常热，火灶冒出的烟直接飘到天上。尽管这样，还是有烟钻到了苏珊的眼睛里，刺鼻的味道冲击着她的嘴巴和鼻子，不过烧水这个工作可要比捡柴火凉快多了。过了一会儿，罗杰说：“水应该就要开啦。”提提把怀里的树枝丢到越来越大的柴火堆上，“水开了吗？”她抱怨地说，“我都热得捡不动啦！”

“一分钟后小壶的声响就会变了。”大副说。

“就和布谷鸟一样。”提提说，“除了一点，水一开壶的声响就会变，不用像布谷鸟一样非要等到六月。”

正在那时，水壶的声音真的变了。苏珊吹响了哨子，告诉约翰船长午餐已经准备好了。“都坐下吧，水手们。”她对提提和罗杰说，他们都坐下来，约翰船长也大汗淋漓地回来了，还背着一堆柴火。他把长绳折了一下，缠在树枝上绑起来。

饭后接着捡柴火。船长、提提和罗杰一起行动，苏珊把柴火分类，捆扎好放进燕子号小船里。装载货物一直是苏珊大副的活儿。现在，沙滩上所有的好树枝都捡光了，他们起航了，沿着沙滩船开到另一个港湾，那里的沙滩上铺满了褐色的干树枝。很快，燕子号小船里就堆得满满的，船员们都没有坐的地方了。

“不能再装啦。”大副说。

“船已经超过载重线了。”约翰船长说。

“这样就够了。”大副说。正说着，提提走了过来，身后还拖着一棵已经干枯的小树。小树应该是去年冬天被大风吹断枝干倒在沙滩上的。它已经晒得非常干，非常适合当成柴火来用，所以大家都不想丢下这个好宝贝。

“我们把它放在甲板上好了。”约翰船长说。

燕子号小船现在已经负载满荷，船员们都推不动了。大副命令提提和罗杰上船坐在船尾，自己和船长脱掉鞋袜站在小船两侧，把小船推到水里，一直到能在水面上漂起来为止。光着脚踩在水底的石头上非常不舒服，不过泡在湖水里的感觉舒服极了。

“我也想把鞋子和袜子都脱掉。”罗杰说。

“现在不行。”大副一口回绝了他的要求。

“等到了野猫岛你再脱也不迟。”船长说，边说边拨开身旁的水朝岸边走去，他要去那里把提提找到的树扛回来，“等到了那儿你就能脱掉鞋袜，帮着我们卸载货物，而且吃晚餐之前我们还可以洗个澡。”

说着，提提和罗杰跨过船上的“货物”，在船头找了一个位置坐下来。约翰把树拖过来，在苏珊的帮助下放在船中间，小树的两头露在外面。随后苏珊和约翰也上了船。这时候划船可没那么容易，因为船舱里的货物实在太重了。约翰船长小心翼翼地拿出一支船桨，在船尾划起来。

“湖面上现在风平浪静，还不错。”大副说，她看了看周围的湖水，船舷离湖面非常近。

用短桨划船的速度要比划着长桨的速度慢，不过燕子号在平静的湖面上航行丝毫不费力气，虽然负载很重，但是水还没有灌到船上来。不过，在罗杰突然决定要挪到船的另一边时，水差点溅了上来。

“我们去那个码头，”约翰船长说，“从那儿卸东西比较容易，而且从营地直接去那儿取柴火也方便。”

“要是把柴火从港湾一路抱回营地，那太痛苦了！”大副说。

于是燕子号在湖面上小心翼翼地朝小岛驶去，在码头抛锚靠岸。还没到地方，提提和罗杰就脱下了鞋袜。小船刚一接触陆地，两双鞋子和两双袜子就飞向了岸边。几分钟后，燕子号的所有船员都下水了，他们把小船推向岸，随后把船上的货物全都卸了下来。大副照着烧炭工人搭小木棚的样子把柴火堆起来。提提捡来的小树放在一边，待会儿他们要把小树都劈开砍断。等所有长树枝都运出来了，约翰船长又跳进船舱把零碎的树枝和叶子都运出来。装了一船舱的柴火之后小船上一片狼藉，而且那些零散的柴火把船舱里弄得乱七八糟。收拾了好久小船才变得像那天早晨刚出海时那样干净整齐。船舱里连一片干树叶，甚至连火柴棍那么长的树枝也没有了，这时约翰又把小船推到水里，划着短桨把它带到港湾。他把之前藏到灌木丛里的桅杆取来装到船上，然后把帆放进舱里，随后查看了一下升降索，看看桅杆上的滑轮是否还能正常工作。起风后燕子号小船必须在很短的时间内做好准备马上出海，做不到这一点那可不行。随后他又穿过树丛去小岛的另一端找自己的船员。

船员们已经把树枝堆好了，苏珊还在火灶旁边堆了很多草皮。

“这是干吗用的呀？”

“不让火熄灭，就跟烧炭工人他们那样啊，”苏珊说，“今天晚上我就要试一下。”

约翰走向自己的帐篷。

突然他停了下来。

“有人来过。”

在帐篷入口，正中央的地上插着一根木棍，木棍上面裂开的缝里夹着一张折好的白纸。

其他人立即跑过来。约翰打开纸，上面写着几个大字：

你们给我听着，最好离我的船屋远远的。下不为例。不是开玩笑！

詹姆斯·特纳

“可是我们从来都没有碰过他的船屋啊。”苏珊不解地说。

“我们当然没碰过。”约翰说。

“他真是个怪人。”罗杰嘟囔了一句。

“那我们刚才看到的那艘小船肯定是他的喽，”约翰说，“我还以为是渔民呢。他先是告诉土著人我们骚扰过他，现在又趁着我们不在的时候溜进我们的营地……"

"我们现在就应该马上去找亚马逊号水手，一起把他的船给弄沉了，"提提说，"就应该这么做。你把他的财宝都搬出来，然后我们再把他的船砸沉了，或者干脆烧成灰。不过我们倒是可以提前把鹦鹉救出来。"

"我们现在该怎么办呢？"苏珊说。

"我们应该和亚马逊号船员召开会议讨论这件事，"约翰船长说，"她们了解这个海盗。他是她们的敌人，也是我们的敌人。"

"我们走，先去他的船旁边，再大声喊'让弗林特船长去死吧'。"提提出了一个主意，"这样他就知道我们是怎么看待他的了。"

"现在我们对他什么也不能做，"约翰说，"我们还从烧炭工人那儿给他带了口信儿……本来是给亚马逊号船员的口信儿。要是有风就好了，现在我们不能去找她们，她们也不能来找我们。真不知道现在该怎么办了。"

他又读了一遍信。然后苏珊和提提也读了一遍。

"他连自己的真名都没有写，"提提说，"这说明他是一个彻头彻尾的大坏蛋。"她跑进另一个帐篷拿了一支铅笔出来。"我们把他的真名写上。"她提议道。于是苏珊把信递给她，提提在"詹姆斯·特纳"后面用更大的字体加上了"弗林特船长"几个字。

"咱们现在什么也不能做，"约翰船长说，"那就先去洗澡吧。"

两分钟以后，燕子号船上的所有水手们都在登陆点附近的湖里洗澡。弗林特船长的信早已经被抛在脑后了，可是约翰船长却一直记在心里。晚饭的时候，其他人都在讨论小蝰蛇和烧炭工人，可他却什么也没听见。睡觉之前他又去了哨岗，太阳在湛蓝的天空中落下，躲到西边陡峭的山峰后面。星星已经出来了，在平静的湖面上投下一个个倒影。周围还是没有风的痕迹。他回到营地，脱下衣服钻进干草垫子上面的毛毯里。罗杰已经盖着毯子在另一个草垫上睡着了。约翰听见苏珊说"给我三十秒的时间再熄灯，我要去把火苗上的泥土打湿"。他听见水在灼热的火苗上发出嘶嘶的响声，然后他又听见苏珊回到自己的帐篷里。"准备好啦。"苏珊喊道，"好的，晚安。熄灯！"约翰回应着，吹灭了自己的灯笼。刚开始，他有好长一段时间睡不着，最后终于睡着了，烦人的弗林特船长甚至在梦中继续困扰着他。

第十五章　造访弗林特船长

第二天早晨，约翰醒来的第一件事，就是仔细听了听周围的动静。他听到罗杰蒙在毯子里的酣睡声，听到岛上有鸕鹚和其他鸟儿的吵闹声，但是听不到风吹树叶的沙沙声，也听不到湖水拍岸声。又是风平浪静的一天。他翻了个身，看看气压计，发现刻度几乎没有变化。真是糟糕，没有风，燕子号水手和亚马逊号水手之间的距离，就像是隔了千山万水。弗林特船长这事该怎么办呢？就在这时，他听见一个声音，一时难以辨出，很微弱又没有规律，像是火苗的声音。他闻了闻，的确是火的味道，和烧炭人的住处周围弥漫的那种味道一样，清新又强烈。他掀开毯子走出帐篷，边走边揉眼睛。大副的那一小堆土正在冒着烟，有些小块已经陷下去，有些已经变黑。但中间部分仍在燃烧，发出像鸟儿一样的鸣叫声。

"啊嘿，大副！"约翰船长喊道，"你的火还在烧呢。"

"什么？"苏珊的帐篷里传出的声音带着睡意。

"赶快起来，过来看看你的火。整晚都没灭哩。"

"真的吗？太好了，"苏珊说道，"我还担心昨晚把土块弄得太湿呢。"

"出来看看。"

"马上，"大副说道，"你先把水壶灌满吧。我昨晚把水都加到土里了。"

约翰拎起水壶，走到码头。他把水壶的嘴倾斜在水里，没有让水从壶盖那个位置进入。如果把整个水壶都浸下去，水灌入的时候就可能带进浮渣。只把壶嘴浸在水里的话，装进去的是表面以下的水。他拎着满满一壶水回去的时候，苏珊正在忙着收拾火堆，她把剩下的土块移到一边，又在下面添了新柴。

提提正从帐篷里往外张望。

“咱们让它永远烧下去吧，”她说道，“烧一辈子，一直延续到咱们的后代，还有后代的后代。这火就会像野人神殿里的火一样，永远都不熄灭。”

“神殿里用的很可能是油灯，”苏珊说，“一些教堂里就有。这可是真正的火。”

“呃，这个也没有熄灭啊。”提提半睡半醒地说。

火苗烧得很高，苏珊把水壶放在上面。

“我去游泳，水壶直接放在这儿应该没事。”她说。

“起床啦，罗杰，”约翰船长边叫边走进帐篷，拉了拉小水手的毛毯，“让我们看看你两只脚踩水底游泳的样子。”

“一只脚，”罗杰说道，“也不是一直都踩。”

两分钟之后，船员们已经都在水里了。

“试试仰泳。”约翰说。

“不行。”罗杰回答。

“很简单的。像这样，站在水里，然后向后仰，把耳朵放到水下。”

罗杰向后仰过去。

“耳朵放下去。”约翰提醒。

“已经在下面啦。”罗杰说。

即使他这么说，做的时候还是一阵慌乱，溅得水花四起。罗杰的身影消失在水里，很快又冒出来，咕噜咕噜往外吐水。

“我的脚都没法踩到底了，”他说道，“自己就起来了。”

“就知道会这样，”约翰说，“要是你没弯腰，刚才就漂起来啦。”

提提在他俩周围游泳，像只小狗一样，四肢并用。双臂和双腿并不同时用，而是一次只动一只胳膊或一条腿。“罗杰，再试一次嘛！”她鼓励道。

“这次我把手放在你脖子后面，那样嘴巴就不会到水下啦。”约翰说。

罗杰又开始往后仰，把头放在约翰手上。他把耳朵向下倾，双脚又浮起来。

“蹬腿，”约翰说，“像青蛙一样蹬。再蹬！游起来啦。好样的！”

“你这真的是仰泳啦！”提提说道。罗杰再次奋力蹬腿。

“我知道我做到了，”罗杰说，“看着啊。”他朝水岸方向后仰，耳朵放到水下之后，开始用力蹬腿。在碰到水底之前，总共蹬了三次水，至少游了三码远。

但苏珊大副没看见他游泳。她游了几分钟之后就匆忙赶回帐篷，擦干水穿好衣服，照看她的火和水。还得煮鸡蛋、切面包和抹黄油呢。大副的任务可不轻松，她得填饱所有船员的肚子。罗杰四处找她，从水里钻出来，一路蹦蹦跳跳地回到帐篷，告诉她自己学会了仰泳。

“你真的会游泳了吗？”大副问道。

“是的，大副，”小船员回答，“蹬了三次水，哪儿也没碰。快过来，我游给你看！”

“现在不行，”大副说，“快去擦干水，帮忙准备早餐。中午的时候咱们再洗澡，到时你游给我看。赶快，把船长的航行表从帐篷里拿过来。”罗杰拿过来之后，又要跑开，可是又被苏珊叫住了，“嗨！把奶桶拿到船上去。该去农场啦。”

约翰和提提划船到对面的迪克森农场取牛奶。等他们回来的时候，罗杰和大副两人已经把早餐准备好了。

吃过早餐，约翰再次召集船员们开会。

“还是跟弗林特船长有关。”他说。

“咱们走，把他的船沉到水底！”提提说。

“闭嘴吧，水手。”大副说。

“不完全是跟他的信有关，”约翰船长说，“还有烧炭人的话。你们看，没有风，咱们今天见不到亚马逊号水手们，也就不能把口信捎给她们。也就是说，那个老海盗……”

“弗林特船长……”提提插了一句。

“提提，你就不能闭嘴吗？”大副说道。

“也就是说他还不知道烧炭人想告诉他的事情。咱们是不是应该先告诉老海盗，不用再等亚马逊号水手们来呢？你们想，”他继续说道，“这都是土著人的事情。跟咱们没有关系，就算他是个大怪物，而且认为咱们去他的船屋捣乱，也跟咱们无关。咱们没有这么做，而且现在已经和亚马逊号船员结成联盟与他作对。但说到底，土著人说的这件事情上咱们不能不告诉他。本来应该告诉亚马逊号船员的，但是她们现在不在这里，所以，我觉得咱们应该亲自告诉他。”

“如果换成是亚马逊号船员，她们会去告诉他吗？”苏珊问。

“她们肯定会。她们肯定不希望别人闯进他的船屋，尤其现在她们还想自己闯进去。她们以前去过，去抢绿色羽毛。我一直在想，我觉得她们肯定不希望土著人闯进去。我要去告诉他。”

“你还可以顺道向他宣战。”

约翰船长振奋起来，说道：“对！向他宣战。亚马逊号船员们肯定也会很高兴。对，我去告诉他烧炭人的话。这跟咱们无关，是土著人他们自己的事情。还要告诉他咱们从来都没有靠近过他的船。最后还得告诉他咱们向他宣战，尽一切努力打垮他。”

“让他管好自己的事，”提提说，“这么说才对。”

“不过，咱们还是得把口信转达给他，”苏珊说，“咱们已经答应了，我还在手帕上打了个结给烧炭人看。那可是双重承诺。我们能一起去吗？”

“我自己去，”约翰船长说，“这样他就知道我们不是要攻击他，只是想和他谈判。”

于是在今天这又一个风平浪静的日子里，约翰船长再一次把桅杆和帆从燕子号上取出来，只是这一次他并不南下，而是北上，并且一个人去。他并不想去，因为他还是担心亚马逊号水手会怎么想，毕竟，这消息应该由她们去传达。而且他这是要给敌人传送信息，这个敌人曾在土著人那里恶意中伤他们，他还记着迪克森太太的话。更可气的是，船屋里这个海盗趁他们不在的时候，去过他们的营地，凭这一点，就要把他列为罪大恶极的敌人。但是土著人告诉他们这条消息，如果不传达，心里会更不舒服。不管怎么说，还是立刻去做吧。约翰船长经过营地的时候挥了挥手，然后开始划船，船行得很平稳。他用的是海军划法，每当桨离开水面就轻轻拉一下。

没用多久，他就来到船屋港南面。他绕过岬角，回过头看看船尾，确定自己是不是朝船屋笔直地开过去，然后目光越过船尾，锁定在湖的对岸。正对船尾远处的湖岸上有一幢白色的小屋，屋后的山坡上有很多松树。他看准一棵，在他的角度看来是在小屋烟囱的正北方。小屋和松树就像是进入野猫岛的两个标记一样，只要松树一直在小屋的北方，而且和船尾保持一条线，就说明他没有偏离方向，正朝着船屋前进。在他看来，不靠东张西望来辨认航向关系到自己的荣誉和实力。

他一刻不停地摇着桨，还是海军划法，不慌不忙，就像时钟一样保持着稳定的节奏。这又是他的荣耀——双桨入水的时候绝不能溅起半点水花。是的，他划得的确很棒。不过一边划船，他又一边想该怎样称呼船屋里的人。口信儿只是土著人之间的事情，没那么重要，所以不必称呼他“弗林特船长”。等到宣战的时候再那样称呼也不迟。刚开始得叫他特纳先生。但问题又来了，还有那封令人不快的信，那也是和弗林特船长交谈的内容。那么就先把烧炭人的话带给他，这个说完之后，再说信和宣战的事。

突然，他听见鹦鹉的叫声，还有人喊，离他很近。

“留神！你小子往哪里走？”

约翰船长猛地停下船，看了看四周，距离船屋只有十几码远了。于是他用右桨划船，左桨朝后调转船头，然后又用双桨慢慢倒桨，让船尾慢慢靠近船屋。

船屋那个人站在甲板上，正往下面的划艇里放一只大提箱，船头的大笼子里关着他的绿鹦鹉。他穿着很体面的衣服，正要把提箱放到船尾。一辆汽车停在海湾靠近湖岸的路上。很明显，退休海盗和他的鹦鹉要出门。

约翰正要说“早上好”或类似这样的问候语，但船屋上的那个人先开口了。

“听着，”他说，“昨天我在你们营地里留了一封信，你看见了没？”

“看见了。”约翰说。

“你们识字吗？”

“识字。”

“你们看信了没有？”

“看了。”

“好，那就是我要说的。我告诉你们离船屋远点儿，你倒好，第二天一早就来了。一次就够了。你现在马上划船离开，赶快！别再来了！”

“但是……”约翰想说。

“如果你们还有别的爆竹，最好全扔到水里。如果非要放，那就去田野里放。”

“可我们没有。”约翰说。

“那是最后一个对吧？哼，你们闯了一个大祸。你想不想别人在你们的船上放爆竹，把帆什么的都点着？看看你们把舱顶弄成什么样子了！”

弯弯的船顶上有一大块烧焦的痕迹，老海盗用手指着那个地方，一脸愤怒。

“可是我们没有爆竹啊，”约翰解释道，“至少从去年十一月就没放过。”

“看看这里，”船屋人说，“你那么说谁信！”

“而且我从没靠近过您的船，这是最近的一次。”

“听着，”船屋上的那个人说，“在你们过来，往我的船顶上放那玩意儿之后，马上就躲到长满树那块地方的另一边去了。我上来扑灭了火，当时就猜到是你们干的。不过你们也许没想到，半个小时之后我又上甲板了，看见你们正在河口那边。以为我认不出你们的船是吧？虽然你把桅杆卸下了，不过我以前见过好几次呢！你在船上的时候我也见过！”

“我们那天看见您了，您朝我们挥拳头了。”

“啊，你们看见了是吧？”

“但我没在您的船上放火，也从来没有碰过您的船，这是我第一次靠近这条船。除了那次我们去里约港路过船屋，那时您坐在甲板上，而且当时您也看见我们了。”

“那到底是谁放的火？”船屋人问。

约翰没说话。绝对不能出卖亚马逊号船员。

“你们船上有四个人，”船屋主人又说，“你最大。所以你完全可以指使其他几个人过来捣乱，用不着自己做。”

“我们真的没做。”约翰说。

“离开这儿，”船屋主人说，“我不愿意和一个骗子浪费口舌。”

“但我来是要告诉您……”

“赶紧离开！我不喜欢跟撒谎的人说话。”

“不过……”

“快走！以后别再靠近这条船。”

约翰有些哽塞，脸涨得通红，在船上站着一动不动。

“走开！”船屋主人说，“我很忙。”

约翰坐下了，划船离开港口。这一次，他比之前更用力，只不过划船的节奏没有以前那么规律了。他甚至把海军划法抛到了脑后。回到野猫岛靠岸以后，他已经满头大汗，累得上气不接下气了。

大家都在岸上等他。

“你看见那只鹦鹉了吗？”提提问。

“你告诉他口信的时候，他怎么说？”苏珊问。

“你有没有上他的船屋？”罗杰问。

“我没把口信转告给他，”约翰回答，“他不让我说。”

“你向他宣战了吗？”提提又问。

“没有。”约翰一边说着一边把燕子号拖上岸。

“他说我在撒谎。”约翰说完，转身自己一个人去了哨岗。其他人面面相觑，但没有跟上去。

“我就说嘛，就应该把那船屋弄沉了。”提提说。

第十六章　生日派对

在哨岗待了约半个小时，约翰船长感觉好多了。没办法，要对付弗林特船长，必须有亚马逊号海盗的帮助。他是她们的舅舅，不是燕子号船员的舅舅。如果“燕子”们有舅舅的话，肯定就不会是这个样子了。约翰还想过给船屋主人写封信，但他不擅长写信，苏珊更糟。能写的只有提提，但她肯定不会去写这样一封信的。没有风真是讨厌。要是有风，他们就有机会和亚马逊号海盗们见面，那样他就用不着独自一人给弗林特船长带信，也就不会有这么糟糕的结果了。然而远处湖中的高丘让他觉得船屋主人没那么重要了。那些山丘老早就在那儿了，弗林特船长后来才来，而且山丘会一直在那儿。这个想法让人挺欣慰。约翰心情又好起来，觉得今天很适合绕着小岛游一圈。

他一路向下走回帐篷。

“苏珊，”他说道，“今天很适合绕着小岛游泳。”

“你确定可以吗？”苏珊问道。

“我要试试，”约翰回答，“游累了我就上岸。”

其他人一起到码头看他下水。他开始用自由式，速度很快，水花四溅。游到小岛浅处的暗礁那儿可以说是轻而易举。提提和罗杰跑到港口，爬上一块高石，这样就能看到约翰在守护通道的暗礁之外游。“好哇！”看到他经过的时候他们大喊。然后他们跑到小岛的西侧，那里的暗礁就像砌在水中的一堵竖墙。约翰游了过来，现在换成了蛙泳的姿势，不紧不慢，很镇定。他开始觉得小岛西侧是一段很长的距离。

“坚持住！”提提喊道。

“加油啊！”罗杰大喊。

苏珊从帐篷中出来，走到小岛北端的那棵大松树旁，从岩石高墙往下看。约翰已经快要到达哨岗，游得很慢很慢。

“没力气的话就在这儿上岸吧，”她喊道，“歇一会儿再继续。”

约翰试着挥了挥手，但这一动嘴巴里进了不少水。他转过身漂在水面上，像鲸鱼一样往外吐水。

“你就快游完一圈了。”提提边喊边跑到哨岗和苏珊站到一起。

约翰又开始游，这次只是小幅度地摆动双腿和手臂。他现在的位置已经在小岛前端，换成仰泳的姿势。他抬头环顾四周，看到了码头还有停在湖滨边的燕子号。头沉下去，嘴巴又进了更多水，他急忙咕噜咕噜往外吐。码头看起来的确已经不远，他开始加快速度游过去。不知怎的，他的手臂划不动了，腿脚也不听话了，他不能用力蹬水。

“你已经做到啦！”提提喊道。

“加油啊！”罗杰也跟着喊。

约翰再次抬头瞥了一眼码头。他现在必须坚持住。突然间他觉得又有了力量，继续向湖滨游去。他是从燕子号的这一边开始的，所以必须游到另一边再触水底。多划了两下之后，他抓住了小船的舷缘，触到水底，慢慢爬上岸。他一边咳嗽着往外吐脏水，身子不停地抖，一边含糊不清地说着什么，心中满是成就感。提提和罗杰大声为他欢呼，但约翰却已经上气不接下气，没法回应他们。

“给你毛巾，”苏珊道，“已经用火烤干啦。”

约翰接过毛巾披在肩头，把两只手臂擦干，感觉好多了。

“我知道自己能做到。”最后他说道。说到底还是很不错的一天，尽管弗林特船长出现过。

苏珊正想开始准备晚餐，这时听到提提的喊声，她带着望远镜爬上哨岗，看有没有鸬鹚、海盗，或者其他好玩儿的事儿。

“一条土著船，”她喊道，“是妈妈……是那个女土著人！她还带着她的孩子小土著呢，正由保姆抱着呢。”

船员们全都跑到哨岗。那个女土著自己摇着船，已经划过船屋港，维姬和保姆坐在船尾。看到这番景象，船员们立即跑回帐篷打扫，将露营地收拾整齐。他们把毯子在草垫上铺好，折叠整齐。苏珊又往火中填了许多柴火。收拾完毕。他们又跑到哨岗，那个土著人已经离得很近啦。他们一起挥手，保姆和维姬也朝他们挥挥手。土著人不能挥手，因为她正忙着划船呢。她划过小岛前端，一会儿工夫就到了码头准备靠岸。船员们已经在岸上列队等候。

“先坐好，保姆，等我上岸再说。”女土著人说道。

燕子号船员们已经抓住小船，把它拖上了岸。船里有一只带盖的大篮子，就放在坐板前。土著人越过篮子下了船。

“欢迎来到野猫岛。”提提说道。

“欢迎欢迎！”其他人一齐喊道。

岸上团成一团。就算妈妈是土著人，亲吻一下也无妨嘛。

土著人亲吻每一位燕子号船员，又点了一下人数。“一，二，三，四，”她数道，“没有人溺水。那很好，因为今天有人过生日哦。”

“谁？是谁啊？”大家七嘴八舌嚷道，“肯定不是约翰，因为他刚过完。”

“嗯，不是约翰生日。”

“是我吗？”罗杰问道。

“不是。”妈妈回答。

“是我？”提提又问。

“也不是。”

“也不是我，”苏珊说，“因为我的生日是新年那天，现在是夏天。”

“那是谁的生日啊？”大家齐声问。

“当然是维姬的生日啦，”妈妈回答，“维姬两岁啦。说起过生日还是太小，所以我给你们每人带了一件礼物。”

“那维姬呢？”苏珊问。

“维姬的礼物是一个小羊羔毛绒玩具和一个大象毛绒玩具。我带她去商店，她自己选的。好啦，快帮我把篮子拿出来，否则保姆和维姬就不能下船了。”

“这篮子可真重。”提提说道。

“礼物倒是不重，”妈妈说，“它们很小。”

“那篮子里装的是什么呀？”罗杰很好奇。

“当然是生日大餐喽！”妈妈回答。

“噢，太好啦，不用做饭喽！”苏珊说。

“哈哈，”妈妈笑道，“早猜到你该讨厌做饭了。但我得承认你把大家照顾得非常好。没人生病吧？”

“一个也没有。”苏珊回答，“我倒不是讨厌做饭，就是偶尔可以不用做，感觉真的不错。”

“当然啦，也闹过瘟疫，得过黄热病，碰到过怪医黑杰克，只要荒岛上存在过的疾病我们都遇到过，”提提说道，“但我们都马上治好啦。”

“很对，”妈妈说道，“生了病一定要马上治好。”

他们把篮子带到营地。保姆抱着维姬上岸，大家一同祝维姬生日快乐。维姬随身带着她的小象，把羊羔忘在船上了，待会儿还要回去取。小宝宝更喜欢小象，因为它的个头比羊羔更小一些。羊羔的个头太大，到哪儿都得放下，很容易就忘记拿。

妈妈打开篮子。最上面的是生日蛋糕，用薄纸包着，完好无损。蛋糕很大，白色的糖衣衬着“维多利亚”几个粉色字，中间放着两颗樱桃，因为这是维姬的两岁生日。接下来是一只冷鸡，一盘沙拉，一个很大的醋栗馅饼，一个西瓜，还有一大串香蕉。妈妈把香蕉绑在一棵树上，好像真的香蕉树一样。“想吃的时候就从那里摘好了。”她说道。

这还不是全部呢，还有更多家常的食物：一罐糖浆，两大壶橘子果酱，还有一大罐为他们特制的饼干——每块饼干中都夹着小葡萄干，很适合探险者，另外还有三条甜面包和六瓶姜汁啤酒。

“哇，还有酒啊。”提提说道。

“礼物在哪儿呢？”罗杰问道。

“我说过，礼物很小嘛，”妈妈说道，“在这儿呢。”

她伸手到篮子底部，拿上来四个信封大小的纸包，像火柴盒那么厚。

“现在没有月亮，晚上非常黑，”妈妈说，“所以我觉得你们到时可以用手电筒照着。每次一定不能开太长时间，不然很快就会用没电。但可以打信号，看黑暗处的东西……”

“妈妈！”约翰船长激动地叫起来，“你怎么猜到我们现在需要手电筒的啊？它们来得真是太及时啦！”

其他人拿到手电后立即打开试试看，但在阳光下看不到效果。于是罗杰和提提跑进大副的帐篷，趴在防潮布底下，那儿黑。

他们边往回走边揉搓膝盖上的泥土，因为防潮布底下又湿又粘。这时妈妈对大家说：“我收到一封爸爸的信，提醒我一件事。罗杰现在会游泳了吗？”

“他今天学会仰泳了，”约翰回答，“划了三下。学会了仰泳也很快就会蛙泳啦。”

“我来做给您看。”罗杰边说边起身往码头跑下去。

“我们回家之前再做吧，”妈妈叫回罗杰，“现在不要游了。爸爸说只要罗杰学会游泳，就可以有一把属于自己的小刀了。所以我今天随身带来啦。”

她最后一次把手伸进篮子里，拿出一把锋利的小刀。罗杰立即起身接过小刀，在树上比画起来。“现在我也可以像提提一样在树皮上画记号了！”他叫道。

“如果你仰泳和蛙泳都可以划三下，小刀就属于你啦。”妈妈说，“如果不能，我今晚还得把刀带回家，下次才能带过来。”

“能的能的。”罗杰边说边在自己的灯笼裤上擦着刀刃。

“你得游给我看才行，”妈妈说，“脚不能碰到水底。”

“脚趾都不碰呢。”罗杰保证。

接下来生日宴会开始了。不必多说，真是太丰盛了。几乎没人顾得上说话。吃到最后大家派罗杰到树上摘香蕉。

“我听说你们遇到几位来访者。”妈妈说。

大家都抬头看她。土著人之间的消息传得竟然如此之快。

“布莱凯特太太昨天去找我，告诉我她的女儿们在岛上遇见了你们。她的心情很不错。你们和那两个女孩相处得怎么样？”

“很好，”苏珊回答，“一个叫南希，另一个叫佩吉。”

“是吗？”妈妈疑惑道，“我记得年龄大的女孩叫露丝。”

“她和土著人在一起的时候才叫这个名字，”提提解释道，“她是亚马逊号海盗船的船长，南希是她作为海盗的名字。我们就叫她南希。”

妈妈说：“明白了，布莱凯特太太说她俩就像假小子，担心她们的行为会过于粗野。”

“比我们‘野’不到哪里去。”提提说。

“希望如此。”妈妈笑道。

然后妈妈又说：“我们以前见过的那个船屋，她们的舅舅今年夏天都住在那里。你们没去捣乱吧？”

“没有，但他以为是我们。”约翰沮丧地说。

“我知道，”妈妈安慰说，“迪克森太太告诉我了。我也说你们肯定不会那么做的。”

“但他咬定就是我们。他还趁我们都不在的时候来过营地，留下了这个。”约翰拿出那封短笺递给妈妈。

妈妈看过信，问道：“谁是弗林特船长？”

“他就是。”提提回答。

“哦。”妈妈点头。

然后约翰告诉妈妈烧炭人说的话，还有他怎样独自一人去送信，因为没有风他们没法告诉亚马逊号水手们。

“你做得很对，”妈妈说道，“但迪克森太太说他要外出一两天。”

“今天早晨见到他的时候他刚要出发。”约翰说。

“他收到信息难道不高兴吗？”妈妈问。

“他根本不听我说，”约翰说，“还说我在说谎。”早晨的糟糕经历又浮现在他眼前。

“如果他了解你就不会那么说了。”妈妈安慰他，“人们如果不了解你，那无论他们怎么说怎么想都没有关系。人们可以有很多看法。你是怎么做的？”

“我离开了。”约翰回答。

“布莱凯特太太说他现在正忙着写书，所以不希望被打扰，还说怕是自己的两个调皮女儿给他添了很多乱。”

大家都不作声了。和妈妈一起，可以说任何关于他们自己的事情。妈妈是个友好的土著人，但绝对不能提关于亚马逊号两个人的事情。妈妈也意识到这一点，立即开始讲其他的话题。她真的是最好的土著人。

生日派对的气氛又活跃起来。友好的土著人开始讲过去的事情，那时大家还没有出生。她给大家讲马耳他和直布罗陀，还有她小时候在悉尼港航行的故事。

到了下午大家都去洗澡，妈妈到码头看罗杰游泳。他蛙泳划了三下，仰泳蹬了六次水。

“能这样游的话，”妈妈说道，“你就可以留着小刀啦。一定要多加练习。”

约翰想再围着小岛游一圈给妈妈看，但妈妈说这天已经游过一次就足够了。提提潜下水采了几颗珍珠。苏珊和约翰进行了一次游泳比赛，差一点就赢了约翰。

然后到了喝下午茶的时间。

最后该带维姬回家了。

空空的大篮子被带到小船停靠处。

“你们什么时候能在岛上住够呢？”友好的土著人问道。

“永远也不会。”燕子号船员们回答。

“你们够幸运了，天气一直很好，”她又说道，“而且你们也没受什么伤。但再过一个星期咱们就要搬到南方去了，所以最多住到那个时候，要是变天了就另当别论。如果雨要来了，你们就得离开这儿。因为一到雨季，就算是条件最好的荒岛也没法住下去。”

船员们你看看我，我看看你。

“一个星期很长的。”妈妈说。

“但我们想永远住在这儿。”罗杰说。

“我也知道。”土著人友好地说。

她亲了亲每个船员，他们也都亲了亲胖胖的维姬。保姆抱着维姬上船，坐在船尾。

提提突然说道：“妈妈，你不介意自己是土著人吧？”

“一点也不。”妈妈回答。

“那现在我也做一会儿土著人。我们碰鼻子吧，就像澳大利亚丛林里的那些土著人一样，你给我们讲过的。”

提提和友好的土著人互相碰鼻子，当然了，下一个就是罗杰。

友好的土著人亲过每个孩子，和他们道别后回到船上坐下。大家帮忙把篮子递进去。约翰和苏珊把船推到水里，目送妈妈的小船渐渐划走。

“我们去护航吧。”约翰船长建议。

很快，燕子号下水了，等全体成员登上船，约翰船长用尽全力往前划。友好的土著人停下手中的桨，等着他们。然后他们并排在水中前进。比起这条来自霍利豪威的船，燕子号更难划一些，因为燕子号吃水很深，而且是一条帆船，不是划艇。但友好的土著人划得并不快。他们快要到达船屋港的时候，约翰船长停下了，因为他不想再次看到那个船屋。他调转船头。

“再见，土著人。”提提喊道。

“再见，白种人。”友好的土著人回应，“应该说‘嘟噜’吧？嘟噜，嘟噜！”

“我来划。”罗杰抢先说道。

“我也要划。”提提嚷道。

约翰船长给了他俩一人一支桨，他和苏珊坐在船尾。罗杰在船头，提提靠近船尾，苏珊掌舵。

苏珊拿出手绢，向土著人们挥手告别，直到她们消失在远处。手绢上还打着结。她把结打开了，什么也没说。

他们再次在野猫岛靠岸，约翰发话：“提提和罗杰，你俩赶快吹口哨招风吧，咱们得抓紧战斗了。”

第十七章　顺风扬帆

整个傍晚他们都围坐在篝火旁，商量怎样行动。明早一定会起风，但不知道风向如何。所以他们根据南风订了一个计划，又根据北风订了一个计划。如果是其他的风向，不管能带他们沿湖而上还是顺湖而下，两个计划都用不上了。但这种风向对双方来说都是一样，也不必另作计划。再说这种风向很少见。不管云朵往哪个方向飘，湖岸的高丘都会让风向朝北或朝南。所以他们只制订了两个计划：南风计划和北风计划。北风会带亚马逊二人来野猫岛，南风便于燕子号船员们驶向亚马孙河。至于返回就不用考虑啦，用多久都没关系。

两个计划就这样定下来了。

“海上作战的时候，”约翰想起一本书，“有两件事情很重要：有的放矢，出其不意。”

“那……我们的目的是什么呢？”提提问。

“趁她们二人不备，获取亚马逊号小船。同时要警惕，她们也会以同样的方式争夺燕子号。谁先获得对方的船谁就获胜。当时咱们就是这样说定的。关键在于抓住时机，她们现在肯定也忙着准备。所以如果明天刮北风，她们会偷袭我们；如果是南风，她们也知道我们会去袭击她们。”

“我想不出，如果她们乘亚马逊号过来，咱们应该怎么夺取那条船？”苏珊问。

“这么办。”约翰船长回答，“如果明天刮北风，我们其中一个人乘燕子号离开，把它藏在咱们钓鱼的芦苇丛里。留在岛上的三个人埋伏在港口附近。亚马逊号水手们会驶进港口，上岸后直接去营地。这时咱们就乘亚马逊号离开，而她们就被孤立在岛上啦。最后我们会赢。就这么简单。”

“那如果刮南风呢？”提提又问。

“那就要困难一些，因为她们料到我们会过去，肯定也策划好怎么对付我们了。”

“我想不出突然袭击她们的办法来。”苏珊说。

“只是更困难一些，”约翰说，“但能做到。只有一件事咱们可以做到，但她们绝对想不到——咱们可以在黑暗中找到野猫岛，把船停靠在港口。她们记得那些标记，但却不知道咱们把它们变成了导航灯。所以她们肯定觉得咱们很早就会发起攻击，然后趁天黑前回来。但事实并非如此。白天行动肯定会失败。海盗的港口有可能在家里就可以看到。”

“要塞。”提提说道。

“到处都会有土著人给她们报信。要获取船只，就得趁她们上岸吃饭或喝过酒大睡的时候。”

“她们的船里有一只大桶。岸上肯定有许多许多朗姆酒。”

这就是他们的南风计划。燕子号船员们会尽快行进到里约港周边的小岛，观察亚马逊号船员的行动，也能看到亚马逊号小船是否离开亚马孙河。小船肯定不会藏到小岛上，那样燕子号船员们来到亚马孙河的时候就会知道她们离开了。如果燕子号船员们没看到亚马逊号，他们会在傍晚时分驶入河口，找到船库，截获亚马逊号，然后由一名优秀的船员（苏珊）驾驶，在夜里回到野猫岛。野猫岛上会有一座灯塔，导航灯到时也会点亮，帮助两条船安全靠岸。蜡烛不能燃一整天，所以岛上需要有人留守，在关键时刻点亮蜡烛，还需要守卫灯塔。这个任务就交给提提了：第一，不能把罗杰单独放在岛上，而约翰和苏珊返回时要每人驾驶一条船；第二，提提一直盼望一个人待在野猫岛上，做一回孤独的灯塔守望者，成为鲁滨孙·克鲁索，感受真正的荒岛是什么样子。提提可以把毛毯当作鲁滨孙的山羊皮。

一切就这样定了。建立灯塔得等到第二天早晨。唯一的问题就是：明早有没有风，有的话会往哪个方向吹？晚上大家吹了几次口哨，但没起到作用。约翰爬上哨岗，点燃一根火柴举到高处。但火焰丝毫没有摇动，没法看出风向。

到了早晨，湖上升起了雾，从岛上根本看不到陆地。约翰划着小船穿越湖面取牛奶、鸡蛋和黄油。罗杰一起前去，他一路学着喊雾号，那是一种长而低沉的喊声，他喊了一遍又一遍，就像轮船在海峡的雾中行驶时发出的信号。提提早就急着自己能拥有这座小岛，这时的她爬上哨岗，一遍又一遍吹着《西班牙女郎》的调子，凝视着面前柔和的白雾，此时的能见度只有几米远。约翰和罗杰返回的时候差点没能找到小岛。“如果一直这样下去，”约翰说道，“咱们的计划就行不通了。”

早餐过后，雾下的水面荡起一丝波纹。雾气在树林中飘移，渐渐地开始撤离湖面。一会儿朝这，一会儿向那，远处山丘的凸凹和树林的空地时而显露，时而隐藏。现在刮的是南风。天上还飘下了一点毛毛雨，但很快就停了，雾气也全退了。风渐渐大了起来，太阳露出了笑脸。

“是顺风。”约翰船长说道。

“太好了！”提提说。

“咱们得快点，”约翰说，“必须在亚马逊号之前到达里约港外的群岛。尊敬的大副，请准备三个人的午餐和晚餐。赶快，水手提提，还有你，见习水手罗杰，帮忙建灯塔。”

苏珊大副马上开始准备当天的食物。她把一个大饼干盒子倒空，因为最好把食物全放在里面，这样就不会在船上碍事儿。饼干盒子放在船中间的横坐板下面刚刚好。

约翰船长回到自己的帐篷，拿出在里约买的一卷绳子。然后和一等水手提提、见习水手罗杰一起登上哨岗。

哨岗上长着一棵高大的松树，中下部的树枝已经被剪掉了，留下很长一部分树干，最低的树枝离地面也很远。

约翰伸开双臂搂住树干试了试。底部还不是很粗，再往上一点他就可以完全抱住树干。

“问题是，如果手里拿着东西，就没法往上爬。”

他把绳子的一端缠绕在自己的腰间，剩下的一团交给提提。

“好啦，”他说道，“现在你来放绳子，看好别卡住了。”

“遵命，船长。”提提回答。

约翰船长往手上吐了口唾沫，搓了搓。这样其实帮不了多大忙，因为松树皮很粗糙，可从感觉上这样做大有好处，所以他也这么干。

约翰开始爬树。其实爬树不像看起来那么难，而且越往上爬越容易，因为树干没那么粗，即使松开手往上挪双腿也可以牢牢绕住树干。

“别站在正下方！”他低头喊了一嗓子。于是提提往后退了几步。

“别踩着绳子，罗杰！”提提说道。她把那团绳子放在地上，约翰往上爬的时候她放绳子。

爬树的时候如果碰到以前粗树枝留下的树杈就比较麻烦了，因为那里一般都伸出一截。手臂可以轻松绕过这些伸出的部分，但腿要跨过去就难了。因为这些残留的树杈很绊脚，而且还撑不住身体的重量，没法儿站在上面。

最后，他爬到了粗树枝那里。等脑袋和树枝齐平的时候，他稍稍休息了一会儿。然后他紧紧抓住树枝，双腿松开树干，悬在树枝上。

“当心啊！”提提喊道。

在她说话的工夫，约翰就完成了他的动作。他胳膊往上拉，同时用力一蹬，一条腿搭到树枝上。一摆再一拉，他就跨坐在树枝上了。

“这可真是远眺的好地方，”约翰船长说道，“之前怎么没想到爬上来呢。但是没必要把灯挂得这么高，那样会被树叶遮挡住。挂低一些会更好。把绳子绕在树枝上很不错。提提，放绳子！”

他拽上来很长一段绳子，把缠在腰间的绳子解开，从树枝的另一端扔下去。

提提一把接住绳子。

“两端都抓住，”约翰船长喊道，“我下来的时候把绳子扯远一些。让罗杰把灯拿过来。”

罗杰跑去拿灯。提提把绳子两端拉到哨岗的边缘处，这样绳子就不会在树旁摇晃，也不会妨碍约翰下树。约翰正跨在树枝上，慢慢移近树干。然后他横坐过来，一只胳膊抱紧树干。离开树枝后，他两条腿夹紧树干，接下来就很简单啦。他并不往下滑，而是往下挪，先是胳膊，然后用腿。

还没爬到底，罗杰就拎着灯回来了。约翰船长把绳子一端系在灯的提手上，然后把灯升到树干的四分之三高处。他看看四周，说道："现在，如果我们把垂下来的绳子拉紧系到这根矮木上，它就不会挨着灯了。这样绳子才不会被点着。来，提提，现在你就是灯塔守望者。你来做给我们看——把灯放下来，点亮之后再升上去，然后系好。这儿有一盒火柴。剩余的绳子可以用来固定提灯。"

提提抓住两边的绳子，一边放一边收，把灯取下来。绳子在树枝上滑动很顺利。然后她打开灯盖，点亮之后又把灯升到高处。

"是在这儿吗？"她问道。

"再往上大约一英尺。"

"好了吗？"

"刚刚好。现在固定好。"

提提把垂下来的一端绳头固定在哨岗旁的草丛里，这样不会挡住路，然后她把拴在灯底部的一端的绳子，绕在树干上，这样提灯就竖直固定好了。没用到的绳子放在松树和草丛之间的空地上。

"很好，"约翰船长说道，"把灯取下来吹灭吧。"

"遵命，船长。"

"就这样，"约翰船长说，"天快黑的时候点亮灯挂起来。标记处的蜡烛不用点那么早，等我们接近的时候再点燃。再说在帐篷里你还得用。最好是听到我们学猫头鹰叫的时候再放上蜡烛。这样你就知道是我们，而不是敌人。我说提提，你确定自己一个人行吗？"

"当然可以啦。快出发吧，要不她们就赶在你们前面了。我自己可对付不了她们两个人。"

"逆风的话她们不会那么快，"约翰说道，"但我们确实应该马上出发了。"

"走吧。"见习水手说道。

他们回到营地。

"食物都准备好了，船长，"苏珊大副说道，"我还带着一大瓶牛奶，得放到船底保鲜。给提提留了一小瓶，她得自己做茶点。提醒一下，可别让火熄灭了，提提。"她又补充道，"如果要睡觉，就用土把火盖住，像烧炭工人那样。晚上会冷。"

"我不睡，"提提说道，"我要在篝火旁站岗，披着我的大斗篷。"

“罗杰，”苏珊大副下令，“回到帐篷，所有的衣物都穿两件。”

“所有的吗？”罗杰问道。

“是。”大副回答，“两件背心，两条衬裤，两件衬衣，两条长裤，两双袜子。”

“我可穿不上两双鞋啊。”罗杰说。

“那就不用啦。赶快行动。除了鞋以外都是两件，就当自己要去北极。”

“还要两个领结吗？”罗杰边问边往帐篷走。

“快点‘打扮’，”船长发令，“不要浪费时间。”他和提提把桅杆立好，升起帆。苏珊带着食物走到停靠处。

“亚马逊号船上有稳向板龙骨，咱们没有倒还是件好事。”她边说边把饼干盒子放到横坐板下面。

“逆风在窄处行驶的时候，稳向板龙骨可以起到作用。”船长解释道，“即使没有，燕子号行驶得也很好。而且稳向板龙骨的确很占地方。”

苏珊又去拿牛奶，回来的时候手里一只大瓶子，一只小瓶子。

“看好啦，提提，”她说道，“我把你的这瓶放到水里了，可以保鲜。可别一转身就忘记在哪儿啦。”

话语刚落，罗杰一摇一摆地走到停靠处。他圆圆鼓鼓像个足球，伸着两只胳膊。

船长和水手哈哈大笑，只有苏珊认真地打量。

“他就该多穿点保暖。咱们还得带几条毛毯，以防万一。”

她最后一次跑回帐篷，抱来好几条毛毯。

“东西都带好了吧？”约翰船长问道，“我带了指南针。你们的手电带了吗？我带好了。”

“我的在口袋里。”苏珊回答。

“我也带了，”小船员说道，“但现在拿不出来，放在最里面的衬衣口袋里了。”

“没关系，”约翰船长说道，“等用的时候再拿。还有望远镜。”

“我得用望远镜值班啊。”提提说道。

约翰想了一下。

“嗯，你确实得用。”他把望远镜递给提提，“全体船员上船。”于是大副和船员爬上船坐在船尾。船长推着船，燕子号入水后，他从船头跃身跳上船，开始扬帆。“不要忘记点灯，提提，”他喊道，“天黑的时候就靠它们导航啦。天一黑就点亮灯塔，等听到我们的叫声就点亮蜡烛标记。”

“遵命，船长。”提提喊，“燕子号万岁！”

很快，约翰升起帆，然后使劲地往下拉帆桁，直到帆布上的横纹变成竖纹，他才把帆桁固定好。小船漂出小岛的避风处，海风迎面扑来。燕子号船员们一同坐在船尾，大副负责掌舵。帆桁从右舷伸出，棕色的船帆带着小船在阳光下轻快前进。

“万岁！”提提边喊边跑上哨岗，站在新建的灯塔下。

“万岁！万岁！”水上燕子号船员们回应。

水手提提用望远镜看着他们，直到棕色的船帆消失在达恩峰后，然后她变成了“鲁滨孙·克鲁索”，回到营地开始统治属于自己的小岛。

第十八章　鲁滨孙与“星期五”的故事

提提环顾四周，立即觉得有些不太对劲。面前有两顶帐篷，但一个遭遇沉船的水手来到荒岛上应该只能住一个帐篷才对。刚开始她想撤走船长的帐篷，但想到其中有段时间她并不是落难的水手，而是留守阵营的探险者，因为大部队已远航去探险，这种情况下，帐篷还是越多越好，所以她决定留着船长的帐篷。“就当是野人星期五的帐篷好了，”她自言自语道，“虽然还没发现他，但他来的时候就能直接住进去了。”

过了一会儿她走进自己和苏珊的帐篷，里面几乎都是苏珊的物品。虽然苏珊把毯子带走了，但是她的睡垫还在。这明显是两个人住的帐篷，而不是落难的水手独自一人住的帐篷嘛。于是提提把苏珊的睡垫放在她自己的上面，然后又在上面铺了一层毛毯。帐篷立刻就变成她自己的啦。至于大副的睡垫，等到她为全营站岗的时候再放回去也不迟。

提提躺在两个睡垫上。和煦的阳光照在白色的篷布上，透过帐篷门她看到闷烧的火堆里冒出一缕缕的烟。她觉得现在岛上真的只有她自己一个人了。帐篷后面的石南花丛中传来蜜蜂的嗡嗡声，这更让她觉得岛上一个人也没有。她又仔细听了听其他的声音。湖水拍打着西岸，微风吹得树叶沙沙响，但是却没有半点人类发出的声音。没有人玩儿罐头瓶，也没有人洗盘子。她不用照顾罗杰，苏珊也不用照顾他俩。以往约翰会在哨岗，或者在小岛另一边的船上捻绳子，现在也看不到他的身影。没有人在岛上做任何事情。如果她不动，岛上也就没了动静。仿佛全世界只剩下她一个人了。

突然，她听到远处传来蒸汽船的突突声。在平常，除了罗杰之外没人理会蒸汽船，但今天不同，一听到声音，水手提提马上跳起来跑到帐篷外。透过西岸的树林，提提看到远处的蒸汽船经过小岛。她拿起望远镜。甲板上有很多人，她还看见罗盘旁边的一个水手。没准儿汽船上的人正看着这座小岛呢。但他们不知道，岛上只住着一个水手，因为二十五年前的海难漂到这里。当然啦，之所以流落到这儿，是因为当时她没有挥船旗吸引人们的注意来救她。但是能独自拥有一座荒岛，为什么还要挥旗让别人来把她救出去呢？《鲁滨孙漂流记》不就应该有这么一段嘛。到最后他回家了。这本书原本就不应该有结局！

汽船急匆匆地向湖下游驶去，提提举着望远镜透过西岸上的树林一直追着它跑。通向港湾的地方已经逐渐被踏出一条小路。“我好像在这里住了很多年似的，”提提说道，“只可惜没有山羊。它们会吃光路两旁伸出来的枝叶，看到人跑的时候还会去咬他的头发。”她拿出刀子，把树枝都修剪掉，让小路看起来宽敞一些。只要是伸到路上容易绊脚的树枝都被她统统砍掉，就这样一路清理着一直来到港湾。然后她在港口和营地之间跑了几个来回。现在这看起来像条真正的小路啦。真是奇怪，以前怎么就没人想到呢。看来自己一个人的时候会感觉时间很充裕，可以做很多很多事情。

她试着去够港湾那棵树上的钉子，她必须得把灯挂到树干上面。还差一点就能够着了，不过这样也可以啦，因为她只要托着灯的底座，上面的提手就能挂上去了。另外，画着白色十字架的树桩上的钉子很低，那个不是难题。

突然她想到现在离傍晚还有很长的时间，而等燕子号船员们回来的时间更长。如果他们能把亚马逊号小船带回来，所有的等待就都值得了。让那些海盗好看。明天燕子号的船员们就一起去亚马孙河，向两个海盗宣布她俩已经战败，然后南希和佩吉就会成为低声下气的俘虏被押回野猫岛。有那么一会儿，提提希望自己和其他人一起在燕子号上。他们现在肯定在里约港附近悉心侦察，等黄昏到来的时候他们再划着船去河口。她想知道那条河是个什么样子。真是有得必有失，如果她没有选择留在营地为大家点亮灯塔和导航灯，那她就失去了独自拥有这座小岛的机会。

提提脱掉鞋子，蹚着水走到港湾另一端的大石头那里，爬到石头上躺下来，看着对面的湖岸，目光随着汽船的行驶移向远处的码头。这时她看到一只河乌，那只河乌身体圆滚滚的，尾巴像鹪鹩那样短，背上的羽毛呈棕色，白色的一片像件马甲。它正站在一块突出水面的石头上，距离自己只有十几英尺远。它往前倾了一下身体，像是鞠躬，又像无意中的礼节。

“多有礼貌啊。”提提自言自语道。她躺在石头上一动不动，看着棕白相间的鸟儿在自己的落脚处行礼。

突然，那只河乌起身跳进水里。它不是像鸬鹚那样潜进水里，而是掉了下去，就像一个人还不知道该怎么潜水就一下子跳进游泳池的深水池。过了一会儿，它又从水里飞出来，停在原来的石头上，再次鞠躬，像是感谢观众的掌声和欢呼。

然后它又从石头上飞起来，冲进水里。这一次，它落在提提躺的那块大石头所遮挡的水域。提提低头看水里的河乌，只见它扑棱着翅膀，就像在天空中飞翔一样，很快“飞”到了石头底下。它上来的时候，不像小鸭一样要在水面休息一会儿，而是从水底直接飞到空中，仿佛水里水外没有差别，只不过出水之后飞得更快。

“哇，我从来都不知道鸟儿原来可以这样厉害，”提提看着河乌在石头上前倾了几下，不禁感叹道，“这是我见到的最聪明、最有礼貌的鸟儿。它最好待会儿还这样做。”那只河乌朝她点头，她用肘部支撑着上身，也向那只河乌致敬。遇到这样一只河乌，谁能不理会呢？倒是那只河乌看起来不太满意，拍拍翅膀飞到其他石头后面去了，低低地在水面疾驰。

提提等了很长时间，希望它能飞回来，但没有等到。也许它回到自己住的小河那儿了。提提突然想起，自己的职责是守护小岛。所以她应该拿着望远镜在哨岗放哨，而不是躺在这儿。她从石头上爬下来，走回岸边，穿好鞋子。这一次她没有走自己刚清理好的小路，而是选择了另外一条路——其实根本不能称之为“路”，只是他们偶尔会从那里回到哨岗。那里矮树茂密，金银花缠满了灌木丛。提提感觉自己正走在丛林中，再一次成为荒岛上的鲁滨孙·克鲁索。

她刚一走出树林，来到码头附近，停下了脚步。在她去看汽船跟河乌的时候，岛上有情况！有人出现在小岛上。现在岸边靠着一条划艇，她认出那是来自霍利豪威的船。她跑回营地，看到妈妈正在空无一人的帐篷前张望。

“你好，星期五。”提提开心地叫道。

“你好，鲁滨孙·克鲁索。”妈妈回答。这就是妈妈最大的优点，她和其他的土著人不同，因为她总能懂得你的心思。

于是提提和妈妈扮作鲁滨孙·克鲁索和星期五，亲吻问候对方。

“昨天刚见面，你肯定没想到我今天又会过来，”妈妈说道，“我今天有事来找约翰。我猜他正和其他船员一起在你们的秘密港湾吧，那个不允许可怜的土著人去参观的港湾。”

“没有。他现在不在岛上，”提提说道，“现在只有我自己……还有你，妈妈。”

“那你真成了鲁滨孙·克鲁索啦，”妈妈笑道，“我就是名副其实的星期五喽。早知道的话我就在沙滩上留一个大脚印。其他人到底在哪儿呢？”

“他们都很好，”提提回答，“很快就会回来的。他们只是乘着燕子号去远征了。”她只能说这些了，因为眼前的“星期五”虽然是妈妈，也是土著人。即便妈妈是全世界最好的土著人，也不可以全部告诉她。

“我以为他们去布莱凯特家，找那两个孩子去了。”妈妈说。

“星期五可不知道这些。”提提说道。

“噢，好吧，我不知道。”妈妈回答，“那你自己在做什么呢？”

“确切地说，是负责看管营地，”提提回答，“但既然他们都不在，我就当鲁滨孙·克鲁索好啦。”

“当然可以。他们有没有给你留吃的？”妈妈问。

“我的食物在帐篷里。”提提回答。

“现在可是吃饭时间了，”妈妈说道，“能否让星期五往火里再添些柴，然后泡一壶茶？我待不了太长时间，没准儿我走之前他们就回来了。”

“我想不会，”提提说，“他们现在已经穿越了太平洋。去廷巴克图的距离跟这次比根本不算什么。”

“不管去了哪里，我还是泡壶茶吧。”妈妈说，“我们来看看他们给你留了什么好吃的。”

提提把她的食物拿出来——一大块牛肉糜压缩饼，几片黑面包，一些饼干，还有一块蛋糕。星期五对这些食物不是很满意，但又说：“咱们还是能做一顿真正的午餐。有没有黄油？土豆有吗？咱们做肉饼蛋糕怎么样？”

星期五翻了翻储物盒，找出一些已经发软的黄油。她拿起来闻了闻，说得赶快吃掉，明天得去迪克森太太那里再拿一些。她还找出几个土豆和一些盐。鲁滨孙·克鲁索的食物里有一小包茶，烟盒里还有满满的一盒糖。

星期五把火调旺，添了一些树枝，很快，蹿起的火苗就把水壶底围了起来。她削了几个土豆，放到锅里煮熟，又把肉饼切成碎碎的小块。等到土豆变软，她从水里捞出土豆，把它们搅成泥，和碎肉饼拌到一起，然后做成六个土豆碎肉饼。接着，她在煎锅里放了一些黄油，融化之后把饼放进锅里。等到饼上满是热泡泡，发出嘶嘶的声音的时候，热腾腾的土豆碎肉饼就可以出锅了。这个时候鲁滨孙·克鲁索也已经泡好了茶。

当她们一起吃完美味的午饭时，鲁滨孙·克鲁索说道："好啦，星期五，你不介意跟我讲一讲你来这座小岛之前的经历吧？"

于是，星期五开始告诉她，自己差点被野人吃掉，幸亏在最后一刻从炖锅里跳了出来。

"那你没有烫伤吗？"鲁滨孙·克鲁索问道。

"很严重呢，"星期五回答，"我在烫得最严重的地方涂上了黄油。"

然后星期五忘记自己是星期五，又变成了妈妈，讲自己小时候在澳大利亚一个绵羊牧场里的故事；讲一种叫鸸鹋的鸟下的蛋像婴儿的头那么大，负鼠把自己的孩子放在身上的口袋里，袋鼠可以踢死人，有一种蛇藏在土里面。而鲁滨孙·克鲁索听着听着，也忘记了自己是鲁滨孙·克鲁索，变回了提提。她跟妈妈讲自己在烧炭人的棚屋里，看到他们在雪茄盒子里养的那条蛇，还告诉妈妈她看到的那只河乌，跟她点头，还在水里飞。然后妈妈说起绵羊牧场的干旱，那时老不下雨，井里也没有水，羊群要被赶到几英里以外的地方去喝水，很多绵羊都渴死了。然后她又跟提提讲自己小时候还有一匹小马，自己的爸爸还在灌木丛捉到几头小棕熊，她在手上沾满蜂蜜，小熊们会来舔她的手指。

时间过得真快，比鲁滨孙·克鲁索自己一个人的时候快多了。突然星期五站起身，说自己得回家了。

"不能再等啦，"她说道，"我得回家看看维姬。没见到约翰真遗憾。我看他昨天很在意特纳先生跟他说的那些话，所以想问问他需不需要我给布莱凯特太太写封信，请她转告她的弟弟，约翰没碰过他的船。"

提提不能肯定，她要考虑亚马逊号的海盗们，绝不能让土著人插手这些事。

于是她答应妈妈，等约翰回来，就转告她刚才说的话。

“他们为什么会去那么长时间呢？”妈妈问道，“你确定自己一个人可以吗？想不想和我一起回霍利豪威？如果在半路遇到，你可以喊他们，也可以当是拜访我，然后住一晚，明天早晨去迪克森太太那里，等他们来取牛奶的时候再一块儿回来。咱们可以给约翰留张纸条，告诉他你去哪里了。”

提提开始想和妈妈一起去，不知怎的她觉着妈妈走之后，在岛上会感觉更孤独。突然她又想起导航灯和灯塔，想起她看守营地的任务。

“不用啦，谢谢你，”她回答，“我想留在这儿。”

妈妈把煎锅、煮锅、杯子和盘子拿到水边清洗，提提把它们擦干。然后妈妈把东西带回营地，把它们摆放整齐。她把水壶灌满，放在火炉的一块石头上，壶底一半在火上，一半在火外。“这样就可以烧热啦，”她对提提说，“他们回来口渴的话很快就可以烧开水。”

“他们不会那么快回来。”提提说道。

妈妈看着她。

“那你还是跟我来吧，”妈妈说，“营地不会出什么事的。”

“不了，谢谢你妈妈。”提提的语气很坚决。

“那好吧，”妈妈妥协了，“那你得保证自己好好的。如果要喝茶，就不要等太久了，布莱凯特一家有可能留他们在那儿喝茶了。”

提提没说话。

妈妈上了船，用一支桨把船推离岸边。

“再见，鲁滨孙。”她道别。

“再见，星期五。”提提说道，“和你在一起真开心，希望你也喜欢我的小岛。”

“我很喜欢。”妈妈回答。

妈妈划着船慢慢离开，提提跑到哨岗跟她挥手。妈妈的小船从下面慢慢经过，小岛又变得寂静起来。提提改变了主意。

“妈妈！”她叫道。

妈妈停下来。

“要跟我一起走吗？”妈妈喊道。

但提提又想起来只有作为鲁滨孙·克鲁索的时候，她才可以向过往船只求助。

但她还是水手提提，她还得把灯挂到身后的树上，这样大家才能在黑暗中找到小岛，还得点亮导航灯，这样他们才能把战果顺利带回港口。

“不，就是说声再见。”提提喊道。

“再见！”妈妈喊。

“再见！”提提喊道。她在哨岗趴下来，透过望远镜看着妈妈的身影。看着看着，她发现看不到妈妈了。她眨了眨眼睛，拿出手帕，先是擦了擦望远镜的镜片，然后擦了擦眼睛。

“笨蛋，”她说道，“看得太用力啦，得换另一只眼睛看。”

第十九章　亚马孙河

太阳已经落到湖畔西侧的山后了。从东岸山顶边缘透过来的光越来越弱，到最后不见了。风已经停了。里约港外群岛的影子投在平静的水面上。

“这不行，”约翰说，“起风前天可能就黑了。咱们最好到西岸去，沿着岸往前划。就算她们正在侦察，咱们只要靠近岸边，就不会被发现。”

“她们会以为咱们是渔夫。”苏珊说。

“但咱们船上有桅杆，咱们可以把它放下来。不管怎样，只要咱们沿着湖那边走，就一直有掩护。我可以肯定她们看不到。但如果不刮风，咱们到那儿的时候天就太黑了，什么都看不到了。”约翰说。

“快行动吧。”苏珊催道。

“我来划可以吗？”罗杰问道。

在那些小岛中间等了那么久，终于可以开船了，他们都很高兴。早晨，顺风很快把他们从野猫岛带到里约湾。他们在群岛中间进进出出，确定亚马逊号两个船员没有埋伏在岛中等待机会，企图再次占领野猫岛。他们很确定亚马逊号小船还在亚马孙河上，所以他们的计划仍然有效，到傍晚他们依然可以驶入河中俘获亚马逊号小船。他们在里约北面的一座小岛旁抛锚，等待黄昏到来。从那里，他们能看到里约湾的北部，而且还不容易被发现。他们一整天都密切监视着岬角，因为他们知道，那后面就是亚马孙河，也是亚马逊号海盗的大本营。但下午的时间实在太长了，他们之间还差点闹出“兵变”。

“咱们直接去吧。”罗杰先开口，然后苏珊接着说：“为什么不呢？”

约翰船长让他俩冷静下来。一切行动都安排在黄昏以后，这样大白天横冲直撞过去，肯定不能拿下亚马逊号，再说，他们还把提提单独留在了野猫岛上为他们点灯引航，好让他们在黑暗中也能回到家。他们不能把提提一人扔在岛上，最后无功而返。听约翰这样说，苏珊表示认同。随后，罗杰又建议下水游泳。就这样，没有动用武力，就平息了本次兵变，和书里写的一模一样。

获得船长的许可，船员们下船上岸。他们来到抛锚的那个小岛上，洗了个澡，还在岸上生了一堆火。他们生火不是为做饭——他们连水壶也没带——只是因为既然上了岸，就应该生一堆火。他们喝了一半牛奶，食物也吃了一半。然后约翰待在岛上，让大副和小水手去里约买一些食物。他俩买了一先令的巧克力，带杏仁和葡萄干的那种，再加上巧克力本身，就相当于三种食物啦。买完东西回来后，他们又去了另外几个小岛，在其中一个小岛上还跟几个土著人闹得很不愉快，他们指着一块指示牌，说小岛是私人的，不许外人踏入。

只有一次，约翰船长好像看到其中一个亚马逊号海盗的身影在岬角的石南灌丛里活动。但没有望远镜，他也无法肯定。也有可能是只绵羊。他们等待了整个下午和傍晚，难熬极了，都觉得筋疲力尽。尽管他们看汽船，看摩托艇，还看了土著人的轻舟，但就是没看到帆船，只看到远处湖面上一只大游艇。这是他们三个生平第一次盼望太阳赶快下山。

现在，太阳终于落下山了。黄昏到来了。没有风，因为和往常一样，风儿和太阳一起消失了，他们有些担心黑夜会降临得太早。三个人在船上开始不安起来。

他们已经把桅杆落下来放在横坐板上，并且还从船头伸了出来。其实他们可以把桅杆放进船里，因为它比船只短几寸；但要完全塞进去就得放在船舱的中间，不过这样划起船来会很不舒服。

“为什么不能有船首斜桅呢？”约翰说道，“再说，这也只是暂时的。”

罗杰在划船，约翰看着手册上的航海图，苏珊掌舵。

“用后背使劲儿，然后拉，”苏珊说道，“划到最后时再弯手臂。”

“我整个身体都用上了，”罗杰说，“我穿得太多了。”

“他划船的动静太大了。”船长说道。

“到不了那儿他就该累了。”大副说。

“我才不会呢。”罗杰反驳。

他们就这样，慢慢地沿着西岸前进。不管是谁划船，速度都没有很快。天色慢慢暗下来，山上的树林已经看不清楚了。在阳光下等了那么长时间，现在没有了阳光，开始觉得有些难以行动。

“等一下，苏珊，”约翰说，“还是我来划船吧。”

刚说完，泛着银光的碧绿色平静的湖面上荡起一丝涟漪。

“谢天谢地，”约翰船长道，“又起风啦，和白天一样。有时日落之后风向就会改变，但现在还是南风。”

随着风渐渐变大，波纹也紧促起来。

“回家的时候就是逆风了。”大副说道。

“那就不急了。”约翰回答。

“那还能扬帆吗？”罗杰问道，“不过我倒是不累。”

“要是燕子号的帆是白色的就不行了。”约翰船长说道，“现在这种能见度，她们看不到棕色的帆，再说咱们靠岸航行她们就更看不到了。有风咱们就可以继续扬帆。大副，让见习水手把桨拿上来。”

“这好办，”大副又转身向罗杰说道，“把桨拿上来。”

罗杰停下了手中的活儿，分两次把桨从桨架上拿上来，轻轻放在船上。

“保持这个方向继续前进。”约翰船长嘱咐道。

“是，船长。”大副说。对于帆船而言，没有风的时候，它可以随意航行，不过一旦起风，那就得小心翼翼啦。

约翰立好桅杆，尽可能不闹出动静，把帆桁固定在金属环上，然后升起帆。风向有一点点偏西，帆布向右舷一侧鼓出来。

“现在走得可真快。”见习水手说道。

“我可不想那么早就到那儿，”约翰说道，“我只希望进入河口的时候天还没全黑，但两个海盗已经解除防备回到自己的营地吃晚餐了。”

“佩吉说过她们七点半吃晚饭。”苏珊说道。

“哦，现在早已经过了七点半了，”约翰说，“我想一切都还顺利。”

岸边土著人的房子里陆陆续续透出灯光。在船后，群岛的北方，能看到里约港的一大簇灯光。天还不是很黑，此时已经能看到几颗星星。

燕子号小船行驶得很快，不一会儿就来到石岬旁边，那儿高耸的黑影近在眼前。

“咱们得把帆放下来。”船长说道。

他亲自降下帆。即使让苏珊来做，他也担心会弄出点声音。他又往桨架上倒了些水，这样就不会吱吱响了。

燕子号小船漂过石岬，进入一片面积很大的河湾，两边的河床上都是急速的水流。河湾岸边有一座小屋，窗户里透出灯光。这灯光映在水面上，恰好照出芦苇丛中的河口。过了一会儿，他们看不到倒影了，这时他们才意识到船已经漂流得太远了。

“大副，”约翰低声说道，“现在你来划船，但尽量保持安静，可以吗？罗杰到船头观察情况，不管看到什么都不要喊，只要压低声音告诉大副就可以了。”

“那桅杆怎么办？”大副问道。

“如果她们在望哨，肯定会看到并且认出我们的船。”约翰船长说，“如果没有，桅杆就无所谓啦。如果她们正在这些开着灯的房间里，水上的东西什么都看不到。如果能找到她们的船库，咱们肯定已经打败她们了。要是她们发现了咱们，早就开始行动了！”

大副缓慢而有节奏地摇着船，双桨没有发出半点声响，也没有溅起一点水花。燕子号小船正在平静的水面上行驶，周围是岬角的高壁。约翰调整方向，直到又看见房子里的灯光倒映在亚马孙河上。那里就是芦苇丛的入口。小船朝那个方向驶去。一会儿工夫，两边就都出现了高高的芦苇。他们已进入了亚马孙河。

“船库应该在右岸，”约翰低声说，“也就是我们左边。告诉罗杰在左舷观察。”

突然芦苇岸边传来水声，接着是“嘎嘎嘎”的叫声。

“怎么回事？”苏珊吓了一跳。

“是鸭子。”船长回答。

苏珊继续划船。

见习水手观察员低声说了一句：“在那儿，我看到了。”

“哪里？”大副转过头，低声问道。

“那儿呢。”小船员说道。

在芦苇上方，前面不远处，右侧的河岸边有一座方形轮廓的建筑物。

“那就是。”船长小声说道。

“船库。”大副说。

“安静。”

“嘘。”

船库隐藏在芦苇丛中的深水里。约翰船长调整方向，船向那里靠过去。

“停桨！”他低声下令。燕子号小船在一片沉寂中漂流。亮着灯的房子里传来音乐声。

“南希船长说上面有骷髅图。”约翰船长说道。

“我看到了，我看到了！”罗杰叫出声来。

“住嘴！安静。”大副连忙嘘声制止。

“好啦，那就是。”约翰船长道。

这是一个大型露天船库，入口处高高挂着一块木板，上面画着一幅白色的骷髅图，非常醒目。骨头很大，像是大象的骨头。

“能不能看到里面？”约翰船长问道。

“有条大船。”罗杰说道。

“她们说过，那是土著人的汽艇。桅杆能从横梁下过去吗？小心，慢点儿。”

苏珊收起双桨，燕子号小船潜入漆黑一片的大船库。

“有条划艇。”罗杰的声音有些大。

“当心！别撞到汽艇。”苏珊低声嘱咐道。

“没有别的了，”罗杰说道，“亚马逊号没在这儿。”

约翰从船尾起身站起来，顺手抓住了汽艇的舷缘。他从口袋里拿出手电。“她们从房子里看不到手电光。”他边说边按下开关。

亮光在船库里搜索，先是小划艇，然后是大汽艇，最后落在更远处的空位置上。很明显，平常有条船停在那里。船库墙壁的脚架上，有一个大信封，在手电的映照下变成了白色。

约翰船长推了一下汽艇，燕子号小船向墙壁靠过去。罗杰一把抓住信封。

“给我。”大副说道。见习水手顺从地递给她。

手电的光，船长和大副仔细看了看信封。那上面用红色铅笔画的骷髅图，下面用蓝色铅笔写着：“燕子号船员收”。约翰撕开信封，里面有一张纸，上面画着蓝色的骷髅图，底下用红色铅笔写着“哈哈！”两个字，底下写着“亚马逊号海盗”，署名是“南希·布莱凯特”和“佩吉·布莱凯特”，也是用红笔写的。

约翰船长想了一会儿，说道：

“很简单，她们把船藏到河上游了，海盗的老把戏。我们一整天都在监视湖面，她们没有把船驶到湖里。走吧。”他关掉手电。

他们驶出船库。

船库里的黑暗让他们觉得外面很明亮。

“现在，大副，开始划船吧。”约翰说道，“天还没有完全黑，如果咱们抓紧，还是能找到亚马逊号的。”

苏珊大副开始用力划船，燕子号小船飞快地向上游驶去。约翰在昏暗中睁大双眼，让船躲开芦苇。几分钟之后，他们来到了河流拐弯的地方。

河口的芦苇岸边，再次传来水花声和鸭子的叫声。叫了两三次之后，一个严厉的声音说道：“住嘴，讨厌鬼！别再叫了。”

芦苇中露出一条船的船头，船长南希·布莱凯特站在上面。她观察了一段时间，又仔细听了听。

“警报解除，”她说道，“他们到上游去了。咱们可以先行一步啦，赶快！”

芦苇丛里又传来更大的水声，那是佩吉·布莱凯特在船尾撑篙。船从芦苇丛钻出来进入河口，往湖中驶去。南希船长拿起桨，用力划了一两分钟。

“现在安全了，”她说道，“我要把桅杆立起来。还好刚才放下来了，要不然他们肯定能从芦苇里看到。抓住帆脚索，你这笨家伙。”她的语气倒是不错，可以说很满意。船帆很快就扬了起来。

“好啦，我的水手，”她爬上船尾喊道，“野猫岛永远属于亚马逊号海盗！他们上了咱俩的当啦！”

第二十章 小岛惊魂

妈妈离开之后，提提觉得应该在自己的小岛上巡视一圈。一切正常。那只河乌又飞回来了，落在港湾外一块大石头上，不停地朝她点头。提提也朝它点头，不过离得太远，这次它没飞走，而是继续待在石头上平均每分钟朝她点两三下头。提提看着它跳进水里又飞出来后，继续巡视小岛了。最后，她回到营地，往火里又添了些木头。

这时，她想起鲁滨孙·克鲁索一直有写日记的习惯，而她恰巧也带着练习本，正打算写日记呢。于是她坐在帐篷口的阳光下，在一页的顶端写上“日记”两个字。只可惜，她没有在木棍上划道道来记录天数。但现在只记录一天的事情，那就没多大关系啦。于是她写道：

> 二十五年前的今天，我遭遇海难流落到这个荒岛。今日风向西南风，有轻浪，早上有雾。发现一只很有礼貌的鸟儿，还看到它在水上飞翔。在岸边发现土著人的独木舟，那位土著人很友好，叫星期五。她长大的地方有袋鼠，还有熊。在独自一人的境况下，能听到人类的声音，是件很愉悦的事情，尽管她是个野人。午饭是星期五做的——肉饼蛋糕还有茶。饭后她划着自己的船回到大陆，那儿还有其他的土著人。她……

水手提提想不出下面该写什么了。今天的记录到此为止，除非再有什么事情发生。她开始翻看《鲁滨孙漂流记》，并不是细读而是一页页翻过，因为以前已经看过很多遍了。她看到一个细节，讲鲁滨孙·克鲁索担心有动物攻击，于是爬到树上去睡觉。

> 我走到树下，爬了上去，努力找到一个位置，让自己睡着之后不会掉下来。我还砍下一根树枝用作防身武器，这样一来还有些喜欢这个寄身之处了。因为已经筋疲力尽，我很快就睡着了，而且我相信没人能像我睡得这样舒服。醒来之后，神清气爽，自己也难以相信居然在这样的环境下睡了一夜。

她想知道鲁滨孙·克鲁索是不是经常在树上睡觉，也不知这岛上有没有适合睡觉的树。可是，这儿也没有凶恶的食肉动物啊。

接着，她又读到沙里的脚印那一部分，想起了很多她应该跟星期五说的情节。

她把书翻来翻去，有一页内容让她想起了弗林特船长。

> “我一直在干活，”鲁滨孙·克鲁索写道，“我和我的鹦鹉边讲话边教它，以便让自己分心。它很快就记住了自己的名字，而且大声说出来‘波……’。那是我在这个岛上从外人嘴里听到的第一个字。”

当然啦，如果现在有一只鹦鹉，那这个岛就很完美了。她想起船屋横栏上的鹦鹉，又想起他们一起去找烧炭工人的那一天，他们在树林里看到啁啾飞过的松鸦。松鸦和绿鹦鹉都让她想起弗林特船长，因为她还记得比利父子让他们转告亚马逊号船员的口信。她记得口信的内容，比利父子觉得有人会闯进船屋，所以弗林特船长应该给船屋挂上锁。然后她又记起约翰去给弗林特船长捎口信，但弗林特船长太粗鲁根本就不听，还说约翰在撒谎的事。现在，妈妈打算给亚马逊号海盗的妈妈写信，让她转告弗林特船长。而约翰正在亚马孙河上，不是去找亚马逊号海盗，而是为了俘获她们的船只。所以得到明天才能把信息告诉亚马逊号海盗们。

“可恶的弗林特船长。”提提大声说。她放好书，带上望远镜走到哨岗，观察情况。湖面上有很多船，而且通过望远镜，她还能看到鸬鹚岛树上的鸬鹚。尽管现在有很多东西可以看，时间还是过得很慢。她又泡了壶茶，煮了两个鸡蛋吃，还就着果酱吃了好几个圆面包。很奇怪，依然没用太多时间，如果下面急着要做其他事情，就不会这么感觉了。她在营地做饭、吃东西、清洗餐盘，这些好像只用了几分钟，然后就又回到了哨岗，猜想燕子号其他船员现在情况怎么样了。她知道他们得过好久才能回来，因为要等到黄昏他们才会进入亚马孙河。等待黄昏到来的过程很漫长，对里约港附近的船长、大副和见习水手来说是这样，对水手提提来说更是这样。

太阳终于落山了，最后一艘汽船也离开了湖面——这是平时罗杰睡觉的时间。最后一批渔人划着船消失在暮色中。提提在这荒凉的小岛上变身成为灯塔守望者。

她点亮大提灯，挂到树上并固定好。提灯的光很亮，悬在头顶之上，提提很想游到远处从水里看灯塔是什么样子。但转而一想，这可不是灯塔看守人应该做的工作。在水里有可能被水流卷走，灯燃尽后没有人补充灯油，船只在黑暗中就会触礁。

天快黑到伸手不见五指了，提提拿起一盏放蜡烛的灯，挂到叉子形状的树上，然后打开灯盖点燃蜡烛。这比点燃之后再托着灯找钉子容易多啦。她又回到营地，心想他们这时候可能已经拿下了亚马逊号。提提开始坐立不安。她去了哨岗一两次，确保照明灯正常燃烧。其实她根本不用离开营地，透过树的缝隙也能看到亮光。

最后她确信，目前能做的只有一件事：等待约翰他们发出猫头鹰叫声的讯号。那叫声是在告诉她，燕子号船员们已经回来了。等她点亮导航灯后，他们就能驾驶着燕子号和亚马逊号进入港湾。“真希望他们可以俘获亚马逊号船员。”她自言自语道。

她把火调旺，柴火都朝中间，然后在上面覆上苏珊准备好的土块。可是这样一来周围的光就暗下去了，于是她又把土块移开。反正还有很多木柴，都是他们两天前带到岛上的。她点燃另外一盏灯，想读一会儿书，但很费劲，因为旁边火焰的影子总在书页上跳蹿。她想起来灯里只有很短的一截蜡烛，待会儿还要挂到港口去，就把灯吹灭了。她不敢躺在床上睡觉，怕万一睡着了，就听不到他们回来时发出的信号了。于是她从帐篷里把两条毯子都拿了出来，用其中一条裹住自己，另一条用作风帽和斗篷。她坐下来，注视着火焰，手电和提灯放在身旁。她确定那盒火柴就在衣服的口袋里，能隔着毯子感觉到……

后来的事情她就不记得了。

风儿打在脸上，将她叫醒，还带来猫头鹰那长长的叫声，“突呜——突呜——”

她一下子坐起来。这是在哪里？火已经快要熄灭了，只剩下灰烬。周围黑漆漆的，但身后树林上方有微光闪烁。是灯塔。什么时候听到的猫头鹰的叫声？在她睡着之前，醒来之后，还是在梦里？

她想跳起来，但忘了刚才把自己裹得像个木乃伊。一定是猫头鹰的声音把她叫醒的。约翰、苏珊和罗杰一定摸黑驾着两条船回来了，他们也许还在纳闷导航灯怎么还没有点亮。她爬起来又仔细听，什么动静也没有。但过了一会儿，湖面上传来帆桁摆动的声音，像是船在调整方向。

她在地上摸索着找手电，手电旁边放着提灯。她急忙打开手电，冲出营地，一路跌跌撞撞跑到港湾。真是得感谢妈妈在维姬生日的时候把手电筒送给他们作礼物！即使有手电的光照亮，跑起来还是很费劲。好在上午她把路上的树枝清理掉了。

她找到那棵叉子形状的树，拿出火柴之后又把手电放进口袋里，这样两只手就都腾出来了。第一根火柴被风吹灭了，第二根举到灯口的时候也熄灭了，第三根总算点亮了灯。她很轻松地点亮另一盏灯，把它挂在画着白色叉号的树桩上。

现在约翰和苏珊能看见灯啦。万一他们已经等得太久怎么办？她，提提，一个一等水手，本应是高度警惕的时刻她却在打瞌睡！万一他们试着摸黑找到港湾，却触到暗礁，那可怎么办？

突然，一只猫头鹰从她头顶上方飞过，穿过两盏导航灯，还不知这亮光是怎么回事。

“突呜——突呜——”猫头鹰叫着消失在黑暗中。

也许她刚才听到的根本不是猫头鹰叫声的信号，她的担心都是多余的，燕子号还在很远的地方。但是，那咯吱声像极了燕子号的帆桁转动的声音。

就在这时，从前方的黑暗中，她听到船帆落下的声音，接着就是在船尾摇桨时发出的吱吱声。

她正想大声欢迎燕子号船员们返航归来，可就在这时她听到有人说话，不是约翰，不是苏珊，也不是罗杰。

一个声音说道："他们这主意真不错，把灯挂在树干的标记上。"

提提想把灯吹灭，但是已经晚了。那船已经靠过来了，一眨眼的工夫就在几码外上了岸。

提提蹲下身，躲在一块大石头后面。她怎么会睡着呢？她听到的是一只真的猫头鹰叫，而不是猫头鹰信号。如果她一直醒着，就不会搞错了。而且，她本来是在岛上留守，可现在却指引着亚马逊号上的两个海盗驶入港湾。等燕子号船员们回来，会发现小岛已经落入敌人手中。到那时，他们会原谅她吗？

这时，南希·布莱凯特上岸了。

只听她说道："我就是想不明白，他们怎么会比咱俩先到这儿。我真的听到他们开着船去了河上游。除非他们像烟一样飘回来，反正肯定不是航行回来的。就算划船也不可能那么快，这一路咱们都在他们前面。真是奇怪，咱们调向的时候既没看见也没听见他们。赶快下来，佩吉，给点儿光。"

"火柴都潮了。"佩吉刚说完，船上就闪出一点光，过了一会儿她拎着提灯上了岸，说道：

"他们怎么不在这儿呢？"

"他们给咱们点好灯，然后就溜回营地了，"南希船长回答，"就装作他们已经回来很长时间了呗。走，就拿着那盏灯吧。"

亚马逊号海盗紧挨着提提走过，差点就碰到她了。她们匆匆地走上小路。

提提蜷作一团，身体在发抖。

她听见佩吉说："等等我，没有灯看不见路。"

她们的脚步声越来越远，最后只能听见树叶的沙沙声。亚马逊号二人已经去营地了。

提提不知该怎么办好。他们失败了，彻底失败了。本来应该是燕子号带着战利品——亚马逊号小船，由优秀船员苏珊驾驶着归来，可现在全乱了。燕子们没有俘获亚马逊号，亚马逊号海盗却登上了野猫岛，她们的海盗船还安然地停在港湾。如果她没点灯，那她们得等到黎明才能进入港湾，到那时燕子号船员们也就该回来了。

这时，从小岛另一端，她听见亚马逊号二人的喊叫声："燕子号船员们！喂——约翰船长！"

声音越来越近了——她们正在往回走。

这时提提有了主意。

反正只要俘获亚马逊号小船，不管是哪一个燕子号船员俘获的都无所谓。现在亚马逊号小船就停在眼前，没有人看守，为什么不行动呢？

提提立刻站起来奔跑到岸边，先抓住亚马逊号的船尾，沿着岩石把船拖出港湾，然后坐上船驾驶出湖面。然后她拿出手电，找到船桨后立即关掉。这副船桨和燕子号的不太一样，但难不倒她。她站在船尾摇着桨，眼睛盯着自己点燃的两盏灯。她记得，无论如何都要让两盏灯看起来连成一条线，一上一下。尽管她已经很努力了，但有时还是会打歪方向，不过她掌控得已经算是不错啦，就是中插板、帆布、帆桁和长杆老是碍手碍脚。没有任何大的碰撞，船尾刚驶出岩石的包围，其中一盏灯就熄灭了。"是留在营地的那截蜡烛，"她想，"还好，没有继续用它读书。"她又向后转身划了一会儿，现在已经确定周围没有障碍了。她知道，现在的风向会把船吹回小岛，所以她调转船头，分开两腿坐在横坐板上，根据风向摇船，确定风儿从她右侧吹过。

另一盏导航灯也离开了视线，但过了一会儿她又看见了，还看到导航灯的光——亚马逊号海盗们已经回到港湾。

她停下手中的桨，漂在水面上，侧耳倾听，但什么也听不到。现在她还能看见另外一盏灯，很高。那是灯塔，哨岗松树上的那盏灯依然亮着。她知道，风儿正带着她往上游走，越过小岛。她在左边用力，让船头迎着风，然后开始有条不紊地驾船前行。

如果整晚都这样划，还是很大的挑战，她最好找到一个安全的地方抛锚。她不再划船，把桨收进来，打开手电后爬到船头。嗯，找到了锚和一捆绳子。她记得约翰跟苏珊说过，只有用绳子把锚系紧之后，才能抛锚。她借着手电光扎紧那团绳子。很好，绳子的一端固定在带环螺栓上了。她把锚放在伸手可及的地方，然后又继续划船，在风中用尽全力向西岸驶去。现在只能看见灯塔树上的亮光了。她可不想在小岛旁边抛锚，那样到清晨的时候就被发现了。谁知道这两个海盗能游多远？湖对面应该很安全。

突然她听见浪花拍击岩石的声音，而且近在咫尺。可不能在黑暗中让亚马逊号小船冲上岸。她停下桨，又爬上前，把锚从船头放下去，慢慢放着绳子。一码又一码，锚还在往下走，水可真深。终于感觉不到那么沉了——它已经到达水底。提提放开了所有的绳子，船往后漂了一段，然后被轻轻拉住了。

“现在不会有什么事了，就等早晨啦，”水手提提自言自语道，“没有那盏导航灯，约翰不会冒险摸着黑上岸。亚马逊号小船已经在我手上，燕子号就要成为旗舰啦。现在应该不会再发生什么事。”

可她错了，不会再发生什么事情的说法永远不保险。

现在已经安全抛锚，提提尽全力保证船安然无恙，但在一片黑暗里，就算有手电的帮助，她也没有多少可以做的事了。把帆布卷起来之后，她找到一条毛毯，把自己裹起来，现在不划船了，水上感觉更冷了。她还找到一大块巧克力，吃掉了。刚开始提提还犹豫要不要吃，后来她对自己说：“在俘获的船上，人们只要发现食物都会吃掉。”她在船尾的中插板后面躺下，这样挡住风能暖和一些。把巧克力都吃光了，提提开始想再等多久才能天亮。这时，她猛地全身紧绷起来，就像一只兔子突然在野地里看见一个人。

她又听见了嘈杂声。

那是划船的声音，力气很大而且速度飞快。有两对固定在栓上的桨，应该是条土著船，还能听到船头在水浪中前行的撞击声。她对那个声音很熟悉。

声音越来越近，然后从她身边经过。扑通，扑通。船桨掀起的水花声那么清晰，她觉得自己好像在黑暗中看见了那条船。

水手提提屏住呼吸。这些人不是燕子号船员，也不是亚马逊号海盗，而是土著人。可现在已经是半夜，除了海盗和探险者，人们都已入睡了，他们来这儿做什么呢？

“我们现在肯定在附近了。”是一个男人，说话声音很大，在一片漆黑中顺着风划了过来。

“还早呢。看看那些小鬼们在另外一个岛上点的灯，至少还有一百码。”

“我听到有声音。我打赌离得不远了，慢点儿。”

前面传来撞击声。

“告诉过你，笨蛋。你差点儿毁了这条船。”

“起来，把船停下再说。”

“把你的帽子从灯上拿开，我们需要点亮光。”

这时传来“扑通”的水声，然后是在石头上拖船上岸的声音，还能看到灯光。

“船没事，就是碰掉点漆。没撞破算走运啦。”

“帮忙来搬箱子，肯定没人能找到这儿来。”

“你要是再继续闪灯，那就说不准了！最好能带上走。”

“摩托车可运不走，汽车还行。”

“撞开！你怎么不带把凿子把这个东西给撬开？”

“聪明。谁能想到他能把东西放在这里面。就算凿子也不行。”

“怎么说都是愚蠢的做法。”

“再愚蠢咱们也已经这么做了。单凭这重量就知道应该很值钱。要是不值钱他就不会放在这里面了。赶快帮忙吧。”

接着，能听到搬动石头的声音，还有人在说脏话，然后有大石头砸在木头和金属上的声音。

又有人说话了。

“下次出来的时候带上鱼竿，还能钓到值钱的鱼。就算现在有人来找，也发现不了什么了。你总是唠叨个不停，我自己来就好了。”

“我也希望你是自己一个人。”

“开船吧。你确定船没漏？”

“没漏。那也不是你的功劳。”

“推船下水，赶快上船。趁现在没人来，赶紧离开这儿。”

划船的声音再次响起，这一次很快就消失在远处。

“他们听起来一点儿都不友好。”提提想。眼前漆黑一片，她张着嘴巴，听着他们远去的声音，直到周围一片寂静。有那么一两次，她的眼睛又合上了。但是她用手指把眼睛撑开。“我知道，我又要睡着了。”她说。

这次她真的说对了。

第二十一章　黑暗中的燕子号

苏珊大副摇桨，罗杰在船头放哨，约翰掌舵，伴着席卷而来的暮色，燕子号小船向亚马孙河上游驶去。两岸都是高高的芦苇丛，偶尔也会出现草地，黑暗中树林的轮廓若隐若现。然后又是芦苇，好像两堵墙一样把他们夹在中间。突然，河流在前方变成广阔的水湾，周围满是高高的芦苇，只有河水和水潭交界的地方留出一点点空隙。

“这应该就是她们说的泻湖了，”约翰船长说道，“她们藏船的地方。天要是没那么黑就好了。”

他把舵柄用力转向右舷，燕子号猛地在左舷方向打了个弯。

“你要是这么用力地转弯，人家不好划船啊。”苏珊不满道。

“对不起，”约翰说，“我想赶快靠到边上去，我可不想错过这个好机会。”

“什么东西把桨给拖住了，”苏珊说道，“我划不动了。”

船不动了。

约翰趴在船舷上看了看，说道：

“是睡莲，”他说，“天越来越黑了。”

“像是章鱼缠在桨上似的。”苏珊说。

“没准儿就是章鱼呢，”罗杰说，“提提以前读给我听过，说章鱼会把腿伸得很长，还能把人从船上拉下去。”

罗杰站在前甲板上，他的声音中明显带着恐慌，约翰船长立即拿出了船长的威严。

“瞎说，罗杰，才不是章鱼呢，只是花而已。”他俯下身，用力拽下一朵，又说道，“给，把这个给他，苏珊，让他自己好好看看，这些花的茎秆太结实了。大副，请你划出来，咱们到中间地带去。”

“好吧，只是花。”罗杰边说边拨弄那朵荷花，他的手指在结实又光滑的花梗上上下摩挲，“不过就算真的是章鱼，我也不害怕。”

苏珊用尽全身解数，但宽大扁平的荷叶下面船桨的桨叶和花梗全都搅在一起。花茎又粗又长，像绳子一样牢牢地缠住船桨。一支桨掉了下去，她赶紧捡起来，用手摸了摸，因为在黑暗里要想看清燕子号褐色的船桨实在是太难了。燕子号像是被带弹性的东西给拴住了，先是松了一下，然后积聚力量又把小船给拉了回来。

“这些花真可恶。”罗杰说。

“我来划吧。”约翰说。

船长和大副交换了位置。约翰尽量不让桨和水面平行，而是向前下方倾斜，这样他划桨的时候就不会入水太深，也不会伸到荷叶下面去。这样一来就好多了。没一会儿工夫燕子号就摆脱了荷叶的困扰。

“舵柄动不了了，”苏珊又说道，“只能移动一点点。”

“肯定是有花梗卡在舵和船中间了，”约翰船长说道，“我来看看。”他脱下外套，卷起袖管，趴在船尾把手伸到水里。至少有六七根花梗缠在一起，把舵给卡住了。他把一些长梗扯出来，又把塞在舵和龙骨之间的那些一点点地抠干净。

“现在干净啦。”说完后他又拿起桨继续划船。他告诉苏珊不要太靠近芦苇和睡莲，但也别离岸太远。弄荷叶用的时间太久，现在天色越来越黑了。

苏珊说道：“要我说，现在太黑，也找不到亚马逊号了。咱们干脆别找了，回去吧。”

“如果我们等到天亮，那就能找到。”约翰船长回答道。

“但提提怎么办啊？”苏珊又问，“再说，亚马逊号小船可能根本就不在这儿呢。”

“那船肯定在河的某个地方，”约翰说，“不过我还真把提提给忘了。咱们回去。”

他调转船头，继续划。

苏珊说道："方向不好掌控，我看不清该往哪里走。"

约翰猛地拽了一下桨。

"又是荷叶。"他说。

刚划出荷叶丛，燕子号又钻进了芦苇丛。

"留点神，罗杰。"大副说道。

"根本就不用放哨，"罗杰说，"天太晚了。"

过了很长时间，他们才找到深潭的出口。在这之前他们经过出口一次，但是不敢离芦苇丛太近。最后他们决定，就算有人看见亮光也不会起疑心，所以他们不如干脆就用手电筒。罗杰的手电找不到了，只好用约翰的，反正约翰正忙着划船。苏珊用自己的。其实手电也帮不了多少忙，昏暗的光照亮四周，周围到处都是摇摆的芦苇。光照范围之外却是一片漆黑。他们继续往前划船，光亮照到的地方那些漆黑又变成了芦苇。最后他们发现有个地方，光照到的两边是芦苇，中间却是黑黝黝的一片。

"这儿肯定就是出口了。"约翰说道。

他朝那片黑暗中划了一两下。小船两侧仍旧只有湖水，手电筒的光照过去，原来芦苇就在左右两边，而且都往同一个方向倾斜。约翰停下了手中的桨，但是燕子号还是顺着芦苇倾斜的方向漂流而下。他们终于来到了河里。

约翰任凭水流带着燕子号前行，只是在碰到两边芦苇的时候，他才拿起桨划几下。

"苏珊，别举着手电摇晃，"他说道，"有人会看到的。咱们应该离那座房子不远了。罗杰把你的也关掉。咱们不要打草惊蛇。"

有一两次，他们在河流转弯的地方冲进了芦苇丛，不过他们没费力气便退出来了。

过了一小会儿，他们看到了那所大房子里的灯光，远远地在水上闪烁。

"咱们离船库应该很近了。"约翰说。

"到了。"苏珊说。

约翰往后划了划船。"咱们还得再侦察一下，"他说，"得确保万无一失。"

苏珊拿手电往船库里面照了照，一只蝙蝠差点扑到他们脸上。汽艇和划艇仍然停在原来的位置，亚马逊号的船位依然空着。

“她们一定把船藏在上游。”约翰说道。

就在这时，大房子里的灯一个接一个地都熄灭了。

“熄灯，大副，”约翰船长下令，“不然，他们一旦往外看就能看见咱们的光了。”

约翰驾着燕子号又回到河流中，小船在黑暗中继续漂流。

有好一会儿，大家都没说话。计划失败了，远征夺船行动一无所获。

突然间，风一下子大了起来。

“咱们现在应该到宽阔的湖面上了，”约翰船长说道，“大副，现在可以打开手电了。尽量观察周围的情况。”

苏珊拿手电照了照四周。这儿没有芦苇，每一侧只能看见水中的涟漪。

“嗨！”罗杰嚷道，“远处有灯！”

“里约港的灯，”约翰说道，“咱们已经驶出亚马孙河了。我要把帆升起来，缩帆的时候你们要拿稳手电。爸爸以前也说过‘在黑暗中，就算是小船的帆该收也得收’。”

但在黑夜里收帆，就算有任劳任怨的大副帮忙打手电筒，也不是什么简单活，不过他们最终还是做到了。苏珊负责舵柄和桅杆索，约翰迎着风扬起了帆。

帆一挂好，约翰就说：“把帆系在右舷上，全部张开。咱们得绕开岬角边上的那些岩石。”

其实就算不挂起船帆，单靠海面上的风也能吹着小船在水中飞驰，船头下面发出航行时的潺潺水声。

过了一会儿，约翰说：“咱们在往正东方向驶去。”

“你怎么知道？”苏珊问。

“看。”约翰说。

头顶上是一片广阔而晴朗的夜空，上面还挂着那些最亮的星星。

“看，”约翰说，“那是勺子星（北斗七星），这儿是勺柄，那儿是勺子。勺子前头的两颗星星指向北极星，就在那儿。现在北极星正对船的左舷，所以咱们现在是往东走。里约港的灯塔正对右舷，在南面。”

“为什么土著人把勺子星叫成‘大熊星’？”苏珊问道。

“不知道，”约翰回答，“一点儿都不像熊，更像长颈鹿，但还是最像一把勺子。”

“小船顺着风跑得更快了。”苏珊大副说。

“张满帆，”船长说，“继续航行。咱们现在应该安全了，我用指南针和航海图试试。”

再一次回到湖上，燕子号船员们的情绪高涨了许多，因为他们再也不用在黑暗里与芦苇和睡莲做斗争了。只有宽广的水面才能让水手真正快乐起来。

“你冷吗，罗杰？”大副问道。

“很冷。”船头回答。

“趴到舷缘里面来，把毯子披上。”大副边说边把毯子递过去，让船长给罗杰。

约翰这时也趴在船底。他拿出图册，借着手电的光查看航海图。他把指南针放在横板上，这样指南针里边刻的黑线就靠船头最近。但这样其实也没什么用，因为船正处于倾斜状态，指南针放在斜面上，刻度盘就没法读。他只能把指南针放在手上，但指针还是晃个不停。约翰用一只手托住指南针，另一只手拿手电筒照在上面，努力看清航海图上的黑线指向哪个刻度，可是指针就是停不下来，一会儿朝左晃，一会儿朝右晃。

“差不多是正东方向，”最后他说，“现在进一步抢风驶航。”

大副一点点转动舵柄，燕子号也一点点迎向风。

“向东，东偏南，东－南－东，东南偏东，东南……”船长快速说道。

“不能再偏了。”大副提醒。

“就保持这个方向，”约翰船长说道，“东南，或者接近东南。”他低头看了看导航图，又说，“一直往东南走的话，差不多会到这儿，然后再往西南，走一个‘之’字形。咱们的‘之’字不要太长，最好都保持同样的距离，这样就不会靠近两边的湖岸。有里约港的灯，咱们就能看见那些小岛。我数到一百，咱们就换方向，然后再数一百，换另一个方向。”

“里约港的灯开始熄灭了。”苏珊大副说道。

的确，里约港湾高处的灯一盏一盏地消失了。

“现在肯定很晚了。”苏珊说道。

乌云遮住了星星，什么光也没有了。小小的燕子号在黑暗中奔闯，苏珊让船一直按接近顺风的方向行驶，自己面向正前方。每当左颊感觉到一点凉意，她就向上转一下舵柄。

“九十二，九十三，九十四，九十五，九十六，九十七，九十八，九十九，一百……准备换方向。”约翰说道。苏珊调转船头。龙骨下的水安静了一小会儿，然后船再次加速，水花也再次发出欢快的声音。

“约翰，你来掌舵，”大副说道，“我给罗杰拿块巧克力。”

约翰握住舵柄，口中还在数着数。他把指南针带在身边，偶尔打开手电夹在两腿中间，然后借着光亮拿出指南针看一看。这样其实什么忙也帮不上，他刚才还以为能有点用处。现在他能做的就是让小船继续前行，在左右两条航线上等距离航行。不过还有一个问题——万一风向变了怎么办？

大副拿出蛋糕和巧克力。大副和船长也觉得他们俩也可以和罗杰一起吃点儿。罗杰穿着两套衣服，身上还披着毯子，现在开心得不得了。

“提提会不会也喜欢这样？”他问道。

“喜欢哪样？”苏珊又问。

“像这样在黑夜航行啊。”罗杰回答。

苏珊没说话，提提一个人在岛上那么长时间，她不忍心再想下去。

约翰也没说话，因为他又快数到一百了。另一个原因，苏珊用手电筒照着在船底切蛋糕和掰巧克力，他自己也用手电筒照着看指南针，在两束光的映衬下黑夜显得更黑了。这总比困在河上好，好很多。但约翰船长自己也不知道他们还有多远才能上岸。他是燕子号的船长，不能让船出事。爸爸相信他不是傻瓜。在一片漆黑中航行，他不像白天那样自信，自己也不能确定到底会不会做出傻瓜式的决定。现在里约港的灯都熄灭了，周围什么都是黑的。他只能继续抢风航行，同时他还在思考，待会儿小船靠近群岛的时候该怎么做，而且他怎样才能知道小船已经靠近群岛了呢。不能让船员们看出他的担心。所以，他什么也没说，只是继续数数。可能声音比先前大了一些。数到一百之后，他又从头开始继续数：“一，二，三……”小船在风中又一次改变了航向。

时而向前，时而向后，燕子号匆匆穿过湖面。群岛应该不远了。

突然约翰闭上嘴巴，不再数数了。

“听，”他说，“是树的声音。我听见风吹树叶的声音了。那是什么？”他拿出手电照了照旁边，一旁，湖水撞向岩石溅起阵阵白色的水花。沙沙的风声就在前面不远处。

“放开升降索，”约翰大声喊道，“放下帆来，帆桁降下来的时候接住它。”

苏珊用最快的速度执行船长的命令，从约翰的声音中她可以听出时间紧迫，一分钟也不能浪费。船帆飞快地降了下来，她快速整理好，紧接着又打开手电照了照漆黑的前方。

“前面有东西。”她说。

燕子号在平静的水面上漂流。约翰摇起船桨。

“到了，”苏珊说，“靠近了。摇桨，摇左桨。是个码头。”

船轻轻撞在木头上。

“抓住了，别管是什么，抓住！”约翰命令。他收起船桨爬到前面。在手电筒的光亮中，他们看见其中一个码头上有一个黑色的船梁，那是土著人专门为划艇设置的。

“苏珊，拿着手电筒往上照，”约翰说道，“我先上岸。”

苏珊举着手电筒，约翰很快就爬上去了。

“好啦，我找到系船索了。”他打开手电，苏珊看到了他。正当船向后漂走的时候，约翰把系船索拴在一根柱子上。

“咱们在这应该没事了，”他说，“刚才没撞到那块岩石，咱们真够幸运了。不知这是个什么岛。”

他沿着码头向上走去，用手电照路。不一会儿又回来了。

“有个告示，上面写着‘私有岛屿，严禁登陆’。”

“咱们该怎么办？”苏珊问。

“上岸。”约翰船长回答，“如果咱们想上岸的话，那就上岸。反正土著人现在已经睡了。咱们先在这儿待着，等天一亮咱们就出发。应该没多久了。只有笨蛋才会在这么黑的时候穿过群岛。”

“那提提怎么办？”苏珊又问。

“提提在营地，她还有帐篷，不会有事的。咱们也不会有事的。”

约翰船长很兴奋。既然危机已经过去了，他很清楚如果在这么黑的夜里继续航行，简直就是笨蛋。不过燕子号并没有撞上岩石，此刻正悄悄地靠在码头憩息。他们在哪里就不重要了，等到天亮自然就会知道。

苏珊说道："罗杰，你该睡觉了。"

没有人回答。罗杰早已经睡着了。

约翰回到船里。

"小心点，别把他吵醒了。"苏珊说。约翰小心翼翼地跨过熟睡的船员。

"这儿还有两条毯子。"苏珊说道。

"我不睡。"约翰说，说着他还在船底找了个位置舒舒服服地坐下来，"你睡吧。"

"我说，约翰。"过了一两分钟，苏珊轻声说道。

还是没有回答。

几分钟之后，她也睡着了。

风儿吹散了乌云，星星高高地挂在天空，照在燕子号和它熟睡的船员身上。东边山峰那一侧深蓝色的天空慢慢变浅，里约港周围的群岛看起来也没有那么暗了。湖水的颜色也开始变化，之前像远山和天空一样是黑色的，现在随着天空的颜色发生变化，湖水的颜色也变浅了许多。黑黝黝的岛屿现在变成了灰绿色，泛着涟漪的湖水现在变成了锡镴茶具般的银灰色。

约翰醒来的时候太阳还没有升起来，不过天色已经够亮了，他们可以启程了。刚才他猛地惊醒，随后又觉得有些羞愧，自己竟然睡着了。他又暗自庆幸别人都还没有醒。他立即知道了他们所在的位置——他们此刻正停泊在里约湾北面一个小岛的码头边。他打算挂起船帆解缆起航，尽量放轻手脚不想吵醒另外两位船员，可是他一动还是把他们给弄醒了。

罗杰打了个哈欠，坐起来扒着舷缘看了看四周。不过他就看了一眼，什么也没说就又马上躺下睡了。

苏珊一醒来，就想着要为家人准备早餐。

"我说，"她说道，"咱们早就可以启程啦，天都那么亮了。"

“那就赶快吧，”约翰说道，“我来扬帆，你控制桅杆的操纵索。本来不想吵醒你的，而且我自己也刚醒，真的。今天又是好天气，风向和昨天一样。”

他解开系船索，绕在码头一端的柱子上，然后升起帆。他早就忘了船帆其实已经捆起来了。不过没用多长时间就解开了，这可比在黑暗里简单得多。他们随即扬帆启程。燕子号向后漂了一小段距离，然后借着一阵风鼓起船帆起航了。约翰走到船尾掌舵。

苏珊看了一眼严禁外人登陆的告示牌，说道：

“咱们这不算真正意义上的登陆。”

他们穿梭在里约港和群岛之间。里约港一片寂静，他们还从未见过这儿如此冷清的样子。没有人起床，所有房屋的门窗都还紧闭着。游艇停在岸边，土著人的划艇也都系泊在岸边的柱子上。岸上看不到一个土著人的身影。

“太阳得再过一段时间才会升起来呢。”约翰说道，他正注视着山顶上空的鱼肚白。

他们驶出群岛来到湖面上，行驶了很长一段距离。然后，“准备！”又反方向继续“之”字前进。在群岛外围第二次改变航向的时候，他们看见霍利豪威港下面的那个狭小的港湾。霍利豪威农场，在紫杉树和冬青树丛中泛出白色的光泽。农场在山丘的一侧，坐落在斜坡顶端。妈妈、维姬和保姆此刻正在农场里睡觉呢。约翰看看苏珊，苏珊也看了看约翰，两人现在正想着同样的事情，但谁都没开口说话。总之这不是一个好想法。不过他们很快就要回到野猫岛的驻地了。

最后，还是苏珊先开口说道：“真希望提提昨晚也睡觉了。”

“我看不会，”约翰说道，“至少，她不会有这个打算。”

他们绕过达恩峰。约翰看见船屋就停在船屋港的宽阔的水面上，这让他想起了他与弗林特船长的会面，他转过头看另一边。

他们已经看见野猫岛了。突然苏珊说道：“提提醒着呢。她还把火烧得那么旺。”

小岛上升起一条很粗的烟柱，被风吹得四处飘散。

“看！”约翰说道，“有条船。咦，是亚马逊号！”

“在哪儿？”苏珊问。

“那边，右舷船头方向，鸬鹚岛旁边。我们这次换航程的时候就能过去把那条船给劫过来。”

“确实是亚马逊号，”苏珊说道，“但船上没有人啊。肯定是船索松了，小船才会从哪个地方漂到这儿来的。”

约翰又仔细地看了看。

“它没有漂，”他说，“已经抛锚锁好了。没准儿两个海盗正在船上睡觉呢。太好了！这次无论如何都要拿下。咱们先别惊醒她们，悄悄找到船锚，然后把船拖回港湾。等她们醒来就变成咱们的俘虏了。”

“我肯定船里没有人。”苏珊说。

“瞎说，”约翰说，“小船不可能自己能跑到这儿来，自己抛锚停好！”

“哼，待会儿等着瞧吧。”苏珊说。

约翰刚开始没有立即改变航向。迎风变向的时候就能把他们带到亚马逊号的上风处，这样他就可以再划着桨稍稍向后几步，一把拉住锚绳然后拖走亚马逊号，而且这样做还不会惊醒两个海盗。不过一会儿他又改变主意了。最好还是从船尾靠过去，先看看船里的情况。如果亚马逊号海盗们只是在假装睡觉，那么上去直接拖锚绳未免就太傻气了。

“我确定里面没有人。”苏珊又说。此时他们朝着停泊的小船疾驰而去。

就在这时，一只手伸出船舷，过了一会儿，正当他们快要经过船尾的时候，一等水手提提那张白净的脸顶着一头乱发冒了出来。

提提之前已经想好要怎么说，诸如“报告”“俘获”“敌军”“战利品”之类的字眼儿。可是最后一刻她脑海里的那些字却全都不见了，她嘴巴说出来的却是“我已经把船拿下了”。

第二十二章　白旗飘飘

约翰船长叫出声来，把自己都吓了一跳，也吓醒了睡梦中的罗杰。

“提提，提提，你是怎么做到的？”他问道。

“干得好，提提！”苏珊也说道。

罗杰在船底坐起身：“嗨，提提。”他打了个招呼，然后又蜷作一团睡着了。

约翰把帆移到另一边，乘着风来到亚马逊号旁边。苏珊大副爬上前，抓住亚马逊号的船缘。

“亚马逊号海盗在哪里呢？”约翰问道。

“她们占领了营地，还占领了野猫岛。”提提回答，“我拦不住她们。当时我在睡觉呢，听见一阵猫头鹰的叫声，以为是你们呢，于是就把灯点着了。可是她们却到了港湾去了营地，于是我就把亚马逊号夺过来了。”

“不用管营地啦，”约翰大声说道，“咱们看的是谁先拿下对方的船。现在她们的船就在咱们手上呢。我还以为咱们失败了呢。这下燕子号是旗舰了，干得好，提提！”

提提想描述自己这一夜的经历——她如何在黑暗中把船推出去，试着在岛对岸抛锚，但天亮后才发现她停在了鸬鹚岛旁；还有猫头鹰、划船声、两个人争吵、导航灯熄灭……这些事情乱糟糟一团，都挤在一起。

“最主要的就是，”约翰船长说道，“现在亚马逊号已经是咱们的战利品。现在整个舰队要一起回去，我们要在敌人面前上岸重新夺回岛屿。或者咱们不上岸，先让她们投降。如果她们拒不投降，那咱们就封锁湖面，直到她们饿得受不了，到时候她们就必须投降。你们看，她们在干什么？”

苏珊、提提和约翰睁大眼睛看着野猫岛。罗杰睡醒了，也盯着一起看。

一条很大的毯子正沿着灯塔树慢慢升起，被海风吹得一掀一掀。他们看见两个亚马逊号海盗正在树下扯绳子。那条毛毯又大又厚，尽管风很大，但还是不能把整条毛毯全部都吹开，只能吹得它轻轻地晃着，看上去很沮丧的样子。“那是咱们的毛毯。”苏珊说道。

“应该说是白旗，”提提说，“她们投降了。”

“那也不是纯白色啊。”罗杰仍然睡眼惺忪。

“但是代表着投降的意思，”提提再次更正，“我知道那就是白旗。”

“待会儿就知道了。”约翰船长最后开口，“我说，大副，是你驾驶咱们的战利品，还是我来？”

“还是你来吧，”苏珊说道，“因为中间有活动船板，你更熟练。”

“好的，”船长说道，“你和罗杰一起在燕子号上，提提在亚马逊号上。提提小心，我要上船啦。”

他从燕子号爬到亚马逊号上，然后说道：

“我要在亚马逊号上升起帆，你拉住燕子号的系船索。”

“遵命，船长！”提提答应道。

苏珊大副放开亚马逊号的舷缘，燕子号一头挂在系船索上慢慢朝船尾方向漂去。

“海盗旗哪里去了？”约翰船长问道，他一抬头发现桅杆上光秃秃的，除了船帆什么也没有。

“她们把旗挂在桅杆顶上了，”提提回答，“天亮我看见它之后就拿下来了，之前没有想到要这么做。”

“你做得很对，”约翰船长称赞道，“这艘船成了我们的战利品就不应该再挂原来的旗了，应该挂上咱们的旗。可是咱们现在只有一面旗。”

亚马逊号用的是标准四角帆，和燕子号一样，所以约翰毫不费劲就把船帆升起来了。他开始收起锚绳。

“好啦，一等水手，你能亲自掌舵把船带回去吗？要说起来，这可是你的战利品呢。大副你准备好了吗？燕子号可以起航了吗？”

“准备好啦，”苏珊说道，“罗杰，去前面把船绳卷起来。”

罗杰现在已经完全清醒了，听到这话赶快爬到船头。提提放开燕子号的系船索，罗杰把它拉上船一把一把地卷起来。燕子号的帆鼓起来，开始航行。约翰拖住亚马逊号的船索，一直等绳子拉挺了。

“准备好了吗，提提？”

“好了。”

“船动啦。让帆涨满风。”约翰以最快的速度把锚拉上船。亚马逊号起航了，但却向下风向溜走了。

“中间的活动船板还没有拿下来，”约翰说，“亚马逊号会立刻恢复正常行驶。它的龙骨可比不上燕子号的。”

他把活动船板放平，亚马逊号马上就不再往一边溜了，长长的航迹让船尾显得更长了。

“没问题吧，提提？”他问道。

“没问题，”提提回答，“我是说——没问题，船长。”这可是她第一次驾驶亚马逊号小船，她嘴巴微微张开，目不转睛地看着船帆。说错话用错词在所难免。

伴着早上清新的海风，他们的舰队向野猫岛驶去。燕子号在前，亚马逊号在后。

苏珊大副回头隔着水面喊道：“我们直接去港湾吗？这次换航向正好能过去。”

“不，”约翰船长喊道，“咱们最好先去哨岗，先问清楚她们挂毯子是什么意思。”

“我确定那是白旗。”提提说道，眼睛依然盯着帆。

“不管怎样先问清楚，”船长说，“她们可能等咱们开进去后就过来抢亚马逊号。”

哨岗的那棵树上昨晚还挂着他们的导航灯，可现在却换成了厚重的毛毯。两个亚马逊号海盗就在树下，她们可不是站在那儿一动不动，似乎像是在跳舞。

“她们在干什么？”约翰船长问。

“那是南希船长，是她在一直上蹿下跳地动个不停，”提提说，“她可能正在生气吧。”提提只能从眼角瞟一眼，然后赶快把目光集中在帆上。她正驾驶着海盗们的船，她想证明给海盗们看，她也能驾驶这条船。她也想像海盗那样能留下一串笔直的航迹。

在靠近小岛之前，苏珊首先改变燕子号的航向，亚马逊号紧随其后。

“哨岗下面的水很深，”约翰说道，“你可以直接开过去，船会偏离风向，不过马上就会回来。船帆现在已经够涨了，小船能直接驶过去。”“遵命，船长。”

岛上的亚马逊号海盗看起来像是在跟他们招手。“快点啊！”她们喊。

提提把船开到哨岗下面，约翰朝上面喊道：“你们投降吗？”

南希·布莱凯特回答：“投降，我们当然投降。赶快上来吧。”

“快点啊！”佩吉喊道。

“不许耍花招。”

“我们是诚实的海盗。”

“也是诚实的印第安人？”约翰还是怀疑。

“诚实的印第安人，”南希肯定地说道，“想怎么叫都可以，就是别再浪费时间啦，赶快去码头吧。”

“我们从港湾上岸。”约翰说道。

“码头更近啊。”

“它现在是我们的战利品，”约翰提醒，“我们现在去港湾。”

很快，亚马逊号小船就扬着帆穿过了哨岗下面的巨石环绕的水面。现在它再次聚集风力，快速穿过了小岛和湖东岸之间的航道。

“迎风航行，提提。”约翰船长说道。

“是，迎风航行，”水手提提边回答边调整帆的方向，“可是，她们为什么这么着急呢？”

“不知道，”约翰船长说，“不要减速，咱们要和苏珊比赛，看谁先到港口。她现在又换航向了。”

燕子号从一开始启程就很顺利，现在已经在湖面上了。其实当提提还在小岛南岸努力绕出岩石的时候，燕子号就已经遥遥领先啦。现在苏珊已经降下帆，拿出桨来在港湾外围等着他们呢。

“没事的，”约翰喊道，“可以入港啦。她们已经投降了，正忙着要做什么呢。咱们一起进去。”

苏珊的桨一支向前，一支向后，调转船头，划着小船向港湾驶去。

“我来把亚马逊号带进去吧，”提提说，“昨晚就是我摸着黑划出来的。”

“看这儿，提提，你能看见那两个标记吗？现在风向正合适，可以不用桨。到时候我会把帆放下来。你什么都不用管，只要保持两个标记在一条线上就可以了。”

“我试试。”提提说着，转动舵柄开始进入港口。

“不要管我在做什么，”约翰嘱咐道，“保持两个标记在一条直线上。”船刚刚驶入岩石丛中，约翰就放下帆，拿起活动船板，“继续看着标记。对，就这样。当心，别撞到燕子号。好样的！”

燕子号刚到岸，亚马逊号也划了进来，在它身后轻轻靠岸。

两个亚马逊号海盗早已在岸上等候，她们看起来很友好。佩吉·布莱凯特帮忙把燕子号拉上岸，南希·布莱凯特去帮亚马逊号。不过约翰依旧不敢贸然行动。

“南希船长，”约翰船长说，“哪条船可以做旗舰？”

南希船长毫不犹豫：“当然是燕子号了，你们赢了。但是你得赶快，没人知道我们在这儿，现在我们本来应该在床上睡觉呢。我们得赶快回家了，待会儿会有人去喊我们起床吃早饭呢。”

“你们肯定赶不回去了。”约翰船长说。

“不，能赶回去。风越来越大，太阳也刚升起来。赶快，赶快，我们帮忙拿东西，还有很多事情要讲呢。”

提提从亚马逊号的船头爬出来，南希船长握了握她的手，拍了一下她的后背，说道：“了不起，一等水手！你要是我的船员就好了。今天早晨看见你自己一个人把我俩给打败了，我都想把船锚吞下去。你做了我们本来想做的事情。”

苏珊正从燕子号上往外拿毯子和其他东西，罗杰早就一溜烟跑回营地，其他人都帮忙拿东西。这时罗杰又跑回来了。

“她们把火弄得特别旺，”他说，“而且水都滚开啦。”

“谁要喝茶？”苏珊大副问。

“现在没时间喝了。”佩吉说。

“快点吧，”南希催道，“还有很多事情要交代，可以边说边喝茶。”

燕子号船员们和亚马逊号船员们一起结队走回营地，一路上几乎都是南希她们两人在说。

“是这样，”南希船长说，“我们得来岛上住几天，后天搬过来……”

“是明天。”佩吉更正。

“妈妈昨晚在家搞了个派对，今天还有很多人要来，而且是很重要的客人，我们还得盛装打扮。所以我们只能晚上行动。如果我们都住在同一个营地的话，就不能全身心地投入作战了。前几天没风我们来不了，所以如果昨晚再不行动，我们以后就没有机会了。但你们的水手把我们打败了，真是不简单！”

“我们发现亚马逊号不见了，我急得到处找，”佩吉插话说，“南希船长以为船漂走了，我说船不可能逆风漂走……”

“你等会儿再说，佩吉。”南希船长威胁道。

“好吧，”佩吉撇撇嘴，“你知道自己怎么说的。最后一直等到天亮，我们才知道到底是怎么回事。刚开始我们也不知道，直到我们看见提提从船里坐起来，把我们的旗扯了下来，才明白是怎么一回事。”

“好啦，”南希船长打断她，“你们的计划很厉害，什么人都会上当。看见你们在船库的时候……”

“你们那时在哪儿？”约翰船长问道。

“我们在河口的芦苇丛里。”

“我没想到你们藏在那。”约翰船长说。

“看见你们往上游去了，我还以为你们都在船上。知道你们往上游走肯定什么也找不到，我想我们在天完全黑下来以前还能占领野猫岛。我想你们肯定会很快回来，但没想到你们当中还有人在岛上留守，去上游只是为了让我们中自己设下的圈套。这个计谋太厉害了！”

“可是这其实不是我们的原计划，”约翰船长说道，“至少我们从来没这么打算过。那你们是怎么计划的呢？”

“我们的计划也算成功，”南希船长回答，“很简单，我们就是打算来野猫岛。大副送我上岸后在旁边别的港湾里等着我，我在岛上藏起来，等你们回到了营地之后，我就夺走燕子号，再去找佩吉。”

“那这中间发生了什么？”苏珊问。

“来这里的时间比我计划的要长。天黑得太快，在众多小岛中间花的时间太长。然后看见了你们的灯……”

“是灯塔。”提提打断她。

“我们以为你们会在我们之前到达，然后我们看见岛上有光在移动。”

“是我的手电。”提提又说。

“本来我们打算继续航行，找一个地方等到天亮再说。然后又看见两盏灯，我立即猜到它们是挂在标记上的，就划船上岸，来告诉你们关于明天的事情。然后到了营地发现一个人也没有。我们喊了几声，也没有人答应，再后来亚马逊号小船就不见了。提提干得很出色。”

“然后你们又怎么做的？”苏珊问她。

“我们吵了一会儿。”南希回答。

“一会儿？”佩吉又说，“整整吵了一个半钟头。”

“后来我们找到一个香籽蛋糕，就吃掉了。希望你们别介意。”

“没关系，”苏珊说道，“今天还会有新的蛋糕。”

“我把你们船里的巧克力全吃了。”提提说。

“那是你应得的。”南希慷慨地说。

他们来到营地，火苗很高，水壶里热气腾腾的。

“我来泡茶吧。”佩吉·布莱凯特说道。

“慢着，佩吉，”南希船长喝住她，“我们输了比赛，现在约翰船长是舰队统帅。约翰船长，你的大副能不能给我们一些茶喝？”

“大副，”约翰船长转向苏珊说道，“现在来几杯茶应该不错。”

“可是没有牛奶了，”苏珊说道，“这时候去农场取太早了。”

“也没有时间了，”南希船长说，“茶里就不放牛奶了吧。”

“就当是喝热的兑水姜汁啤酒啦。”提提建议。

于是热腾腾的“兑水姜汁啤酒”一杯杯端上来。背后的山顶上露出一道道曙光，在野猫岛上这些没有添牛奶的茶喝起来味道反而更好。不过茶水实在是太烫了，亚马逊号船员急着赶回去，所以佩吉被派去打了一桶凉水给热茶降温。

“战斗结束了吗？”南希问，“既然我们明天就搬过来，不如现在就停战吧。”

“对，停战。”约翰船长说道。

“那就赶快去把白旗撤下来吧。”南希下令。佩吉急忙把杯子放在地上，起身去哨岗，把毯子从树上放下来。

“太阳出来啦，”佩吉回来之后报告说，“咱们得出发了，要不就不能按时回家了。”

“走吧，”南希说道，“明天我们尽早赶过来，而且我们会带上自己的帐篷。然后我们就一起向弗林特船长发起进攻。”

“对了，”苏珊说，“差点忘了把口信告诉你们。”

“什么口信儿？”

“是野人说的，”提提说道，“我们去森林的时候看见他们了，他们还给我们看了毒蛇。”

“你们去见比利父子那两个烧炭人了。”南希说。

“嗯，他们住在小棚屋里面。”提提又说。

“他俩让我们给捎个口信儿，”苏珊说，“我们告诉你们，然后你们再转告他……”

“谁？”南希问。

“弗林特船长。”提提回答。

“是老比利还是小比利说的来着，我忘了，总之是说让他出门的时候记得锁好船屋。”

“为什么？”南希不明白。

“是因为我们吗？”佩吉说。

“不是，”苏珊解释，“是因为他们从其他土著人那里听见一些传言。”

一直沉默的约翰，现在开口了。“我们没法告诉你们，因为一直都没风。”他说，“我也不知该怎么办。我试着自己去告诉他，但他不听。你们到底愿不愿意告诉他？”

“要是他给船上锁，我们就不能突袭了，也就没法抢那些绿色的羽毛插到箭上了。”佩吉说道。

“可是如果不锁，其他人就可能闯进去了，”南希说，“可不能让它落到土著人手里。”

他们起身往港湾赶过去，一路上各方都在讨论这个问题。最后还是南希做出决定：

“我们去告诉他，”她说，“让他在船上挂上锁。让他挂上十把锁，反正我们也能用铁棒撬开。回去的路上我就告诉他。”

“今天不行，”约翰说道，“他不在。”

“不在？”南希把亚马逊号推进水里，回头问道。

“我看见他走了，还带着他的鹦鹉。”

“哦，他已经回来了，”南希说，“昨晚我们来这儿的路上看见他船上亮着灯。”

“咱们现在可没法告诉他。”佩吉说。

“为什么不能？”南希问。

“咱们应该正在家里的床上睡觉呢。”佩吉提醒她。

“幸亏你提醒我，还真是，”南希船长说道，“我都忘了。开船！回见，舰长！”

亚马逊号海盗以最快的速度划出岩石区，然后扬起帆。时间不容耽搁，远处湖面上已经晨光初现。燕子号船员们刚回到营地，就听见水面上传来喊声。约翰和提提跑到哨岗，亚马逊号小船正经过下面，船帆挂在右舷乘着清晨的清风快速前进。桅顶再次飘起海盗旗，佩吉在扯着升降索。突然旗掉了下来，降到桅杆的中间，过了一会儿又升到桅顶，升到了原来的位置。

“燕子号船员万岁！”南希和佩吉在水面上放声高呼。

“亚马逊号船员万岁！”提提和约翰也喊道。罗杰跑上来，只来得及跟着喊了一声“万岁”。苏珊正忙着给两个帐篷分毛毯。过了一会儿，她也来到哨岗，看见大伙儿还在盯着远处的白帆，看着它变得越来越小。

“罗杰，”她说道，“值班时间结束了，马上回去睡觉。”

“可现在已经是明天了啊。”罗杰说。

“就算是前天也不行，”苏珊语气坚决，“去吧！”

第二十三章　养精蓄锐

这天，约翰和罗杰下午一点钟才出发，划着船去迪克森农场取牛奶、鸡蛋和黄油。苏珊催他们上床睡觉时已经是早晨七点钟了。没有闹钟能叫醒他们，不过野猫岛上也没有闹钟。最后大家让罗杰给吵醒了，下午一醒来就嚷着要吃早饭。

“没有牛奶可吃不了早饭。”苏珊醒来，发现罗杰正摇着她，跟她要吃的。苏珊给他一块饼干，不过一块饼干不能管饱。

罗杰刚出去，提提突然惊坐起来。她在梦中又听见猫头鹰叫，梦见自己还在篝火旁边。她睁开眼睛，看见自己和苏珊一起在帐篷里，灼热的阳光照在白色的帆布上，于是她躺下去接着刚才的梦境继续探险。

罗杰回到船长的帐篷。船长的两只脚从毯子下面伸了出来。罗杰隔着毛毯双手抱住一只脚，使劲一拉。那只脚猛地抽回去，约翰醒了。

“苏珊跟我说，到了取牛奶的时候了。”罗杰对他说。

“我没有。我只说没有牛奶就吃不了早饭。”苏珊的声音从另一个帐篷里传来。

约翰打了个哈欠，说道：“走吧。毛巾在哪儿？”

“待会儿再游泳吧，”罗杰着急了，“我都饿坏了。”

约翰翻身看了看航行表，此时航行表正和无液气压计躺在锡盒子里，躲在帐篷后面。刚一看清时间，约翰立即掀开毯子跳了起来。

“走，现在就去取牛奶。”

“带个篮子放鸡蛋。”苏珊说。

船长和小水手走到港口，推燕子号下水，划到湖面上。清风徐徐，他们还是决定扬帆航行，这样比划船要快。

“我们该怎么布置燕子号才能表示它是旗舰呢？”小罗杰问。

“嗯？什么也不用做。”船长回答。

“什么叫旗舰？”罗杰又问。

“就是舰队的统领船只。”

“那为什么叫‘旗’舰呢？”

“因为舰队司令，或者舰长（就是我），在旗舰上挂自己的旗帜。”

“可是你没有旗啊，只有提提做的那面旗。”

“那面旗就很好，”船长说道，“只要跟她们的不一样就行。”

上岸后，他们急忙拎起牛奶桶往农场跑去。

“你们今天来得可够晚的。”迪克森太太对他们说道，她正在擦洗牛奶场的地板。“早安，”她说，“哎哟，现在已经是下午啦。我刚才还和迪克森先生说呢，让他去岛上看看你们，要不就去霍利豪威，看看你们是不是回家了。”

这些土著人啊！虽然友好，但谁也不知道他们会弄出什么把戏给燕子号船员们惹麻烦。想到这儿，看了看时间，约翰一下子跳了起来。如果迪克森先生去了霍利豪威询问出了什么事，或者问还要不要牛奶，妈妈肯定就会以为这儿出了什么问题。但其实什么事也没有，一切正常。约翰明白，妈妈就是靠他们每天早晨按时去迪克森农场取牛奶来观察他们的动向的。妈妈知道如果没有人拿着罐子去农场取牛奶，迪克森一家就会去通知她。土著人就是这样，有时能帮大忙，但有时也特别讨人烦。他们的人际关系网特别密切，整天在一起闲聊打听，探险者和海盗都很难逃出他们的信息网。

“本来我要亲自过去看你们的，”迪克森太太说道，“可是今天实在是太忙了。”

“哦。”约翰心想，“幸亏这些土著人有那么多事要忙。”

“你们到底是怎么回事？”迪克森太太一边问，一边忙着走到奶桶旁给他们倒牛奶，“睡得都不想吃早饭了？”

“我是。”罗杰说。

“我们睡过头了，”约翰说，“睡得太晚了。”

“你们睡得是够晚的，”迪克森太太说，“我们睡觉的时候还看见你们岛上的灯了，那时候已经十点了，我们昨晚睡得很晚。”

“我们睡得更晚。”罗杰还想接着说，他还想说他们俘获了亚马逊号，一直到日出才去睡觉。不过他突然又想起来迪克森太太也是土著人。

“睡得晚也总比不睡好。”迪克森太太说，“你们的牛奶。我在你们篮子里还放了一打鸡蛋。这些长面包、圆面包圈，还有松仁蛋糕，是昨晚从霍利豪威带过来的。苏珊小姐和提提小姐还好吧？”

“苏珊小姐和提提小姐！”迪克森太太这样称呼他们的大副和一等水手，看来土著人的生活和他们此时此刻的生活之间存在巨大的鸿沟，迪克森太太的话恰恰显示出这个鸿沟到底有多深。

“她们很好，谢谢您。”船长回答。

“松仁蛋糕放在鸡蛋上面，”迪克森太太说，“它们很轻，不会把鸡蛋压碎。不过我不知道小甜饼和长面包该放哪儿。”

“我拿着吧。”罗杰说道。

他们穿过农场，小心翼翼地，就像在薄薄的冰面上走一样。船长一手拎着奶桶，一手拎着篮子。罗杰两只胳膊下面夹着长面包。他们能看见岛上升起的烟，等他们穿过湖面到登陆点，苏珊已经烧好开水，准备好了茶，就等着他们的牛奶和鸡蛋了。

吃早餐的时候大家顾不上说话，狼吞虎咽，一直吃到了晚餐时间。

“咱们还是继续吃吧。”苏珊先说，大家一致点头。这会儿，他们已经吃了鸡蛋，要吃果酱和面包了。这时约翰打开了肉饼罐头。

“为什么土著人吃完果酱和面包之后不接着吃肉饼呢？”罗杰说，“味道很不错呢。我能把果酱涂在肉饼上么？”

“不行。”苏珊回答。

“为什么不行？”罗杰不明白。

“那样吃会生病的，就像你去年生日那样。”

罗杰想了想，又说：“我不信。”

“反正不能那么吃。”苏珊又说。

提提发现，苏珊今天举止神情都像极了土著人，可能夜间的探险活动在精神上带给她的影响比较大吧。也许，她需要休息一下，从她不允许罗杰和提提吃完早午饭后立刻洗澡就能看得出来。这顿饭包括了葡萄干、鸡蛋、果酱面包、牛肉糜压缩饼、甜面包、从树上摘下来的新鲜香蕉（亚马逊号海盗们一人吃了两根，那一串上还剩下很多）、油饼和茶。而且，吃完饭后也得按着土著人的样子赶快洗刷餐具。这些事都做完了，苏珊还要给他们缝扣子。

“真是搞不懂，你怎么能掉这么多扣子？”她冲罗杰说道。

“是你让我什么都穿两套啊，”罗杰说，“两件套在一起衣服太紧了，扣子当然会掉啦。”

今天早上，船长、大副和见习水手从外面赶回来，发现提提带着战利品停靠在鸬鹚岛旁边，亚马逊号海盗则被困在野猫岛上，急匆匆地要赶回家去。那时候他们一直没有机会聊天。现在提提当然很想听亚马孙河上发生的故事，罗杰也迫不及待地告诉提提那个满是“章鱼”的泻湖，而且那些“章鱼”捞上来之后都变成了荷花。接下来就听他们讲在黑暗中行船，还差点在里约岛上撞船，然后就一直在那儿等到天亮。约翰却想知道提提留守在岛上的情况，想知道提提是怎么俘获敌船的。提提就给他们讲那只河乌的故事，讲亚马逊号海盗上岸；晚上她睡着以后听见猫头鹰叫，误以为是他们回来的信号。然后她又讲了自己如何当鲁滨孙・克鲁索，在码头发现一艘奇怪的船，而且还有“星期五”来拜访她。一直讲到“星期五”的时候，她才想起来自己还有话要转告给约翰。

“哦，对了，”她说，“我答应过要告诉你的。其实妈妈是来找你，不是找我。跟弗林特船长的粗鲁态度有关系。妈妈问你想不想让她给布莱凯特太太写封信，让她转告弗林特船长你没有撒谎，也没碰过他的船。”

“你怎么说？”约翰急忙问。

“我说我也不确定，得问问你。”

约翰跳起来，跑回自己的帐篷看看时间。

“我要去霍利豪威跟妈妈谈谈。”他回来之后说。

“和土著人交谈？”提提问。

“是的，”约翰回答，“我得告诉她，别写这封信。”

“我能去吗？”罗杰问。

“你待在这儿，”提提对他说，“这是和土著人之间的谈话，你去只能添乱。

我这里还有一个计划。”

“什么计划？”

“是个非常宏大的计划。”

“关于什么的？”

“关于宝藏。”提提说，“快点，我们送船长出发。然后趁大副还在给你缝扣子，咱们再去个秘密的地方。”

约翰船长扬帆去霍利豪威港。受到弗林特船长不公正的怀疑，让人非常不高兴，不过即便这样也不能让妈妈给布莱凯特太太写信，不然亚马逊号海盗们就有麻烦啦。他看见妈妈正在霍利豪威的花园里写信。

“我说妈妈，你不是在给布莱凯特太太写信吧？”

“不是，”妈妈回答，“除非你让我写才这么做，这也就是为什么我昨天去岛上找你的原因。你们昨晚什么时候回来的？和提提告别之后，我和保姆在船屋附近等你们，我还以为能在你们回来的路上碰到你们，直接问你。”

约翰有些吃惊。现在他满脑子里都是弗林特船长的事儿，反倒是把其他的事给忘了。

“我们清晨才回来。”约翰如实回答。

“也就是说，布莱凯特一家还真把你们留下了。”妈妈说，“可怜的提提！”

“提提才不可怜呢，”约翰说，“她比我们做得都好，自己一个人就把亚马逊号小船拿下了。”

“那布莱凯特家的孩子昨晚在哪儿？”

“她们被困在了野猫岛上。”

“那你们又在哪里呢？”

“我们在亚马孙河上，就是她们住的地方。天太黑，我们就停在一个小岛旁边，等到天亮能看路了才走。”

“你不觉得那么做很傻吗？”

“是的，”约翰承认，“的确很冒险。但你也知道这是战斗，而且昨晚是我们唯一的机会。我保证，再也不会那么做啦——我是说，再也不晚上出海。也没必要了。亚马逊号海盗明天就搬来岛上和我们一起露营。我们之间的战斗结束了，我们赢了，至少是提提赢了。罗杰昨晚穿了两套衣服，在船上睡觉。也没人感冒，什么事儿也没有。但是妈妈……”约翰顿了顿。

“怎么了？”

“这事儿一定要保密，只能你和我知道，一定不能告诉别人。”说着他想起亚马逊号二人逃出卧室，发动夜间突袭的事。

“好吧，”妈妈说，“但布莱凯特太太应该也很了解自己的女儿。我不会告诉她的。不过我还是很高兴你们之间的战斗终于结束了。以后可不能在夜里航行了，保证？”

“我保证。”

“你们在岛上只能再住三天了，这个周末我们就要回家了。这时候如果你们有两三个人溺水了，那可不行啊。”

“只有三天了。”约翰自言自语道。

“这样的天气没几天了，等一变天你们要赶紧从岛上撤回来。等着小岛被水淹可不是闹着玩儿的，我经历过。你们好好利用这三天的时间，明年我们再来。你确定我不用写信告诉他们你没有碰船屋吗？”

“我确定。”

“好。进屋看看维姬吧，顺便喝杯茶。”

提提和罗杰一直到燕子号的棕色帆经过哨岗，然后消失在小岛的北端，这才离开码头去港湾。

“这可不是什么秘密的地方。”见习水手说道。

“只要没有别人，任何地方都是秘密的。”提提说。

“而且咱们还要去那块大岩石那儿，就是我看见那只鸟跟我点头又钻到水下去的那个地方。”

“那只鸟会在那儿吗？”

“我不知道，可能吧。”

“那么那儿就不能算秘密的地方啦。”

“当然是啦，鸟儿又不算数。现在这个岛上只有大副和咱们，而且大副还在缝扣子呢。她得缝多少个？”

“十几个吧，”罗杰顺口说道，“我想把两件衬衣一块儿脱下来，袖口和前胸的扣子都掉了。”

“那得缝很长时间，”一等水手提提说道，“所以这个地方很隐蔽啦。快点，把鞋和袜子脱掉。”

他们脱掉鞋袜，放在岸上。然后蹚水走到港湾那边的大石头那里。他们爬上去坐在上面，腿耷拉下来，晒着太阳，看着远处泛着涟漪的湖面。

“别人都能看见咱俩。”罗杰说道。

“但是没人能听见咱们说什么。”一等水手说。

“你的计划是什么啊？”

“寻宝。不过你答应单独跟我去，我才会告诉你……”

“不带其他人吗？”

“不带。”

“苏珊也不带？”

“谁也不带。我们要去一个荒岛，真正的荒岛，不是咱们这个岛，在那儿我们能挖出海盗埋的宝藏。咱们得找很长时间，但他们永远也找不到。最后铁镐下面就会传来一阵空空的声音，然后就会有成千上万枚金币在沙子里滚个不停。”

“那个岛在哪里呢？”

“你还没答应我要不要去呢。寻宝人只把秘密告诉搭档。如果我告诉你了，也许你就告诉给其他海盗或是别人了。”

“不会的。”

“那你会去吗？”

“我去。”见习水手回答。

“你得发誓。我们应该拿张纸，然后你用自己的血在上面签字画押，这么做才行。你把手指刺破，行吗？”

“不行。”罗杰说。

“好吧，那你答应跟我去？”

“嗯。”

“那好吧。现在弯下身子，再低一些，这样就能从树枝下面看过去了。那座岛就在那儿。”

“可那是鸬鹚岛啊。”

“现在也叫‘金银岛’。”

“你怎么知道的？”

“昨晚我在亚马逊号上听见海盗在那里埋宝藏了。”

“是真的海盗吗？”

“当然啦，货真价实的海盗，而且总是骂脏话。”

“是真的宝藏吗？”

“当然啦，货真价实的宝藏。我听见他们说很沉。”

“要是那么沉，咱们怎么搬啊？”

“一点一点搬呗。里面应该有些成块的金子，还有无数的金币、几尼[1]和其他宝贝，还有珍贵的宝石、钻石啊。咱们每次搬一部分。”

罗杰认真听着一等水手给他讲金银岛的故事。她知道得真不少。她说海盗们如何劫获一艘又一艘的船只，把船上的宝物都搜刮走，还让水手们从甲板上走，跳进海里喂鲨鱼。然后他们把船沉到海里，继续打劫其他船只，搜刮一空之后就沉船。时间一久，海盗的船里就堆满了宝物，甲板上没有地方跳舞，船舱也挤得没法进去睡觉；于是他们就找一个小岛，把所有的宝贝都藏在安全的地方。他们还会画一张藏宝图，等到有一天他们不想当海盗了，就去把宝藏挖出来，买一幢在海边的房屋，这样他们就能每天拿望远镜对着海，回想以前做的坏事。“或者买一座船屋，像弗林特船长那样。”罗杰插了一句。提提继续说，海盗们老是把藏宝图弄丢，往往最后找到宝藏的都不是海盗而是寻宝人。（“我们现在就是寻宝人。”）有时候海盗们之间也会互相残杀，没有一个人活下来，也就没人知道宝藏的下落了。（“但我们知道，因为我听见他们藏在那儿了。”）她滔滔不绝地讲下去，这时他们听见苏珊在帐篷那儿喊他们。水手们赶快上岸，穿上鞋袜跑回帐篷喝茶。

他们喝完茶，又洗刷完茶具。这些都是按照土著人的方式做的，也许苏珊因为大家一直熬到清晨，还是有些不高兴。这时约翰船长回来了。

---

[1] 几尼：guinea，旧时英国的金币，值一镑一先令。

他的第一句话就是："我把咱们昨晚待在海上直到早晨才回来的事告诉妈妈了。"

"妈妈是不是很担心？"苏珊问道。

"我想是的。但她没有表现出来，现在没事了。我已经答应她，以后再不这样了。"

听到之后，苏珊终于舒了一口气，又变回大副的样子了。

"坏消息就是，"约翰接着说道，"妈妈说咱们在这里只能再待三天了，就算到那时没变天也得离开。"

"三天的时间，我们还可以做很多事。"苏珊安慰道。

"现在必须做的一件事，"约翰说，"就是画一张我们自己的航海图。亚马逊号水手们明天就来了，她们把这儿周围所有的地方都取好名字了。所以咱们今天就得做完这张图，谁来帮忙？"

所有人都想帮忙。几分钟之后，约翰船长就已经趴在地上，面前铺着导航手册和地图。其他人蹲在他身边，看着他照着手册在练习册的两页纸上画下湖岸线，那本练习册本来是要写日志的。

"本子太小了画不全，"他边画边说，"这只是一张简单的航海图，等回到家，咱们可以画得更详细。"

"而且要画得很大，"罗杰说道，"就像爸爸那张中国海域的地图一样大。"

"然后我们带回学校，挂在教室里，让大家知道咱们去过哪里。"苏珊说。

"而且还要继续策划新的探险。"提提说。

"画成彩色的吗？"罗杰问。

"把灯画上颜色。咱们在灯塔那里滴一滴黄颜料，导航灯那里点两小点儿。"

"那陆地是什么颜色？"

"导航图上的陆地都是白色的。陆地不重要，除非陆地上有能在船上发现的东西。其他很小的地方也要做标记。他们会画上达恩峰，因为它很高，但他们一般不会标记霍利豪威。"

"咱们会吧？"

"咱们把它标记为土著人村落。他们有时就这么办。"

"画个小图上去吗？"

约翰画了一座小房子，周围画上树和三个人，大约四分之一英寸高，代表土著人：妈妈、维姬和保姆。然后在船屋港的位置写上它的名字，画上船屋。还有迪克森农场，他在那里画了一个人和一头奶牛，这样大家就知道农场的主要情况了。

“再画上野人和他们的棚屋，还有他们的蛇。”提提建议。于是，图上又出现了一条蛇，一个黑色三角的标记代表棚屋，旁边还有一团火，这些表示烧炭人的地盘。

里约港上画了很多小房子和码头。港湾外围的群岛也画上去了，但只有一座岛标记了名字。约翰小岛旁边写下“登陆岛”三个字。这个小岛其实是禁止登陆的，不过那晚燕子号就停靠在这个小岛旁边，在漆黑的夜色中靠着一个木栈桥左右摇摆。

“还得把我的那座岛也画上去。”提提说。

“哪座岛？”

“就是咱们第一次发现那两个海盗那天，我监视她们的那个岛啊。”

于是，航海图上又出现了以提提命名的小岛，名字是“提提岛”。

野猫岛也登上了航海图，上面标记着灯塔树、码头、港湾和营地。他们还在鲨鱼湾上画了一条鱼，那是他们钓鱼的地方。接着，船长把燕子号从野猫岛到亚马孙河的轨迹用虚线画了一个来回。

“你们沿着河走了多远？”提提问。

“划到泻湖那里，”约翰回答，“我已经标记出来了。”

“把‘章鱼’也画上。”罗杰嚷道。

“我不会画呀。”约翰说。不过他已经发挥了最棒的水平。

现在，航海图看起来有几分样子了。湖的南面和北面，他们知道的那些地方，都画上了虚线，其他地方写上了“未注明水域”或“未勘察地带”。“没必要写上我们没去过的地方，”约翰说道，“但我们得画上高山，在我们去过的地方都能看见。”约翰在燕子号去过的每个港口——里约港外围的一座小岛、里约港、霍利豪威港湾、鲨鱼湾（罗杰在那儿放走了一条大鱼）都画上了小小的船锚，他们去拜访烧炭人时的渡口，还有迪克森农场的码头。

“我驾驶着亚马逊号抛锚的地点是不是也该画上？”提提问道。

“是，必须画上。”约翰说着，在鸬鹚岛北岸画上一只船锚。

“还应该标注‘金银岛’，”提提又说，“有宝藏的那座小岛已经有名字了。”

“哪座岛？”约翰问。

“鸬鹚岛。”

“可那里只有鸬鹚啊。”

“这是个秘密，”提提说道，“那里有宝藏，我和罗杰要去挖出来。昨晚我在亚马逊号上，听见海盗把宝藏放在那里了。”

“什么海盗？”

“他们趁黑划船来的。我听见了。”

“也有可能是渔人。”约翰说。

“不是，”提提说，“他们差点撞翻船，还满嘴脏话。”

“又在编故事了。”苏珊说。

“你那时睡着了在做梦吧。”约翰说，“这样吧，如果你喜欢，咱们可以给另外一座岛起名叫‘金银岛’。里约港这里最大的一座岛还没有名字呢。”

“但鸬鹚岛上的确有宝藏啊，数不尽的西班牙金币。我和罗杰要去找，咱们现在就去！”

“等等，提提！”苏珊叫住她。

“今天去太晚了，”约翰说道，“那里真的不可能有宝藏。”

“他们深夜埋在那里的，”提提说，“有无数的金币。”

“好啦，提提，”苏珊说，现在她又变得像个土著人了，“该吃晚饭了。今天所有人都要早睡。别忘了明天早晨亚马逊号船员们就要来啦。”

第二十四章　船屋港噩耗

好好睡了一晚，燕子号船员们又恢复了往日的活力。他们早早起床洗了个澡，然后去钓鱼做早餐。他们捉了一打河鲈，如果亚马逊号船员们来得很早，早餐就够吃了。“谁也不知道她们什么时候出发，”苏珊说，“我觉得她们不会按时到。但是如果她们按时到了，我们已经准备好的六个人的食物，足够吃的。以防万一，我们要多做一些。现在得派个人去农场取牛奶啦！”

他们在鲨鱼湾钓鱼，船就停在那儿，离迪克森农场的码头不远。他们划上岸，罗杰和提提拎着牛奶罐子去农场，船长和大副在湖边清洗鲈鱼。

“提提肯定想和罗杰一起去找宝藏，”船长说道，“那里肯定没有，但她非去不可。”

“有时她自己也分不清现实和幻想，”大副说道，“让他们今天下午去吧。但是，等亚马逊号海盗来了，把帐篷搭好，然后计划下一步行动的时候，估计提提就该把这事儿给忘了。”

“今天上午还有很多事情要做，”船长又说，“我打算在她们到之前把缩帆布都连起来。其实昨天就应该做了，燕子号也该清洗一下了。”

“我也想让帐篷焕然一新，”大副说，“壶跟锅都脏了。”

鲈鱼全都洗好了，在船里整齐地摆成一排。这时候，罗杰和提提也把牛奶取回来了。

“不好了！”提提还没下船就说，“弗林特船长又开始造谣了，比以前还糟糕。我们还没来得及跟迪克森太太说早上好，她就说咱们不该去船屋捣乱。我说我们没有，她就说‘反正有人去过了’。然后她就不作声了。后来我说弗林特船长是个怪兽，真希望他的船沉到水底，她也没说什么。”

“你可不该那么说。”苏珊责备她。

“我忘记她是土著人了嘛。”提提说。

“她也没给我们蛋糕和蜜糖，连个苹果也没给。”罗杰说。

“他为什么就不能让我们清静一会儿呢？”约翰说。

“哪条鱼是我抓的？”罗杰看着船里那一排收拾好的鲈鱼，不禁问道，“是这条吗？反正不是那条小的，那是苏珊抓的，我看见了。”

他们把船划回野猫岛。苏珊把火调旺，把黄油放在锅里融化，准备煎鱼。罗杰在一旁看着她做。约翰转身去哨岗，提提也跟着去了。

“等吃完早饭，我和罗杰能不能去寻宝藏？”她问约翰。

“亚马逊号水手们今天就来了，”约翰说，“咱们得先把甲板刷干净，在她们来之前都收拾好，到那时就可以去了。咦？”约翰突然换了口气，“提提，赶紧去我的帐篷把望远镜拿来，那已经是我看到的第三艘拐进船屋港的船了！”

“遵命，船长！”一等水手提提回答道，转身朝营地跑去。到了营地，提提被大副给拦住了，她煎鱼的时候需要一个帮手给面包涂黄油。

“船长要望远镜。”水手说道。

“跟他说早饭已经做好了，”大副说，“望远镜可以等，鱼可不行，得趁热吃。”

提提拿着望远镜溜了，顺道还把苏珊的话告诉约翰。

“一会儿就来！”约翰喊道。他把望远镜放在眼前，说道：“船屋港出事了。现在有条汽艇过来了，上面有很多人。”

营地传来大副的哨子声。

“来啦，来啦！”船长喊道。

“如果是土著人围攻弗林特船长，”提提说，“我们也想去。”

大副又吹哨子了，船长和水手只好回到火堆旁吃早饭。

“船屋港出事了，”约翰说，“来了很多船。我估计他在跟大伙说咱们又去他那讨人厌的船屋捣乱了。”

“别管弗林特船长啦，”苏珊说，“如果他认定咱们上过他的船，那也没办法，什么也阻止不了他的想法。记得妈妈怎么说吗？咱们知道自己没做就行。别管他啦。我已经在你的茶里放过糖了，这是你的鱼，吃完还有一条。如果南希她们还不来，还有一条。”

燕子号船员们每人吃了两条鱼，锅里还剩下四条。大副让见习水手罗杰去哨岗看看亚马逊号来了没有。罗杰很快回来了。

“没看见帆船，”他说，“但有条大船从船屋港出来了。”

“她们得吃过早饭才能来，”苏珊说，“每人再吃一条鱼。”

“到底出了什么事呢？”约翰说。

“别管他啦，”苏珊说。

“好吧，不管了。”约翰说。

等早餐全部解决了，大家开始打扫卫生。“我打扫营地，”大副说，“如果你想去擦船，就带上一等水手和见习水手，让他俩刷甲板，再把有金属的地方擦亮。”

“没有多少地方是金属的啊。”罗杰说道。

“系索栓就是呀。”提提说。

“那就把它们都擦亮，”大副说，“你们可以用沙子和湿布，这有两块抹布，带过去吧，把灰尘擦干净，再用湿布擦亮。你们得让燕子号看起来像条新船。”

“我要把帆拿到营地这儿来，”约翰说，“帆桁需要再扎紧一些，船帆不弯的时候我才能把缩帆部都系好。”

“我不管，只要别碍我的事儿就好，”苏珊说，“我要把所有的壶都擦干净。”

“我们要把燕子号停到港湾去，等亚马逊号来了，咱们的船已经舒服地占好位啦。”

约翰带着一等水手来到码头，罗杰早已经跑过去跳上船了。他们把船推下水，拍着桨划到港湾处。早饭前去钓鱼的时候把桅杆和帆放在那里了。约翰立起桅杆，把提提的旗升到桅顶。一等水手和见习水手就待在船上做清洁工作。约翰在船尾处系上牵绳，船头又用系船索固定好，这样小船就漂在港湾的一侧，亚马逊号也就有足够的空间停靠了。

“你们要是想上岸，就松开牵绳然后再往上拉系船索。”约翰对他俩说。

“遵命，船长！”一等水手和见习水手齐声答应，他俩又是擦横坐板，又要清扫船底板，忙得不可开交。

船长拿起卷好的帆布和帆桁，放在肩头扛回营地，然后把它们铺在地上。苏珊刚把餐具洗干净。

“我要去哨岗，看看那些船走了没有。”他说。

苏珊抬起头来看着他。

“老想这件事没有用的，”她说，“别再管它啦。”

“我也知道，”约翰说，“就是控制不住。”

“过来帮我晾毯子。”苏珊说。

“可能亚马逊号船员马上就到了。”约翰又说。

“那有什么关系。”苏珊说。

他们从帐篷里拿出毯子，晾在帐篷和树之间的绳子上。随后拍打草垫，因为里面已经结块了。他们又摇又压又拉，直到它像张床垫而不是干瘪的荷兰奶酪才罢休。

接着，苏珊开始擦洗炖锅和煎锅，用细沙蹭掉锅底的灰。其实沙子不算细，但已经是能找到的最细的沙子啦。

“水壶底就这样吧，”她说，“看起来还行。”

约翰把帆铺在地上，把绳结打开，把帆布从帆桁上解下来。他用一些细小的东西，比如纤细的绳子，把破损的地方重新编起来，用小刀剪掉磨损的边缘。

这个活儿持续了很长时间，后来他看到帆布的一些接缝处松了，露出一段线头。约翰回到帐篷，在盒子里翻来翻去。

“真好，咱们还带了一根补帆的针。”回来的时候他说。

“要是你知道怎么用就更好啦。”过了一会儿，大副说道，她抬头看见船长在吸吮自己的大拇指。

“这也不是我的错啊，”船长说道，“真正的补帆匠干活的时候手掌都有一块皮革，把针顶过去。”

“我来看看。”大副说。

两人一起把船帆上的接缝给补好了。约翰把缩帆布编得很好。“要是生活就像编结那么简单，”这是爸爸去年说的话，“你就不用学其他的东西啦。”

约翰把帆布和帆桁铺放好逐一系在一起，苏珊在一旁帮忙。他俩太专注了，都没有发现有一条船正在靠近他们的码头靠岸，直到听见岸边嘎吱嘎吱的声音，他们才意识到。

他们抬起头，发现一位身材高大的警察正在收桨。那警察只穿着一件衬衫，从船里站起身，费了好大劲才找到重心，小心翼翼地下船上岸。他拿起搭在船头的外套，径直向营地走过来。只见他热得满头大汗，边走路边在外套里翻来翻去，最后扯出一块红色手帕擦了擦脸。他低头看着船长和大副。

“早上好。”约翰很有礼貌。

“早上好。”高大的警察说道，“正在忙？”

“是的，相当忙。”约翰回答。

“那也总比大热天划船凉快。”

“您划了很远吗？”苏珊问，她正在考虑应该给这位警察喝点什么。

“是的，挺远，”警察回答，“我倒是想知道你们在做什么。”

“这是我们的露营地，”约翰说，“您坐下休息一下吧。很抱歉，我们这里没有啤酒，但那边树上还有两根香蕉。”

那位警察嘴里嘟哝着什么，可是却没有说“谢谢”。随后他又从外套里扯出笔记本和铅笔，说道：“报上你们的姓名和住址。”

“我叫约翰·沃克，”约翰回答，“这里就是我们的住址。”

“沃克，约翰，”警察边说边写了下来，又擦了一把脸，“住址？”

“这里。”

“哪里？”

“就是这里。”

“那不行，”警察说，“你们住在哪里？”

“住在这两个帐篷里。”

那位警察走到帐篷旁边往里看。

苏珊上前挡住他，说道：

“我们还没有收拾好床铺呢。”

就在这时，小岛另一边传来一阵欢快的口哨声。

“这儿除了你们还有其他人？”警察问道。

“很多。”约翰回答。

“好啦，”警察有些不耐烦，“直接回答我，你们什么时候去过特纳先生的船屋？”

“我们从没靠近过，”约翰说，“只有一次，我去找特纳先生谈事情。”

“得啦，”警察说，“没人信，那里面乱得都……”

“萨米！”

一阵银铃般清脆的声音传过来，这位警官猛地回过头。

“萨米，你可真不害臊！再不走的话我就告诉你妈妈！”

“真是不好意思，露丝小姐，”警察连忙道歉，脸比以前更红了，“我以为他们知道是谁去偷的东西，因为我以前看见过他们去船屋。我真不知道他们是你的朋友！”

“他们当然是我的朋友，”南希船长边说边朝营地走来，随手把一捆搭帐篷的柱子扔在地上，“他们跟吉姆舅舅的船屋没有任何关系，你回去就这样跟吉姆舅舅说。要不我们就去夺他的船，把他变成我们的俘虏。”

“不要，不要那样做，露丝小姐，”警察连忙说，“今天可不行。我得赶紧划船去湖的下游啦！”

佩吉·布莱凯特从港口沿着小路上来，肩膀上扛着一大包白色的东西，提提和罗杰跟在她后面，手里拎着毯子和鱼竿。

“咦，萨米？”她说，“你在这儿干吗？”

“有点误会，小姐。”警察说道。

“快走开，萨米，别再犯这种错误啦！”南希又说。

那个大个儿警察走回船边，下水起航。

“露丝小姐，佩吉小姐，”他又央求道，“千万不要跟我妈妈说啊。”

“好吧，只要你学乖，就不说。”

他划着船赶紧离开了。

“他想干吗？”提提问。

“他为什么这么害怕？”罗杰问。

“你们认识他吗？”苏珊问。

“当然认识，”南希船长说，“她妈妈曾经是我妈的保姆，也是我俩小时候的保姆。他是我们的警察。除了他妈妈他谁也不怕，当然啦，还怕我们。我说，你们知道出什么事儿了吗？”

“什么事儿？”

“比利父子让你们转告我们的话，就是让吉姆舅舅把船屋船锁好，他们真的说对了。”

“吉姆舅舅的船失窃了。”佩吉说。

“今天早晨看见那么多船进进出出，我就知道出事了。”约翰说。

“他不在的时候，有别的海盗袭击了他的船，”南希船长说，“他离开了，你也说过。我们看错了，我们那天晚上来这儿的时候看见船屋亮着灯，根本不是他，是那些强盗，别的海盗。那个时候他们正在抢劫。”

“其他人也看见那些灯了。”佩吉又说，“一个汽车司机知道吉姆舅舅不在，所以第二天早晨他去查看，发现船舱的门开着，里面被翻了个底朝天。他来告诉妈妈，于是妈妈就给吉姆舅舅发了封电报。他昨晚回来后就去了船屋，可是里面一团糟，所以他和鹦鹉就回我们家，在我们家里住了一晚。”

“他都快气疯了，”南希说，“他的鹦鹉也很愤怒，都不能好好说话。”

“有的时候是生气，有的时候就闷闷不乐。”佩吉继续说，“他说他不介意强盗拿别的，但是偏偏拿了现在最重要的东西——他们把他的旧箱子搬走了，那里面有他的打字机和写了一夏天的书稿。他就是为了写这本书才不能像从前那样和我们一起玩儿了。那箱子很沉，它估计就是因为这个，才被偷走的。他不知道还丢了什么，因为强盗们把所有的抽屉都翻空扔在地上，把东西都撕成了碎片。用他自己的话说，就是比春季大扫除还要糟糕。有时他看起来很痛苦，一句话也不说；有时像发疯一样在湖边走来走去，骂一些浑小子，还有你们……”

“他一直以为是我们。”约翰说。

南希说：“本来我要告诉他，那天晚上不可能是你们干的，因为我们看见他船上亮着灯的时候，你们正在亚马孙河上。但佩吉捅了捅我，我才想起来那时候我们应该正在床上睡觉，所以就闭嘴了。我开始觉得搬过来和你们一起露营是件好事。随时都可能会有人阻止我们来，他们都很不放心。所以我们昨晚溜出来，把东西都装在亚马逊号船上，划到上游藏起来。我俩一直潜伏在船里，直到早上吉姆舅舅划船回船屋的时候我们才行动。我们出发的时候没有风，要不早就到了。

我们得划船穿过群岛，还找了个地方观察了一会儿，因为有很多船去船屋港看那条被抢劫过的船。”

“你们昨天早上及时赶回去了？”苏珊问。

“险些被抓到，但还是赶到了。”南希说。

“我们刚爬上床，身上还穿着衣服，他们就来敲门了。”佩吉说。

“我说，”约翰接过话茬，“他们就是在我们作战那晚去偷的吗？”

“当然是啦，”南希说，“我跟你说了，我们看见他们的灯了。要是我们事先知道，肯定就把他们全部抓住，吉姆舅舅肯定这辈子都感激不尽，甘愿做我们的奴隶了。”

“那么，也许提提那晚的确听见什么了。”约翰说。

“没准儿我听见的那些人，就是在弗林特船长那里偷东西的海盗。”提提说。

“你听见什么啦？”南希说。

“他们划着船，”提提说，“我当时正在亚马逊号上抛锚。”

“他们可能就是那些强盗，”南希说，“我们看见他们的灯，然后你又听见他们说话。我就是搞不懂，为什么吉姆舅舅就认定跟你们有关系呢。”

“当然和我们没关系。”约翰船长说。

“这不就像是束帆索和帆脚索一样，明摆着嘛。”南希船长说，“没必要告诉我这个。我就是不明白为什么他认为是你们干的。”

约翰船长觉得很不自在。

“我告诉他我们没有碰过他的船，他不相信我的话。那次我是去告诉他烧炭人的话。”

“他为什么不相信你呢？”

“嗯，”约翰不想说下去，“听着，南希船长，真的没关系。”

“怎么没有关系！”南希船长说，“臭萨米肯定是听吉姆舅舅说了什么，不然他不会过来。”

“是我们第一次看见你们那天，”约翰说，“我们以为他在向你们开火。我们沿着湖往前追你们的时候，他看见我们了，于是就以为是我们在他的舱顶放的烟花。”

南希船长的脸立即变得通红，尽管本来就被阳光晒红了。

“我立即就去把这件事解释清楚。”她说，“他当时态度很粗鲁吗？”

“他说我是个骗子，”约翰说，“但是现在没关系了，真的。”

“有关系，”南希船长说，“佩吉！”

“是，船长！”

“把其他东西从亚马逊号船上拿出来，把帆和桅杆也拿出来，把船划到码头！苏珊大副，约翰船长，你们这里有没有铅笔和纸？我还需要从你们火堆里拿一小块儿炭。”

约翰船长去帐篷找出练习本和铅笔。南希船长趴在地上写了几分钟，每写一个字就舔一下铅笔头，而且写得很用力。笔尖断了两次，只得重新削好再接着写。

“舔过笔头写出来的字就更黑更清晰。”她看到苏珊满脸惊讶地看着她，赶紧解释。

提提和罗杰张大嘴巴盯着她看。

写好之后，她站起来，从火里拿出一块焦炭。她把刚才写好的那张纸撕开，在背面涂上黑炭，然后折起来放在衬衣的口袋里。

“船已备好，船长！”码头传来佩吉的声音。

“我很快回来。”南希船长说。

“你要去干什么呢？”看着南希把船推下水，约翰问。

“去给他下‘最后通牒’！”南希边说边划船走了，溅起一片水花。

第二十五章　最后通牒

住在船屋里的弗林特船长——有时也被布莱凯特姐妹称为吉姆舅舅——这时正和他的绿鹦鹉一起在船舱里，神色冷酷地整理着来访者离开之后留下的狼藉。这些来访者中，先是那些强盗，再就是今天早晨来打听情况的一帮人，还有萨米和另一位警察，还有里约的一位警官，他派萨米到湖的下游去作询问调查，又派另一位警察去对岸。那些强盗把东西翻了个底朝天。每一个橱柜的锁都给撬开了，门也都打开了，里面的东西也都被翻了个空。南非长矛、印第安战斧、鲨鱼牙项链、回飞镖、红绿葫芦——这些都是弗林特船长旅行时带回来的纪念物，本来都挂在船舱墙壁的特定位置，现在也都被强盗们扯了下来。这就是经历过一场龙卷风后的清洁工作。弗林特船长踩到一只黑檀雕刻的小象，这是他从科伦坡带回来的。他捡起来想用胶水再粘好，可是象牙、鼻子还有两条腿都已经掉下来了，他无奈地把小象从窗户扔了出去。

他的绿鹦鹉此刻正站在船舱里桌子边上，小鹦鹉想把一尊小玉佛的头咬下来，那是弗林特船长从香港买回来的。

“咬吧，波利，”弗林特船长说道，“把它咬碎了。”

“漂亮波利。”鹦鹉说。它一只爪子按住玉佛，用坚硬的嘴巴使劲地啄着那个小玉佛。

“如果他们想弄点东西走，为什么不拿这些呢？真是不明白。”弗林特船长自己一个人住了这么久，已经习惯了自言自语，或者是直接与鹦鹉讲话，“到最后，他们偏偏拿了一个对自己没用，但是对我却至关重要的东西！什么都别上锁，波利，那样就什么也不会丢了。不管是谁偷的，他拿走那个箱子就是因为箱子很沉，而且还打不开。如果是那个男孩拿的，那他的力气可真够大。但可能有人给他帮忙。不过，等他打开箱子，他肯定后悔没拿别的东西。《形形色色的苔藓》，作者滚石，对他来说一点用也没有！波利，可这是我的整整一个夏天的心血啊。”

“漂亮波利。”鹦鹉又说，这时，玉佛的头“啪嗒”一声掉在地上。

弗林特船长弯腰捡起玉佛的头，一个鸸鹋蛋在他脚下“咔嚓”一声碎了。

“国王所有的骏马，所有的勇士，”弗林特船长说，“都不能让蛋宝宝起死回生。什么也都不能再让我坐下来重新写我的书了。”

看见弗林特船长捡起玉佛头，绿鹦鹉立即生气地大声尖叫起来。

“哦好，那你拿去吧。”弗林特船长说。鹦鹉沿着桌边一摇一摆走向他，一只爪子牢牢抓住桌子，另一只爪子伸出去接过玉佛头。

“只是浪费了整整一个夏天，”弗林特船长又说，“我所有的日记也都没了。”

“漂亮波利。”鹦鹉说。

“不过有一点，”弗林特船长边说边从地上捡起一堆衣服，塞到柜子里，“我那两个外甥女跟这事没关系。有时候她们会捣乱，不过从来都不会来我船上搞破坏。但是那个臭小子，我不喜欢他撒谎，口口声声地说没在舱顶放烟火。男孩子什么都能做出来，波利，甚至好孩子也会干坏事。我以前是个坏小子，他们都这么说，但至少我从来都不撒谎。”

这时，一张叠好的纸片从窗户飞进来，掉在桌子上。鹦鹉歪歪扭扭地走过去捡起来。啄这张纸片可比啄那玉佛简单多了。弗林特船长探出头去。

“嗨，南希，”他叫道，“幸灾乐祸来了吧？”

“我不跟你讲话，”南希说，“我已经把最后通牒给你了，打开看看。”

“怎么回事？”

“等你道歉之后我再跟你讲话。读读那张纸就明白了。”

弗林特船长及时把那团纸从鹦鹉嘴里抢了出来。纸片已经被撕成两半了。弗林特船长把纸铺平，拼在一起。纸的一面是焦炭涂黑的一大圈，另一面是一封信——

致弗林特船长（吉姆舅舅）：

约翰从没碰过你的船屋。当初你说他撒谎，其实他没有。是你在撒谎！他冒着生命危险来告诉你那些野蛮的土著人计划要来袭击你的船，是比利父子让他转告你的，但你不听，而且还说他在撒谎！什么叫不领情？现在你遭抢劫了，我很高兴，非常高兴。想知道是谁公然对抗你，在舱顶放的地雷（见《西班牙的飞利浦》）吗？就是底下签名的这个人。但你活该！这是最后通牒！现在你已经不再是我们的舅舅了，什么好的称呼你都得不到！

南希·布莱凯特（亚马逊号海盗）

“喂，南希！”弗林特船长从窗户里探出头去，大声叫道。

但是南希船长急着向燕子号证明她没有跟敌人讲和，这时早已经划着船驶出了港口。

“啊！”弗林特船长说，“又是那帮冒失鬼。那个男孩肯定觉得我很粗鲁，我的确也很粗鲁，还跑去跟警察说他可能和这件事有关。回你自己的笼子里，波利。事情太多了，不能让你自己在外面乱跑了。”

鹦鹉挣扎着抗议，他不管这些，直接把它塞进笼子里，大步跑到甲板上，跳进划艇。他解开系船索，以最快的速度去追南希船长。不管发生了什么，他现在必须去找那个男孩，把这件事说清楚。

第二十六章 讲和与宣战

南希划船离开后，佩吉和燕子号船员默默地看着她的身影，没有说话。没有人知道她要做什么。

“也许我不该告诉她。”最后约翰说道。

“别傻啦，”苏珊说，“她早晚会知道的。还是在她回来之前把她们的帐篷搭好吧。”

“好啊，”佩吉说，“东西都在这儿了。帐篷支柱是南希拿过来的。”

“咱们是不是应该驾船去帮帮南希？”提提说。

“最好别去，”佩吉说，“如果需要帮忙，她就不会自己去了。”

说完，她打开自己面前那白色的一大捆，是一顶帐篷，但和燕子号船员的帐篷并不一样。

“支柱放在哪儿？”佩吉问道，“啊，都被拆成两半了。把它们拼成四根长度相同的柱子，然后插进帐篷的四条边里。插的时候就知道了，特别紧。前两根还容易一些，之后就很难啦，到时候边缘就直不起来了。我说，如果你的一等水手和见习水手能去另一边扯住帐篷，就简单多啦。”

所有人都来帮忙。拼好的支柱和鱼竿差不多，分别插进帐篷的四个边。边缘顶端还有套住竹竿的小袋子，就像手套上伸出的手指。支柱套进去之后，比帐篷又高出五六寸。

“像耳朵似的，”罗杰说，“嗯，驴耳朵。”

竹竿都插进去之后，佩吉把帐篷拉起来，或者说，企图把帐篷拉起来。约翰过去拉住绳子的一端，佩吉拉住另一端。

“这边，”她说，“还好你们没把帐篷搭在这个地方，要不然我们肯定会跟你们抢。没有这两个树墩，我们可没法搭帐篷。”

在燕子号船员两个帐篷的对面，有两棵树留下的树桩。它们之间是一块方形空地。佩吉在草丛里摸索，最后在空地的四个角落各找到一个洞。

“帐篷的四根支柱正好可以插进洞里，”她说，“绳子从帐篷顶拉下来，缠在树墩上，再用这些木块系紧。”

木块的两端各有一个洞，绳子从一个洞穿过，围着树墩绕一圈，然后从另一个洞穿出来，再打一个结，这样绳子就不容易脱落啦。要把绳子拉紧，只需要向上移动木块，然后把木块另一端向旁边移动，这样一来，绳子和木块就不会松动了。

“五个人一起做容易多了。”佩吉说道，帐篷已经搭好了，从“驴耳朵”上拉下来的绳子也已经系好，“要是我们自己做的话得很长时间。和毯子放在一起的那些铁棒放哪儿去了？”

“这儿呢。”提提说道。

“它们也有洞，只不过得钉进去。”佩吉解释道，“可恶，我们的木槌忘拿了。”

“罗杰，快去把咱们的锤子拿过来。”苏珊大副吩咐。

帐篷两侧和后面的底边上有铁环，铁棒就是从这些铁环中插下去，顶端的弯钩用来固定铁环。佩吉找到她们上次露营时留下的洞，约翰把铁棒挨个敲进去。

“这就可以啦。”佩吉说道，“呃……还有防潮布，和睡袋一起放在港湾了。”

“现在看起来像真正的露营地啦。”提提边说边自豪地看着三顶帐篷、篝火和水壶，还有苏珊刚擦过的煎锅和炖锅，“只要看到咱们的帆，他们就会知道这里是荒岛上的营地。”

“咱们把帆系完吧。”苏珊建议道，但是约翰早已跑到哨岗那里，看看有没有南希船长和亚马逊号的踪影。

过了一会儿，他跑回帐篷拿望远镜，喊道：“嘿，苏珊，弗林特船长正跟在她后面呢！”

“你现在也爱胡思乱想了，和提提老念叨她的财宝一样，”苏珊说道，“土著人才不会那么做呢。”

“但他就是跟在后面啊。”约翰又说。

“吉姆舅舅也不总是和土著人一样。”佩吉说。

“他是最坏的一个。”提提边往哨岗跑边回头说道。大伙都跟在她身后。

南希刚划了半程，弗林特船长划着自己的小船从船屋港出发，一路跟过来。南希现在离小岛很近了，弗林特船长虽然已经赶上许多，但还是落在南希后面。他的船很沉。

“看，他是跟在她后面吧？”约翰说。

“也许是她邀请过来的。”苏珊说。

“那她还拼命往前划？才不会呢。他就是在追赶南希。”佩吉说。

“快看他划船的样子。”约翰说。

“像蒸汽机一样。”罗杰说。

“他像是要把船举起来一样，”佩吉说，“但南希不会让他赶上的，她领先的距离很长。加油啊，南希！划得很好！坚持住！加油南希！”

大伙聚集在哨岗，像观看比赛一样大声喊。南希听见了，向身后瞥了一眼。

“赶快，”佩吉喊道，“没必要下水去帮她。她肯定会先到，然后咱们一起阻止弗林特船长上岸。来吧，燕子号船员和亚马逊号海盗万岁！”

“让弗林特船长见鬼去吧！”提提喊道。

他们一起跑到码头，南希靠岸时已经上气不接下气，但还是领先弗林特船长六七条船身的距离。

“现在投入战斗，伙计们！”她跳上岸，喘着粗气说道。

不一会儿，弗林特船长在亚马逊号旁边靠岸了，但是南希和佩吉立刻把它推回水中。

弗林特船长已经收桨，但发觉船又漂在水上了，于是把桨叶插回水里，转过身来看着他的敌人。这次他不再那么凶了。他的脸很红，那是因为划船的缘故。他的声音很温和，差点让人认为他很害羞。

“我可以上岸吗？”他请求道。

“作为朋友还是敌人？”南希气喘吁吁地问他。

“总之不是敌人，”弗林特船长说，“更像是一个落魄的英国水手。”

“你已经收到最后通牒了，”南希说，“我们跟你没什么关系了。”

“我是来道歉的，”弗林特船长着急地说，“不是跟你，南希。”

“约翰船长，我们要让他登陆吗？”南希问道。但是，约翰听见弗林特船长的最后一句话，立即走开了。

南希见状，说道：“你当初那样对他，简直就是一个大混蛋。但是我们还是让你上岸。”

弗林特船长再次靠岸，下船之后，来不及理会任何人，直接向约翰船长走去。

约翰船长正沿着小路往港湾方向走，弗林特船长飞快追上去。

“小伙子。”他的声音很友好。

“嗯。”约翰答应。

“我有话对你说。请不要用我那天对待你的方式来对待我，请听我说，我完全错了！就算我判断得对也不该用那种态度。我早该知道你说的是实话，也不该说你在骗人，非常抱歉。我们可以握手吗？”

约翰的喉咙好像被什么堵住了，非常不舒服。现在弗林特船长认错了，可他觉得简直比冤枉他的时候还不安，至少他可以发火，那会感觉好些。现在这种情况更糟。他吞咽了两下，使劲地咬住嘴唇，伸出手。弗林特船长抓住他的手，用力握了握。突然，约翰觉得舒服多了。

“现在没事了。”他说道。

“实在非常抱歉，”弗林特船长说，“我之所以一口咬定是你们上了船屋，是因为我看到了你们和你们的船，没看见我那两个捣蛋外甥女。但那也不能成为我的借口。”

“真的没有关系。”约翰又说。

他们向大伙走过去。

“我也算是付出代价啦，”弗林特船长说，“南希告诉我你是去警告我，还要带给我口信什么的。只怪我当时脾气太坏，要是当初听你说，我就会把书带在身上不会丢了。南希已经告诉你了吧？”

“是的，”约翰船长回答，“但我不只是去警告你，我还要带给你烧炭人让我们转告南希和佩吉的口信儿。还要说，你放在我帐篷里的那张纸完全搞错了，我从来没有靠近过你的船。最后再向你宣战。”

“嗯，我更愿意把它看作友好的宣战。”弗林特船长说，“听见了没，南希？”他们跟其他人在帐篷那里汇合，“你听见了吗？他是去跟我宣战呢。”

“当然啦，”南希说，“我们都要向你宣战。我们已经定好攻守同盟，要跟你抗衡，要亲自俘获你的船，而且还给你两个选择——是自己走下船，还是像去年一样跟我们站在一边。他讨厌你，是因为你跟土著人说他去你的船上捣乱，但是他根本没去；我们讨厌你，是因为你一直在写那破书。反正现在看来什么好处也没有。你已经收到最后通牒，我们跟你没有任何关系了。”

“我不知道原来现在为时已晚，”弗林特船长说道，“反正不会再有写书一说了。打字机和书一起都没了，我年纪也大了，不能再从头开始写。我随时准备迎接你们的宣战。”

“我不想占领你的船屋，”提提激动地说，“我想把它沉到水底。真希望我们当初就这样做了。”

“但为什么呢？”

“提提！”苏珊用警告的语气说道。

“因为没有一个敌人能像你那样可恶，”提提说，“我们什么都没做，但你却跟土著人说我们去捣乱。后来约翰船长想要去帮你的时候……”

“是啊，我知道，”弗林特船长说，“当时我就像一个恶棍，但是我只能说对不起，真的很抱歉。”

“现在已经没事了，提提，”约翰说，“事情真相大白了，都过去啦。”

“这样，”弗林特船长说，“我尽自己最大的努力来弥补。写书浪费了我一整个夏天，还有你们的——南希和佩吉。但我看到她们的帐篷在这里，所以我想你们应该是联合起来要做什么事情。把你的最后通牒拿回去，我们和好，然后马上就开始我们的战斗。你们想占领船屋，尽管进攻。我准备好迎接你们。现在我没什么别的事情可做，要把浪费掉的时间补回来。”

“我们要原谅他吗？”佩吉问道，“如果他愿意，他可以成为我们很好的朋友。”

南希说：“如果以在船屋上进行一场真正的战斗为前提，我们就原谅他。我们原谅他是因为他感到后悔了，而且遇上了麻烦，他的船屋确实被抢劫了。”

“哼，那是他自作自受。”提提说。

“那倒是，”南希说，“没有我们的允许，谁也不许去抢，除了我们自己。”

“明天下午三点，真正的战斗。”弗林特船长说，“我得回去打扫干净，那些恶棍！但明天下午三点之前我就会准备好战斗的。”

“千真万确？”佩吉问道。

“诚实的海盗！”弗林特船长保证。

“好吧。”南希说道。

“那就把你的最后通牒收回去吧。”弗林特船长说。

“你留着，”南希说，“提醒你别再跟土著人一伙儿。”

“好，我留着。”弗林特船长不再坚持，“可是我想知道我的敌人都叫什么名字。顺便问一句，为什么你在信里叫我‘弗林特船长’？”

“因为他们的一等水手提提说，你是一个退休的海盗。”

“怪不得，的确是。哪一个是提提呢？是你吗？”他转向苏珊问道。

“当然不是，”南希回答，“她是燕子号的大副，名字叫苏珊。”

“你好，大副。”弗林特船长说。

“这位是燕子号的约翰船长。”

“这就是船长，我们已经见过面了。尽管我罪大恶极，他还是原谅了我。”

“这位是一等水手提提。提提，这是弗林特船长。”

“哦，原来知道我海盗历史的人是你。”

“我看见那只鹦鹉了。”提提说。

“还有罗杰，他们船上的见习水手。”

“我以前也当过见习水手，”弗林特船长说，“日子很苦。”

“我们是亚马逊号海盗。”

“我对你们两个小无赖知根知底。”弗林特船长说道。

“明天在船屋上作战，你说的是真的吗？”提提问。

“明天就是明天。”弗林特船长再次确定。

“我们一定拿下船屋。”一等水手说道，“你船上有结实的跳板吗？”

“干什么用？”

“在上面走。”水手回答。

“一切都将准备就绪。”退休海盗说，他很清楚怎样安排。

“晚饭好了吗？”罗杰问道。

苏珊大副对弗林特船长说：“如果明天要作战，那今天就留下来和我们一起吃晚饭吧。我现在就把水壶放上。”

“那就太好了，”他回答，“我好像正在敌人的营地中……”

“在正中间呢。”南希说。

“但这里很好，我都想加入你们了。”

“太晚了，”南希说，“还有两天他们就离开了，我们也会走，你现在唯一的用处就是当我们的敌人。但如果你真的想加入，我们也不介意。”

“明天下午三点，甲板上的排水孔将被鲜血染红，”弗林特船长说，“但你们应该不介意今天我留下吃晚餐。”

“一点儿也不，”南希说，“大副已经邀请你了，而且我们还有很多吃的。我们带了一个李子布丁，要切好之后再炸一下，味道特别棒，是厨娘给我们的。后来我们还找到一块牛舌，几乎没碰过，也一起带来了。但我们是偷偷跑出来的，还以为会被拦下，所以把酒给忘了。”

“水一会儿就开了，”苏珊说道，“提提，把盘子拿出来。罗杰，挑出几个最好的土豆，待会儿烘一烘，火旁边有很多热灰。”

“快，佩吉，把我们的东西也拿过来。”南希船长说道。

“我帮你一起系吧？”弗林特船长问道。他很快就坐在地上，帮忙拉开帆，看着约翰手里的绳子穿过帆边的小孔，看着苏珊忙着调理炉火和水壶，提提和见习水手往外拿盘子、水杯和餐刀。

“这比写书好多了。”过了一会儿，弗林特船长说道，“船长，在那儿绕两个圈，然后系好。我教给你一个更好的完工方法。”

考虑到弗林特船长在与敌人们共进晚餐，这顿饭可以算是吃得非常融洽，最后连提提的语气也温和了许多。自始至终，他只叫她一等水手，没出半点差错。亚马逊号船员带过来的牛舌很好吃，燕子号船员的香籽蛋糕味道也很好。要吃掉整个牛舌，就不必再打开牛肉糜压缩饼罐了。油炸后的李子布丁条本来要最后上的，但是烘土豆用的时间太长，到最后就被当作热点心了。

他们围火而坐，剥土豆吃，但是里面太烫，于是他们开始谈论船屋被抢劫的事情。

“我不明白，为什么比利父子会让你们带口信给我？”弗林特船长说。

“他们说在比格兰地岛上听到一些传言。”约翰说。

“那个地方离湖岸很远。”弗林特船长若有所思，“要是我们能知道那些强盗从哪里来，还有一线希望找回我的箱子。但是查不出到底是谁干的。我的船舱乱得好像有几十只野猫在里面闹过，那也就算了，关键是他们把我的旧箱子搬走了。那里面的东西非常重要。”

“那个箱子很沉吗？”提提问。

“嗯，很沉。”

“里面有铁块吗？”

弗林特船长笑道：“恐怕没有。那里面有一台打字机，很多日记和航行日志，还有我整个夏天都在写的那本书。我倒是不介意他们拿别的东西。”

提提的心里正在做一番思想斗争，她看弗林特船长的眼神比之前更温和了。

“是你自己写的一本书吗？”她问道。

“是的。”弗林特船长回答。

“关于你的海盗经历吗？”

“嗯，有这部分内容。”

“是一本很好的书吗？”

“细想一下，也许称不上好。但不管怎么说，我还是想找回来。你想象不到写书有多么难，坚持写日志已经够不容易啦。”

“我理解。”提提说。

“现在真希望自己根本没写过书。”

“然后整个夏天做个好人。”南希说。

“别再提这件事了。”弗林特船长伤心地说。

亚马逊号船员低声交谈了几句，最后南希说道：“你愿意就告诉他吧。”

“是这样，吉姆舅舅。”佩吉说道。

“等一下，我的名字不是‘弗林特船长’么？”

“没错。如果你真的决定要成为我们中的一员，我们就告诉你一件事情。我们知道那个强盗什么时候干的，我们看到他了。”

“真的吗？啊？你们看见他往哪个方向走了吗？”

“我们只看见船屋里亮着灯，还以为是你。我们昨天不能告诉你，因为你不是和我们一伙，而且那个时候我们应该在床上睡觉呢。”

“是吗？那你们当时在哪里？”

“在湖上。”

“也就是说，你们在睡觉时间，来到湖上搞恶作剧啦？”

“那当然是秘密行动。”佩吉说道。

“我们来野猫岛作战。”南希说。

“如果那个强盗也往这边来，你们当时能不能听见他的动静？”弗林特船长问。

“我们没听到。我们只是看见船舱亮着灯，以为是你呢。”

这时约翰开口了。

“一等水手提提那天晚上应该听到了什么。”

“她当时在哪里？”

“在亚马逊号上。”

“嗯？和你们两个一起吗？”

“不是，那是后来的事情了。我们在野猫岛上，被困在这里。”

“谁把你们困在岛上了？”

“提提。她划走了亚马逊号，把我们两个困在了岛上。”佩吉说，“燕子号船员就是这样赢了。”

“那其他人呢？”

“我们当时在亚马孙河上，或者正在往回赶。”约翰说。

“听起来那天晚上这片湖发生了有趣的事，”弗林特船长说，“说说你听到了什么，一等水手。”

“我听到有人划船经过我身边。”

“你当时在哪里？”

“我抛锚了。”

“等一下，”约翰船长打断，“你最好看看我们的航海图，那样就知道她的具体位置了。”

他跑回帐篷，拿出那张新画的图。他指指上面画的锚，在鸬鹚岛北面，那就是提提在亚马逊号上抛锚的地方。

弗林特船长看了看，问道："他们从你身边经过吗？"

"离得很近。"提提回答。

"那就有意思了，如果他们要去湖岸边上，那为什么要来这个方向呢？他们肯定差点撞在岛上。"

"他们确实撞上了。"提提说。

"然后又继续走了？"

"他们上了岸，"提提说，"把他们的财宝埋在那里，反正把他们带的东西放在那儿了。他们说很沉，我听见了。"

"我的天啊！"南希不由得叫出来。

"不会吧，提提。"苏珊说。

弗林特船长跳起来，说道："一等水手，如果箱子在那里，你想要什么我都可以给你。赶快，所有人，我们一起划船过去看看。"

他抓过提提的手，握了握。提提惊讶地发现自己竟然对他笑了。他的手很大，目光很友好，这一点不用怀疑。说到底，即使她的宝藏不是西班牙金币，那也没有关系，现在是一本书，关于海盗的书。她唯一的遗憾是，寻宝队竟然这么庞大。但那也没办法。

"听着，"南希说，"如果箱子在那里，找到你的书之后，你就再也不许和土著人一伙了。"

"不会了。"弗林特船长保证，"赶快，所有人都上我的船。"

他们跑到码头，所有人都挤在一条船上——两个亚马逊号船员，四个燕子号船员，还有弗林特船长。不一会儿，他就绕过小岛，向鸬鹚岛划去。

弗林特船长用追逐南希的力气划船。每划一下，船就猛地向前进，船员们也跟着向后倚。只用了几分钟，他们就到了鸬鹚岛。弗林特船长把船头靠在两块岩石中间，大家纷纷下船。

岛上什么也没有，只能看到一棵光秃秃的树和白色的鹅卵石，再就是上次涨潮时冲上来的漂流物，还有几块大石头。他们四处张望，弗林特船长在岛上转了两三回，但是什么也没发现。

"但我知道他们把它埋在这里了，"一等水手提提说道，"我听见他们说没法把它放到摩托车上，又说以后回来钓鱼，捉一些真正值钱的鱼。”

“当时已经深夜了，别忘了这个，提提，”苏珊说，“你可能听错了。”

“他们可能改变主意了，”弗林特船长说，“也可能他们已经回来拿走了。至少现在知道他们是从湖的哪边来的，但是我的东西应该找不回来了。”他又说。

他们难过地划回野猫岛。

一等水手没有流眼泪，但是红着眼睛说：“我确定他们把东西放在那儿。”

“没关系，”弗林特船长说，“我们已经去看过啦。”

“要是找到的话，没准儿你又跟土著人一伙了，然后和一帮出版商闹个没完。”南希说。

“反正也没找到，”弗林特船长转移话题，继续说道，“我们想点别的事情做吧。比如说，明天三点。”

“动真格的吗？”南希问。

“真刀真枪，”弗林特船长形容道，“明天三点，我会准备好战斗——抵制强行登船者，把两艘船沉掉，把你们挂在桁端上，或者就当是俘获一艘西班牙双桅船，或者作为葡萄牙贩奴船沉掉……随你们的便。”

他送他们在野猫岛上岸，划船回去整理自己的船舱。

“再见——”他们冲着他的背影热情地喊道。

“再见！”他回头喊，“三点整。到时候拼出个胜负！”

第二十七章　船屋港战役

船上的血迹已经洗净，我们已无事可做，

只能跳一支角笛舞，就像那个老水手教我们的一样。

———梅斯菲尔德

第二天早晨，亚马逊号的船员们先醒来，她们之前都睡在房子里，还不像燕子号船员们那样适应早上照到帐篷里的阳光。“起床啦，起床啦！”她们俩喊道，不一会儿整个营地都开始活动了。“别忘啦！”她们叫道，“三点整开战，抓紧时间！”实际上，大家把洗澡、取牛奶、吃早餐和午餐这些事情都做完后，船钟的指针还有很长时间才指到两点，离表盘上的三点更远。心急水不开，指针似乎也故意放慢了脚步。约翰船长最后看了一眼时间，下令出发。联合舰队扬帆起航。

“咱们扬帆进去还是划船进去？”约翰船长和南希船长商量，这时候，亚马逊号和燕子号乘着风，很快来到船屋港南侧。

“扬帆过去的话更像水手。”南希船长回答。

“他那边没有避风处，”约翰船长说道，“船屋正迎着风。我们的计划是进入船港，从两边分别上船。如果你们从右舷上去，我就带着燕子号从左舷上。”

“很好，舰长。”南希船长说道。

“靠近的时候降下帆。趁他不注意发动攻击。他只能对付一拨儿人，不能同时抵挡两边。其他人可以从后面将他拿下。”

“战斗一打响就短兵相接。”南希说。

“把咱们的旗帜钉在桅杆上怎么样？”一等水手提提说道。

“把升降索打个结，”南希说道，“那样就行啦。”

“快看他的旗！”罗杰还是和往常一样坚守在船头。

他们已经过了石岬，现在能看见船屋港里面了。船屋就在那里，停在它那巨大的浮标旁边。船桅的旗杆本来挂着英国商船旗，但现在却是一面不平常的旗帜，正迎风飘扬。那面旗是绿色的，中间的图案几乎占满了整面旗——一只白色巨象。船屋主人弗林特船长今天特意找出这面旗挂出来。

“我知道那是什么，”约翰说，“是暹罗旗。”

佩吉大副说：“我以前见过，是他去年从东方带回来的。”

“那又怎样，很快就会降下来的。”南希不屑道，“就等咱们上船啦。打倒白象旗！燕子号船员、亚马逊号船员必胜！”

“吹响哨子，大副。舰队现在发起进攻。”约翰船长下令。

苏珊开始吹哨子。

“声音再大再尖一些，就像歌谣里的人那样。”提提说。

苏珊继续用力吹。

“让我来。”罗杰说。这时苏珊已经上气不接下气，就把哨子递给罗杰。他一直吹到自己快要炸开。

两条船，一个白色帆，一个棕色帆，掌舵人调整船向，让风从侧面吹向船，船因此微微倾斜。有几分钟时间，船头经过的地方泛起泡沫。当他们来到石岬的隐蔽处时，水面又变得安静了。罗杰继续吹着哨子，时断时续，一有力气就吹响。突然，一顶白色的遮阳帽出现在船屋的前舱口。水面上再次传来哨响，比苏珊大副吹的声音要大。

“吹，快吹，罗杰！”提提说。

燕子号和亚马逊号继续向着船屋疾行，亚马逊号领先一点点。

“松开你们的主帆索，亚马逊号船员！”约翰船长喊道，“记住，我从左舷进攻，我们要同时在他两边上船。”

南希船长解开了主帆索，减小风对帆面的压力，燕子号冲到前面。

“现在可以啦！”约翰船长喊道。

那顶硕大的遮阳帽在前舱口越来越高，最后弗林特船长整个人出现了。他身穿衬衣和法兰绒裤子，腰间还系着一条红色手帕。他正费力地走上甲板。穿过舱口盖对他来说有些困难。

“他这个海盗真够胖的。”提提批判道。

弗林特船长在前甲板上弯腰摆弄着什么，那个东西在太阳下还闪闪发亮。是那一架小铜炮。

“是机关炮，”罗杰警告大家，“他要开火了！”

弗林特船长猛地站起身，只见一阵蓝色的浓烟遮住了他的身影，接着，群峰和湖岸之间传来阵阵巨响。

“好哇！”南希船长大喊。

“好哇！”佩吉喊道。

“好哇！”燕子号船员们也齐声喊。

弗林特船长又在忙着摆弄机关炮了。他拿起一个铁罐往里倒了些东西，又往里塞了个什么，然后把机关炮摆好。然后，他又从罐子里捏出一小撮东西放在机关炮的点火孔里面。他划了一根火柴，弯下身点燃，再次猛地站起来，这一次还捂住了双耳。又是一阵浓烟和一声巨响，有什么东西落在船屋和前进的舰队中间。

“只是炮塞而已！”南希喊道。

“把他拿下，不让他再开炮！”约翰喊道。

但弗林特船长可不是个吝啬的炮手。燕子号刚刚驶过船屋的船尾，机关炮又是一声轰响，浓烟和火药味扑到小船上。

“解开升降索！”约翰和南希几乎同时喊道。燕子号和亚马逊号分别来到船屋的两侧。

“抓紧帆桁，苏珊！”约翰命令道，“把它拽下来。罗杰，你紧紧抓牢，不管是什么。还有，拴好系船索。上船！”

船屋的后甲板周围有好几根栏杆。约翰船长跃身把住甲板边缘，翻过栏杆之后又把苏珊拉上来。这时，弗林特船长大喊着：“为荣誉奋战到底！”冲到船舱升降口扶梯。在这之前他又从前舱口回到船舱，上来的时候挥舞着两个大红垫枕。但像现在这样的白刃战，最重要的不是武器，而是手。弗林特船长的手很大，但只有两只；燕子号船员们的手很小，但有八只。

约翰船长的头遭到垫枕的重重一击，整个人倒在甲板上。但是他很快又站起来，一头撞向弗林特船长。苏珊死死抓住一只垫枕；提提和罗杰自己爬上甲板，一人紧紧抱住弗林特船长的一条腿，像两只猎狐犬，只要他移动就得拖着他俩走。即便如此，如果没有亚马逊号船员们的及时帮忙，这场搏斗仍然会以燕子号船员们的失败告终。南希船长和她的佩吉大副从前甲板上船，跑上船舱顶，大叫一声投入战斗。南希船长从舱顶直接跳到弗林特船长的背上，紧紧勒住他的脖子。佩吉和约翰、苏珊一起，从前面用力拉扯。最后，因为寡不敌众，弗林特船长重重跌倒在甲板上。

"投降！"南希喊道。

"只要旗还在飘，我就不会投降。"弗林特船长喘着粗气说道，"白象，白象，白象永不倒！"

但是提提早已经跑过船舱外面窄窄的过道，不一会儿，白象旗飘摇而降，落到前甲板上。

"我们赢了！"约翰喊道，"你的旗已经被拉下来了。"

"啊？还真是。"弗林特船长边说边挣扎着坐起来，看着光秃秃的旗杆，"很迅速。真够激烈的。我投降。"他又平躺下，重重地喘息。

"把他绑起来！"南希船长下令。

佩吉捡起旁边的一卷绳子，约翰和她一起把俘虏的腿绑起来。然后，大家一齐帮忙，推他翻了个身，这才把他的胳膊绑起来。他们用力拖他到船舱旁边，扶起上身，让他倚着船舱。他往一边倒了下去，约翰把他扶起来，他又往另一边倒下了。"我扶你这一次，"佩吉警告他说，"如果你再倒，就直接躺在那儿吧。"

刚说完，提提回来了，她说道："如果我们打算让他自己走跳板[1]的话，前甲板那里刚好有一块，已经准备好了。"

"哦，对啊！"南希叫起来，"我都忘了。可咱们怎么让他过去呢？"

弗林特船长的脚从一端扭动到另一端，说道：

"我不是蛇，没有脚我可走不了路。"

---

[1] 走跳板：指旧时海盗等缚住受害者并蒙住其眼，然后强迫受害者在突出舷外的跳板上行走落水致死的一种做法。

“把他的腿松开，让他从舱顶走过去。”佩吉说。

“船舱顶可支撑不住我。”俘虏说道。

“让俘虏走下面不安全，”提提说，“他们可能会点燃弹药库，然后炸掉整条船。”

“那我们就从过道把他带过去，”南希船长最后决定，“反正他的手被绑起来，也挣脱不了。”

于是，他们把他腿上的绳子解开了，费了好大力气扶他站起来，但是他又打算坐下。

“不准那样！”南希船长警告他，“否则你会很惨，非常非常惨。”

绳子的另一部分仍然缠绕在他的胳膊和身体上，他们打上结，这样另一端就像是系船索或者是扶手索。南希和佩吉扯着绳子的一端，先行沿过道穿过。他们的俘虏跟在后面，努力掌握着平衡。约翰和苏珊紧随其后。提提和罗杰则沿着舱顶跑到前面去了。

前甲板上有一个绞盘，上面的链子直伸到下面的大圆桶浮标，船屋就靠它来固定。小型机关炮还在原来的位置，弗林特船长白色的遮阳帽掉在前舱口旁边。短桅杆的旁边有一个小柜，桅杆脚下是那面绿色的白象旗。甲板的右舷上有一块跳板，船屋主人平常心情好的时候每天早晨就从这儿跳下水游泳。原来的用途很可能是让俘虏们跳下去喂鲨鱼。一看见跳板，弗林特船长就全身发抖，他有些胆怯了。这群态度坚定的海盗俘获了他和他的船，现在正紧紧地抓住他，不让他有半点逃脱的机会。

“停下！”南希船长吼道。其实约翰船长才是真正的舰长，但是南希船长总是忍不住下达命令。

“把俘虏绑在桅杆上！”她说。大家照做了。

“不要笑！”她冲着俘虏大喊。

“那就帮那个小海盗摘掉遮阳帽吧。”弗林特船长说。

原来是见习水手罗杰，他捡起遮阳帽想戴上试试，没想到自己的整个头都进去了。苏珊大副很快帮他摘了下来。

“麻烦你帮我把帽子戴到头上，”俘虏请求道，“就当是最后的愿望吧。我的光头受不了这太阳。”

苏珊大副给他戴上帽子，他晃了晃头，把帽子转到合适的位置。

“好了，约翰船长，”南希又说，“咱们得仔细想想他的罪行。最严重的是背叛我们，整个夏天，他都和土著人是一伙儿。”

“遗弃，”佩吉说，“他抛弃了我们。”

“他去野猫岛，趁我们不在的时候进入我们的帐篷。”提提说。

“他说约翰船长是骗子。”南希说。

“那是个误会，”约翰船长连忙说，“我们已经讲和了。”

“好吧，这一点就放过他，”南希船长说，“那也没关系，其他的罪行已经够多了。同意他走跳板的举手！”

她和佩吉立即举起手。提提也举了，还有罗杰。约翰和苏珊有些犹豫。

“嗨，怎么啦，”南希说，“不能心软啊。这么好的跳板不用就可惜了。”

“我觉得咱们应该给他个机会，”约翰说，“把他胳膊上的绳子解开，让他可以游泳。”

“哦对，”南希说，“这个我们同意。都通过了？”

每个人都举起了手。

罗杰趴在栏杆上往下看，然后问道：“下面有很多鲨鱼吗？”

“成千上万呢。”俘虏叹息道。

“给他蒙上眼睛，”南希船长说道，“这儿有条手帕。”

“干净吗？”俘虏问道。

“嗯，那就用佩吉的吧。她的手帕昨天还很干净。”南希说。

佩吉的手帕还没打开过呢。很快，手帕就折成绷带的形状，蒙在弗林特船长的眼睛上。

“把他从桅杆上解下来，带他到跳板那里。”南希下令。

苏珊大副和约翰把他从桅杆上解下来，然后给他松开胳膊上的绳子。俘虏一摇一摆地往前走。提提和罗杰在后面推，佩吉、约翰和苏珊一起带着他走到跳板旁边。南希船长抱着胳膊看着他们。

“往前走！”她喊道。

弗林特船长眼睛被蒙住，双脚在跳板上一点一点往前挪动。跳板在他的重压下开始弯曲了，不停地颤抖。他停下来，全身战栗。

南希船长跺了跺脚，喊道："快走，你这混蛋！"

弗林特船长又往前走了一两步，已经走到跳板的尽头，高高地悬在水面之上。

"请发发慈悲吧，"他请求道，"请饶恕我吧！"

南希大喊："快走！否则……"

弗林特船长绝望地往前迈步，一脚踏空，头朝下掉进水里。溅起的水花都把船屋甲板上的燕子号和亚马逊号船员们打湿了。弗林特船长消失了，只有那顶白色的遮阳帽浮在水面上，随着波浪轻轻晃动。

"他可能不会游泳，我忘了这点。"提提说。

就在这时，弗林特船长的大光头浮出水面。他大口吐着水，扯下眼睛上的手帕，然后又沉下去了。

再次上来的时候，他离遮阳帽很近。他一把抓住帽子扔上来，帽子打着圈落在甲板上。

"看来他会游泳。"提提说。

突然，他大叫起来。"鲨鱼！有鲨鱼！"他一边惊叫着，一边用力拍打水，然后向船屋的浮标游过去。他爬上去，虽然掉下来一两次，最后还是坐在了上面。

"这里的鲨鱼真不少，有一条在啃我的脚呢！"他大声说道。

他从一边滑下来，游到船屋的旁边，拍得水花四溅。

"绳子，绳子！"他大喊道，同时还在水里一上一下地漂着，不停地拍着水。燕子号和亚马逊号船员们低头看着他在水里挣扎。

"咱们要不要给他一根绳子？"苏珊问道，"他在水里已经待了很长时间了。"

"你永远不会再跟土著人结盟了吗？"南希问他。

"真是无情的海盗，不会啦！"弗林特船长回答，就像海象一样浮到水面上呼吸几口新鲜口气。

"那我们就给你一根绳子。"南希说。

"还是给我一个绳梯吧，"弗林特船长说，"到我这个年龄已经胖得抓不住绳子啦。跳板旁边就有一个绳梯，我是说甲板旁边，都已经系紧了，你们把另一头从船上扔下来就可以。"

约翰把绳梯扔下去，一会儿工夫弗林特船长就再次站在甲板上，全身淌下来的水从排水孔流出去了。他坐在小柜上，拍打着胸口，说道："好啦，就这样吧。即便是亚马逊号海盗也不能残忍到让别人走两次跳板。嘿，罗杰，还在找鲨鱼哪？"

罗杰正趴在甲板上往水里看："我不信那里有鲨鱼，反正不是大鲨鱼。"

"我没给鲨鱼留下条胳膊腿，这个小家伙还觉得挺遗憾。"弗林特船长说，然后他问道，"现在你们要拿我怎么办？你们已经占领了我的船，把我的白象旗扯了下来，还把我像只鸡一样捆起来，逼我走跳板。我跳板走过了，鲨鱼也躲过了，最后上船来报到。我的罪名洗清了吗？如果是的话……"他停顿了一下。

"怎么了？"南希船长问道。

"激烈的海战到最后都会有一个宴会，"弗林特船长继续说道，"我在船舱里已经准备好了，只有鹦鹉在那里看守。让我下去换件干衣服，点上炉子，然后就可以开吃啦！"

这一次没有人反对。

"对了，我猜你们会打算升起海盗旗作为对自己的奖赏，就在小柜子里，自己找吧。"说完他下去了，他们能听见他在甲板底下碰这撞那的声音。佩吉打开桅杆旁边的小柜，在最上面看到一面黑旗，中间的骷髅和交叉骨图案和白象一样大。她和提提一起把白象旗从升降索上扯下来，换上海盗旗。然后，在两船船员的欢呼声中，佩吉把旗升到桅顶。

弗林特船长从前舱口冒出头来，说道："都下来吧。你们最好走升降口扶梯，小心你们的头，虽然以你们的个头都不会像我的那么危险。"

"你的头真的有危险吗？"提提问道，饶有兴趣地盯着他的头看。

"倒不是因为'叛国罪'，"弗林特船长解释说，"只是进船舱的时候容易碰到。"

南希正在看着船舱顶部一大块烧黑的地方。

"嗯，"她转向弗林特船长说道，"同为海盗，很抱歉给你弄成这个模样。我真没想到那个东西还能两面都点着，不是就响了一声吗？"

"响了，声音大着呢。"弗林特船长说完又消失了。

燕子号和亚马逊号船员们从船尾的扶梯走下去进入船舱。船长和大副走外面的舷门，一等水手和见习水手走舱顶。

船舱布置完全符合一个退隐老海盗的风格。弗林特船长费了很大的劲，把被抢劫之后的狼藉打扫干净，墙上仍然挂着来自七大洋的武器和各种稀奇古怪的玩意儿。那些没有被摔碎和扔掉的东西又回到了原来的位置。船舱中间有一张又长又窄的桌子，两边摆了好几把椅子，绿鹦鹉正站在其中一把的椅背上。

“八片币，八片币，快说八片币！”南希·布莱凯特对鹦鹉说道。

“漂亮波利。”鹦鹉说。

“你不配做海盗的鹦鹉。”南希说。

“这些椅子被钉在地板上了吗？”罗杰问。

“没有。”佩吉说。

“爸爸船上的椅子都被钉住了。”罗杰说。

“这个湾可不像外海一样。”水手舱门口传来一个声音说道。

普里默斯汽化炉的叫声戛然而止。弗林特船长已经换好干衣服，拎着一个大水壶走了进来。

“分开坐吧，”他说道，“分两排坐好，宴会开始了。”这是弗林特船长能从里约港叫到的最丰盛的食物了。看看吧——草莓冰淇淋、麦片姜饼、巴思圆面包、岩皮饼、姜汁饼干，还有巧克力饼干。打头的是堆成小山似的三明治。还有一个蛋糕呢，打开上面的纸壳，大家看到用粉色和白色糖霜做成的两条小船图案。

“是燕子号和亚马逊号。”罗杰说。

“正是这个意思。”弗林特船长微笑道。

随着宴会的进行，燕子号、亚马逊号的船员们和老海盗之间的友谊也迅速升温。确实如此，弗林特船长刚想吃一块冰草莓，苏珊立即制止住他，说道：“你刚走完跳板，不能吃凉的东西。妈妈说了，如果刚洗完澡就吃凉东西，肚子就会不舒服的。”

“啊？看来我不能吃这个了。”弗林特船长没有坚持，就吃了一块蛋糕。

“你走跳板走得特别好。”提提说。

“练习得多。”弗林特船长回答。

鹦鹉把每样东西都尝了，最后还是最喜欢吃糖块。提提向它伸出手，鹦鹉爬上她的手腕，顺着胳膊走到她的肩膀上。

“明年我们会开船去一个地方，那里的树上都是鹦鹉。”她说。

“咱们得想想明年做什么好。”弗林特船长说，“现在我答应你们，我今后不再写书了。除了当海盗，以前的事情都不做了。但说起鹦鹉嘛，我今年去南方过冬，如果你们想要，我可以带很多鹦鹉回来。”

“不会吧？”提提说。

“真的。”弗林特船长说。

“会说脏话的鹦鹉吗？”南希问。

“一个彻彻底底的小坏蛋。”弗林特船长说。

“猴子怎么样？”罗杰说。

弗林特船长拿过一个记事本和一支铅笔。

“细目：一只猴子，”他边说边记，“长不长尾巴？”

“长尾巴的，”罗杰连忙说，“要不就是无尾猿猴啦。”

“不要给我们带绿鹦鹉，”南希说，“带灰色红尾巴的。那样我们就可以在箭上插红羽毛，不插绿羽毛了。”

弗林特船长张开了嘴巴，又合上了。他死死盯着南希·布莱凯特，然后目光移至架子上的一个果酱罐，那里面只有一根绿羽毛和几根新的烟斗通条。南希·布莱凯特注意到了他的目光。

“都是你的错，谁让你成为敌人来着。”她说道，“说到底我们只拿了几根羽毛而已，我们完全可以给你把船沉掉。反正你现在又和我们一伙了。”

“那倒是，”弗林特船长说道，“但我得想想到底遭过多少次抢劫。”

“就一次，我们那次不算抢劫，纯属复仇。”南希说。

“你们明天干什么？”过了一会儿弗林特船长问道，“最后一天了，是不是？”

“去钓鱼吧？”佩吉说道，“我们很久很久没钓鱼了。你要是愿意也可以一起来。”

“对，”南希说，“在你的船上钓鱼比在我们的船上好多啦。还有，你知道在哪儿钓鱼最好。”

“一定要来啊。”约翰说。

“求求你。”苏珊也说。

“嗯，要是没那么大的风，咱们钓一整天都可以。我一定去，但不能太早啦。接下来咱们可以为明年好好计划一番。”

“我明天不去钓鱼。”一等水手提提说。

“为什么不去？”苏珊问。

“我要去寻宝。”

“去哪儿？”

“鸬鹚岛。我确定它还在那儿，我是说那个水手箱。”

“那是浪费时间，一等水手。”弗林特船长说。

“我知道它还在那儿，”提提说，“罗杰想去的话可以一起。”

“那明天就有两支探险队啦。”弗林特船长说，“一队去寻宝，一队去捕鲸。罗杰，你的想法是什么？”

“我和提提一起去。”罗杰说。苏珊又说：“如果明天有风，他们就不能自己去。”计划还是先这样定下来了。

他们的盛宴进行了很长时间。结束之后，佩吉说道：“嗨，吉姆舅舅……”

“他才不是吉姆舅舅呢，你这呆子。”南希说。

“当然不是啦。”佩吉改口说道，“喂，弗林特船长，你的手风琴还在吗？”

“给我们来上一段吧。”南希船长说。

“只要你们跳角笛舞，我就来上一段。”

“船舱里没有地方跳啊。”

“那就去船尾。”

弗林特船长从船首室里拿出一架体积庞大的手风琴。

“幸好强盗没有发现它，”他说，“要不然肯定也会把它拿走。但是，没准儿他根本不懂音乐。”

他们一起来到尾甲板，弗林特船长坐在栏杆上演奏水手的角笛舞曲，南希船长跟着舞动起来。

“我们可不是这么跳。”提提说。

“让我们看看你们怎么跳。”弗林特船长说。

他弹奏了一遍又一遍，南希和佩吉跳着她们的角笛舞，而约翰船长、苏珊大副、一等水手提提和见习水手罗杰用自己的方式跳。在宁静的傍晚，甲板上跺脚的声音一英里之外都能听得到。弗林特船长越弹越快，燕子号和亚马逊号船员们也越跳越快。直到节奏快得已经听不出是曲子，他们都躺在甲板上，累得筋疲力尽。

“想想吧，我这整个夏天都浪费了。”弗林特船长说。

然后他开始弹奏歌曲，过了一会儿，大家的体力恢复了一些，都开始跟着唱。他弹奏了《西班牙女郎》、《鲸鱼》、《阿姆斯特丹》、《打倒那个人》、《驶向里约》，还有许多其他的曲子。

天色渐渐暗下来。

“我们没点亮港湾的灯。”约翰船长说。

“我们得在天黑前赶回去。”苏珊大副说。

“快要没有风了，”南希船长说，“趁着还能扬帆，我们赶快出发。”

“明天一起捕鲸哪。”告别的时候弗林特船长说道。

“是去寻宝。”一等水手提提说。

几分钟之后，燕子号和亚马逊号驶出了港湾。

弗林特船长倚在栏杆上目送他们远去。他们听着他弹奏乐曲，直到驶过岬角迎上海风。

“他真是个不错的海盗。”约翰船长说。

“只可惜他太老了。”罗杰说。

“他也没那么老。”提提说。

第二十八章　鸬鹚岛寻宝

晚上睡觉的时候，提提脑子里只有一个想法，早晨醒来的时候还在想着。她爬到外面看看是什么天气——风和日丽，天上也没有风，正是她希望的。因为她知道，如果风很大，她和罗杰就不能单独划燕子号出去了，必须得有船长或大副的陪同才行。

“起床啦，罗杰！”她喊道。

“怎么回事？”约翰船长问。

“有人可能抢先一步找到。”

“找到什么？”

“鸬鹚岛上的宝藏。我和罗杰要去找。”

“但我们之前都看过了，那里什么也没有。”

“这是我们的最后一天了，”提提语气很坚定，“你和苏珊说过我们可以去，而且我肯定它就还在那里。”

“可是弗林特船长要来，我们都要去钓鱼。”

“我跟罗杰去寻宝，昨天晚上说好了的。今天没有风。”

“你会很失望的，提提。”苏珊带着睡意说道。

“找到之后就不会了。”提提说。

“好吧。扯起帆来吧，罗杰，”约翰船长说道，“你今天可以去对面拿牛奶了，不过得先洗澡。”

“今天取双份，因为还有亚马逊号船员和弗林特船长，”大副喊道，“我们去捕鱼的时候还得带一些。”

那天早晨见习水手和一等水手洗澡的速度相当快。一等水手没有心思采珍珠，看着罗杰已经会仰泳和俯泳了，就催着他赶快上岸擦干，然后匆匆忙忙去对面取牛奶。他们回来之后看见每个人都在忙着组装鱼竿，除了燕子号大副。

“你不会真的要去鸬鹚岛吧，一等水手？”佩吉说，“你知道那里什么也没有啊，最好跟我们一起去捕鲸吧。”

但是一等水手提提不肯改变主意。见习水手罗杰虽然很想去捕鲸，还是下定决心跟着提提去。

吃过早饭后，大家忙着捉米诺鱼，为弗林特船长的到来做准备。苏珊大副为提提和罗杰装了一大包三明治和圆面包，还给了他们一瓶牛奶。

“记着，罗杰，提提是总指挥，你要按她的话去做。”

“遵命，船长。”小见习水手说道。

“我们拿什么当镐用呢？”一等水手问道。

“你们不需要镐。”苏珊大副说。

“当然需要，”一等水手说，“宝藏可能埋得很深呢。”

“拿着锤子吧。”约翰说。

“我们还应该带上指南针，画着骷髅的航海图，还有树林的图。”

“你们可以拿着指南针，前提是得保管好。”

“反正别太久啦。”苏珊大副说，“你们能看到我们和弗林特船长的位置，要是你们在岛上待够了，就去找我们。我们会给你俩带上钓鱼竿。”

他们带着食物走到港湾，约翰拿出燕子号上的桅杆和船帆。大家轮番祝他们好运，一等水手和见习水手启程，提提划着桨带着燕子号离开港湾。

“别在那儿待太久！”苏珊大副在他们身后喊道。

“远不如一起去捕鲸呢！”南希船长喊道。

可是提提脑子里的想法太多啦，根本没空回答他们。

刚驶出小岛，提提就把一支船桨递给罗杰。他俩并肩坐在横坐板上。

“你要跟上我的节奏啊，见习水手。”一等水手说道。

“好吧。”

提提的桨离开水面，罗杰划了一下。

“见习水手，”一等水手说，“你不应该说‘好吧’。”

“遵命，总指挥。”见习水手又说。

“我们就要在荒岛上登陆，寻找海盗的宝藏——是海盗从弗林特船长那里偷走的宝物。岛上可能会有陆地蟹、鳄鱼，还有其他的敌人，宝物还有可能埋在死人的骨头下面。我们可能得找一辈子……”

“苏珊说了，咱们不能待太久。”

“大副的意思是不要浪费时间。咱们不会浪费时间的，但是寻宝嘛，谁都说不准，有可能会找上个一两年。咱们必须面对危险，团结一致。你要听从指挥。”

“遵命，总指挥。”

“好，现在跟我同时……用力！”

他们两人一起发力，燕子号比较沉重难划，这主要是因为它的形状和船底的压舱物，不过现在它正在湖面上沿着“之”字前进。

一等水手提提知道不能老是回头看，但是不回头看的话她又不确定该怎么办。船行到一半，她划起两支桨，让罗杰坐在船尾掌舵。

鸬鹚岛就跟一堆岩石和石块差不多，从水面突出来。岛上有几棵石南花和几株小草，但是很少。有两棵树，都已经死了。其中一棵树倒在岩石上，很早之前就被拔了出来，旁边只有大石块。另一棵树光秃秃的，上面布满了鸟粪，已经成为鸬鹚的窝儿。

“很近了，”罗杰说，“我能看见鸟了。”

提提看了看四周。两只黑色的长脖子鸬鹚，鸟喙上有一块白色，贴着水面快速飞走了。另外两只停在死树的最高一根树枝上。

“它们正在守护宝藏。”提提说。

“有一只正在吞一条小鱼，现在两只都飞走了。”罗杰说。

最后的两只鸬鹚从树上飞起来，跟在其他鸬鹚后面，在湖面上由低到高，往远处的达恩峰上方盘旋，最后落在提提和罗杰看不到的水面上。

“是弗林特船长。”罗杰说。他们看见他的大划艇，正在船屋湾和野猫岛之间划行，正赶着去跟捕鲸队伍会合。

他俩挥挥手，但是他正背对着划船，而且是在湖的另一边。

“这就是我当时在亚马逊号上抛锚的地方，”一等水手说道，“我听见海盗划着船从我旁边经过，然后撞在岩石上。”

“真正的海盗吗？”见习水手问道。

“我看不见他们，”提提说，“但我听见他们船上的桨划水的声音，还听见他们说话。他们说起脏话来就跟真正的海盗一样，然后我听见他们撞在石头上。”

“这一边全是岩石。”见习水手说道。

提提划着桨慢慢绕过小岛，但是一直找不到适合燕子号停靠的地点。

“那是上次我们和弗林特船长登陆的地方。”罗杰说。

提提说：“他的船头窄，可是燕子号的船头却进不去。”

她划到靠近小岛北端的位置。

“看起来我们可以靠着那块礁石停船，”她说，“但咱们不能把船拉上岸。弗林特船长说过，咱们登陆的时候得小心，所以留点儿神啦。”

在靠近岩石的时候，船被轻轻撞了一下，但还好不重。一等水手抓起系船索爬下船，然后扒住船舷，让见习水手跟着下来。

“我要带上指南针吗？”他问。

“不用，”一等水手说道，“留在船上，需要的时候再来拿。得带上镐头，把储备粮食递出来，最好留下瓶子。”

见习水手把三明治递给一等水手，把锤子递给她，然后爬下船。

“现在得把系船索缠在那块岩石上，只拴一头就行。今天刮的风是南风，船漂着的时候什么也碰不到。咱们把储备粮放在岩石上就行了。”

这些都做好了，一等水手又花了几分钟看着船轻轻地将系船索拉直，不再有任何危险。

“那样就没事了，”她最后说道，“现在开始寻宝。”

在这些石头上行走很难，他们每个人都这么觉得，就连弗林特船长也不例外。船屋湾战役的前一天，他们一起来找被偷走的大箱子就发现这个问题啦。对见习水手和一等水手来说更加困难。那些石头横七竖八的哪儿都有，中间的裂缝很深，脚踩进去很难拿出来，再就是有很多零散的小石头，踩上去的时候石头就在脚底滚动。两个寻宝队员从岛的一端走到另一端就用了很长时间。

“真高兴咱们住在野猫岛上，不是住在这里。”罗杰说。

“这是座真正的荒岛，”提提说，“留点儿神，看有没有骷髅。”

“这儿有很多骨头。”过了一两分钟罗杰说道。

“真的骨头吗？”提提大声问道。

“小骨头。”罗杰说。

提提爬过岩石来到罗杰站的地方，发现罗杰正在看着一小堆白色的鱼骨。她立即抬起头，鱼骨上面的岩石上果然有一个洞，大小可以放进一个网球。洞口沾满了泛绿的白色东西，下面的岩石上也有。提提伸过手去，可就在这时有什么飞了出来，翅膀拍打得很快而且向下倾斜，在阳光下闪着亮蓝色。

“这是翠鸟的窝，”她说，“那些是它吃剩的米诺鱼，根本不是海盗的骨头。”

他们继续寻找，在鸬鹚岛上发现了更多的骨头，但全都是鱼骨头。罗杰和提提艰难地来到鸬鹚憩息的那棵树旁，发现下面还有很多。但那里的岩石太脏、气味太难闻，他俩赶紧离开了那儿。不过他们还是没有发现宝藏的一点踪迹。

罗杰开始灰心了，也开始觉得肚子饿了。他们回到小岛北端，坐在一块扁平的石头上，刚才就把食物都放在这儿了。两人从燕子号上拿出牛奶，吃完三明治后，又轮流着喝瓶子里的牛奶，咕嘟咕嘟都倒进嘴里。

“弗林特船长和其他人，”提提说，“他们都在他的船上呢，就在那边。不是鲨鱼湾，是咱们上次路过的那个小湾，去看野人和毒蛇的时候经过的那个！”

“不知道他们捉了多少条鲸鱼了，”罗杰说，“没准儿还有鲨鱼呢。反正鲈鱼肯定很多。”

“寻宝可比单坐着钓鱼好多了。”提提说。

“可是咱们什么也没找着。”罗杰说。

“咱们还没找个遍呢，肯定在这个岛上。”提提说，“来吧，你在这一侧找，我去另一侧找。找到你就喊我。”

不一会儿罗杰就喊起来，不过不是因为他找到了宝藏——他踩在石头上滑倒了，擦破了膝盖。

“哪个膝盖？”提提喊。

“以前没摔过的膝盖，”罗杰说，“不是上次摔的那个，是另一个。”

一等水手提提又担任起探险队外科医生的角色，给罗杰清洁膝盖，又用罗杰的手帕给他包扎好。罗杰想用包扎完留出的手帕一角擤鼻子。

“你可以用我的手帕，”提提说，“粉红色的那条。”

罗杰用粉红色手帕使劲擤了擤鼻子，又高兴起来了。

时间一点一点过去。整个上午过去了，下午的时间也要溜走了，可是依旧没有看到宝藏的迹象。提提围着小岛找了至少两圈。罗杰没再找，坐在拴住燕子号的岩石上。他扯了一下系船索，毫不费力地把燕子号拉到脚边，他光着脚在船尾蹬了一下，船又漂回去了。

“咱们上船吧，”他说，“在石头上看到的东西，在船上也能看见，再看不到的话咱们就去捕鱼。”

周围没有回答。他转过身找提提。她正在小岛最靠边的岩石上爬来爬去，就在不远处。突然，罗杰看到提提跳了起来，手里拿着什么东西。

“嗨！罗杰！”她叫道。

罗杰站起来，顺着岩石朝她爬过去。

“我找到一个烟斗！”她嚷道，“肯定是其中一个海盗的。这里肯定就是他们上岸的地方了。”

那是一个普通的木头烟斗。她在水边的两块石头中间发现了它。这个发现让小岛一下子变得不一样了。刚开始就连提提自己都怀疑，也许那天晚上是她自己做梦梦见两个海盗趁着夜色来到岛上，但是现在她手里已经有充分的证据，证明这个岛上除了鸬鹚和翠鸟之外还来过其他人。

“如果他们在这里上岸，”提提说，“那宝藏肯定就在这附近。他们没走多远，因为我听见他们一直在砸东西。”

他们仔细看了看身边。他们正紧挨着那棵老树原来生长的地方，现在那棵树侧身倒在一边，腐烂又干枯的树根在空中张牙舞爪，地上是零乱的大石头。提提小心地越过石头，绕着树走了一圈，什么也没发现。她又绕着树走了一个更大的圈，还是什么也没有。她重新回到小岛的边缘处继续找。

罗杰待在原处，开始找东西玩儿，他从水里捞出漂流的木头，又找了石缝里一些已经枯掉的芦苇。那些芦苇自从下雨涨潮之后一直晾在那儿，已经晒干了。

最后，提提也开始放弃希望了。她回到老树和罗杰旁边，他的芦苇越找越多，可以当柴火用。

“把它们都点着，提提。”罗杰说。

提提看了眼那堆东西。

“不是这样的，”她说，“咱们得搭一个炉床，就像那天苏珊在岸上搭的那个一样，就是上次咱们去看野人和毒蛇的时候。然后我们再在里面点着火，弗林特船长他们远远地看见咱们荒岛上冒出的烟，就会赶过来，然后开始一场拯救行动。”

她开始用小石块搭炉床。

“在后面得用一块大石头。”她说。

她用力拖树根旁边的一块大石头，很容易就拖了过来。可是随着石头逐渐移动，搭炉床的想法已经被提提抛到九霄云外了。

“来帮忙，罗杰！”她喊道，“锤子在哪儿？”

开始搭炉床的时候，她把锤子放在了地上，罗杰捡起来递给她。刚才搬石头的时候，石头下面露出来一块黑铁，提提用锤子敲了敲那块铁，听起来是金属跟木头的声音。她继续拔出几块石头，这下就看清楚了，她刚才发现的是一个用金属包好的箱子的一角。

“我们找到啦！我们找到啦！我们找到啦！”提提叫起来。她把石头搬到一边，看到箱子角上有一个破损的标签，上面画着一匹骆驼和金字塔，用大写字母清楚地写着“开罗”。

“过来帮忙，罗杰！”提提说道，“把石头一块一块搬开。”

他们一块一块往外搬，每搬走一块，箱子给他们带来的惊奇就多一点。整个箱子上都贴满了标签。有的标签上写着“P.&O. 一等舱”；有的标签是“毕比船行”“道勒船行”“日本邮船会社”[1]；有一个标签上画着棕榈树、骆驼跟一条河，那是北埃及的一家旅馆；有的画着地中海港湾的蓝色海湾和白色房子；有一个写着“航程中必备”；有的字很奇怪，除了一个 Peking（北京），其余的字根本不是英文；有一个是中国远东铁路的标签。除此之外，还有各地旅馆的标签——旧金山、布宜诺斯艾利斯、伦敦、仰光、科伦坡、墨尔本、香港、纽约、莫斯科和喀土穆。有些直接贴到其他标签上了，有些已经被划坏或者磨损了，但是每一张

[1] 以上均为航运公司名字。

都让水手们兴奋不已！箱子盖的中央写着两个字母“J.T.”。石头被一块一块地搬走了，箱子原来就放在树底下，埋在老树根留下的空洞里，上面盖满了从旁边搬来的大石头。有些石头特别大，提提和罗杰两个人一起搬都搬不动。要说搬动这个箱子，就像搬一座房子一样一点点都移动不了。

“咱们把箱子打开吧！”罗杰说。

箱子被又粗又黑的角钢锁住了。一等水手用锤子使劲砸，但是它们的交合处是很特别的双层扣环，而且还被锁上了，就像钢铁建筑一样牢固。提提和罗杰对着箱子哐哐当当砸下去，就好像两只苍蝇想要冲进保险箱一样白费力气。

第二十九章　木头鱼

“不行，打不开啊，”一等水手说，“我们应该去找其他人和弗林特船长。这是他的储物箱，我敢打赌，这个肯定是，里面肯定有他的海盗书。”

“我们上燕子号，划过去吧。”罗杰说。

不过这都没必要。很长一段时间里鱼儿都不咬钩，也许是因为船上钓鱼的人太多了，或许是像弗林特船长说的那样，他们发现马上就要变天了。现在天气非常热，空气闷闷的，虽然风已经不见了踪影，但是乌云渐渐从南边升上来，盖住了山丘。鲸船决定今天工作到此为止，准备返航回家了。苏珊刚才说：“他们两个在鸬鹚岛上待的时间已经够长了。”弗林特船长也说：“我们过去看看，把他们两个带回来。”他知道船员们正在寻找他的储物箱，但是他也非常确信他们两个肯定会空手而归。提提和罗杰四处望着湖面，希望能找到在小岛南边、湖的对岸钓鱼的其他人，刚才他们两个还看见其他人就待在那里，就在这时，他们发现捕鲸船此时正在湖上，与他们之间隔着一半湖面，缓缓驶来。

提提爬上树，站在摇摇欲坠的树干上，挥舞着双手朝他们大声叫喊。水面上也传来一声叫喊，不过刚开始谁也听不清对方在喊什么。

不过，寻宝队员们从听到的第一句话就知道，对方根本就没明白他们刚才在喊什么话。

“你们还没烦吗？”他们听见弗林特船长欢快的声音，“该回家了。”

“我们找到了！”提提喊道。

“该回家了！”弗林特船长又喊了一遍，“回家喝茶了。”

“我们找到了！”罗杰尖叫。

突然，弗林特船长听到了他们的话。他弯下腰继续划桨，几分钟之后捕鲸船就到了鸬鹚岛。弗林特船长立马上岸，跳过一块块石头，其他人跟在身后。“你们什么也没找到，是吗？”他问道，但是罗杰和提提还没有回答，他已经看到了那个箱子。“做得好，提提！”约翰船长大声说。“我的天啊！”南希船长不禁惊叹道，“棒极了，提提！”约翰船长说：“那么你当时根本就不是在做梦啦。”苏珊也说：“谁能想到呢！”佩吉说：“南希船长自己也来找过，可是她什么也没找到呢。”

弗林特船长跪在箱子旁边，从口袋里掏出一串钥匙。“看起来他们没有打开这个箱子，”他说，“但是他们费劲地尝试过。”

“那是我们弄的。”提提老老实实地说。

弗林特船长打开箱子上的锁，解开挂钩，掀开箱子盖。里面是一台用黑盒子装着的打字机，许多用帆布包好的日记，还有一大捆打字机用的纸。

“好极啦！”弗林特船长抚摸着那一大捆纸，好像陷入热恋一样。

“真无聊，”罗杰说，“提提还说这里面是金银财宝。”

“这可是宝贝啊，价值连城的宝贝。”弗林特船长说，“人们总是各有所爱。提提，你知道吗，无论我说什么都不能表达对你的感谢。我以为再也找不到这箱子了，里面装着我海盗时期的所有日记，而且，我把我毕生的心血都放在这本书里了。要不是你，所有的一切就什么都没有了。”

“我听见他们说会再回来取这个箱子的，所以我知道它肯定还在这儿。”提提说，“海盗总是这么做，他们埋了什么东西，就肯定会回来取的。”

“就像埋骨头的狗一样，”弗林特船长说，“这么一来，他们就丢掉了‘骨头’。但是这些骨头对他们来说也没有什么用处，我可不敢想象他们会坐下来读《形形色色的苔藓》这本书。”

“你要怎么处理那些海盗呢？”南希船长问，“我们埋伏在这里，然后抓住他们吧。”

弗林特船长想了一小会儿，然后说：“我不打算采取任何措施。我已经告诉警察要在各个渡口调查，是想用各种手段把箱子找回来，但是我不想把任何人送进监狱。”

“监狱！”南希船长大叫道，“他们应该直接带着枷锁去断头台，然后把他们的骨头拆了扔到风里。”

“如今只有对亚马逊号海盗才会采取那样的措施。”弗林特船长说，“一等水手，你听见他们是怎么说的，他们要怎么回来取战利品？”

“他们说‘我们要回来钓鱼，然后抓一些有用的东西’。”

“他们肯定会这么做，”弗林特船长说，“咱们试试看能不能找到一些树枝，直一点儿的树枝。”

“我们发现了他们的烟斗。”罗杰说。

“好极啦，”弗林特船长说，“我们要吓唬他们，让他们以后再也不敢偷东西了。”

罗杰搜集了一些漂在水上的树枝，弗林特船长从里面找到了一段直树枝，随后坐在石头上，取出一把大大的刀子。树枝的碎片飞得到处都是。

“你在干吗？”罗杰问。

“给他们点能找到的东西。”弗林特船长说。

他用小刀削着树枝，现在直树枝一端有一个窄窄的地方，上面有一个叉子般的尾巴。树枝剩下的部分像一个瓜，只不过这个瓜是扁平的，从边上还伸出来一个四方形的小片，就像翅膀一样。

“这是一条鱼。”罗杰说。

“他们不是说要抓些东西回去吗？”弗林特船长说。

他用小刀刻出鱼头，还刻了大大的鱼鳃、一个张大的嘴巴和一只又大又圆的眼睛。

“这条鱼很棒！”罗杰说。

“等他们真的把鱼给抓住了，可就不这么以为喽。”弗林特船长说，他边说边从口袋里掏出一串绳子，“现在，我们要把他们的烟斗绑在鱼尾巴上，然后我们要把这个东西埋在他们藏我箱子的石头底下。等他们来到湖边假装钓鱼，而且还要上岸挖出战利品的时候，他们就会挖出这条鱼和他们丢的烟斗。如果他们能把这两件东西联系起来，我猜他们会，他们就会以为有人一直在他们附近，并且听见了他们的谈话，而且还知道他们是谁，了解他们的底细。我猜这时候他们就会急急忙忙溜掉，打心眼儿里希望那天晚上应该老老实实地待在家里。”

他抬出箱子，把烟斗和鱼放在箱子原来的洞里。

“再等会儿，”他说，“他们可能还需要一些教训。”他拿出铅笔，在木头鱼一侧用大写字母写上“诚实是最好的策略”。然后把木鱼放回洞里，在上面盖上一些石头。“在上面再堆上一些石头，”他说，“这样等他们挖的时候就要多花一些时间了。”于是亚马逊号和燕子号船员们在上面堆了一些石头，一直把洞填满了。

“现在它看起来就像我在上面生火之前的样子了。”提提说。

“是的，就是这样，”弗林特船长说，“祝他们好运。”他说，“现在说说你们，要不是那天晚上你们在做那些事情（不过你们本来应该老老实实地躺在床上睡觉），我可能就再也找不回我的箱子了。丢掉这个旧箱子让我非常伤心，因为它已经跟着我走遍了全世界，而且还有写了整整一个夏天的书，虽然南希和佩吉一直捣蛋让我没办法写。你们几个永远都不要写书，太不值得了。这个夏天我工作特别努力，要比过去三十年辛苦得多。要是恶棍真的把我的箱子给掳走了，我绝对不会再重写。我亏欠你们所有人的，尤其对一等水手。一等水手，这样吧，你告诉我，在这个世界上你最想要什么，只要我能得到，就送给你。”

“你说过会把鹦鹉给我带回来，”一等水手说，“在这个世界上我只想要这个东西，如果你当时是认真的话。”她赶紧补充了一句。

“你不是想要一只灰色的鹦鹉？”

“我最喜欢绿色的。”

“要是等到明年夏天时间就太久了。”弗林特船长说。

“我愿意等下去。”提提说。

正在那时，弗林特船长似乎突然想起了什么。

“这样吧，”他说，“我现在就得回去告诉警察不要再继续调查了。我顺道把你们接走，带回到你们岛上。”

“你回来吃鲨鱼鱼排吗？”苏珊问。

“鲨鱼？”罗杰问，“你们抓到了一条鲨鱼？”

“超级大的一条。”佩吉说。

“我尽量吧，”弗林特船长说，“但别刻意等我，我要划好长的一段路呢。

跟我走吧。”他把大箱子扛在肩上带到船上。罗杰走在他前面提前上船，看见一条绿色的梭子鱼躺在船舱的甲板上。

“是你抓住的吗？”

“我们一起抓的。”

“有一次我也碰见一条，但是没抓住。这条就和那一条一样大（船屋湾可没有这么大的鱼）。”

“谁要和我坐一条船，谁要去燕子号？”弗林特船长问道。

“我要和鲨鱼坐一条船。”罗杰说。

“这条船能装下你们所有人，”弗林特船长说，“但是得有人去驾驶燕子号，不然它就只能留在这儿了。”

“我来给燕子号掌舵。”提提自告奋勇，因为她特别想自己独处一会儿。她本来心里有一个特别坚定的想法，即便大家都以为她错了的时候，她依旧坚持自己的想法。可是现在，大家都知道了她是对的，有那么一两分钟她却又不想说话了。

其他人都挤在大划艇上。弗林特船长在船头划船，一边划一边低头看着自己的旧箱子，上面还贴着一些老旧的标签。罗杰坐在箱子上，盯着梭子鱼的下巴看个不停。约翰、苏珊、南希和佩吉坐在船尾。约翰拉着燕子号的系船索，于是小船跟在划艇后面慢慢地向前行进，船上舵柄旁边坐着快乐的一等水手。

弗林特船长划着船走了之后，燕子号船员和亚马逊号船员留在野猫岛上，他们发现手头有很多事情要做。营地上的篝火已经熄灭了，他们要生火烧水泡茶，苏珊和佩吉两位大副负责这项工作，约翰和南希忙着从船上卸下所有的鱼竿和工具。罗杰在看鱼，提提划着桨带小船绕过码头去了港湾。两位船长随后去了港湾，去找正在那儿等他们的提提。他们一起把燕子号的桅杆放在桅座上，然后和亚马逊号并排停在一起，但是两艘小船并没有紧挨着，否则它们就有可能相撞了。等把工作做完，让亚马逊号和燕子号准备好过夜了，他们站在港湾里一起朝湖泊南端的一大片水域望去。

“从今天早上开始，气压计已经下降了十分之二了。”约翰船长说。

“要是晚上还像现在这么热，那就肯定会变天，”南希船长说，“可能会打雷。”

“我不喜欢现在的天气，”约翰船长说，“一点儿风也没有，你看看那些乌云。”

提提望着从南边慢慢升上来的大片乌云。她心想，如果要是下雨，居然没有在白天下，所以能让她找到宝藏，这实在是太好了。

营地里传来了大副的哨子，他们三个急忙跑回去喝下午茶，茶点是面包圈和果酱。

喝完茶后刚洗完杯子，罗杰问道：“我们今晚真的要吃鲨鱼鱼排晚餐吗？”

“为什么不呢？”苏珊反问。

“大副，”佩吉说，“你以前给鲨鱼刮过鳞吗？”

“没有。”苏珊说。

“那太糟了。”佩吉说。

“我们现在最好立即动手做，”苏珊说，“天已经很晚了。”

她们朝码头跑过去，鱼正在石头上躺着呢。这条鱼长着一颗大脑袋，有一双邪恶的眼睛，身上长满了白绿相间的斑点。她们跪在岸边，都拿着一把小刀，开始给鱼刮鳞。

“你从身子中间向鱼尾刮，我从头向身子中间刮。”佩吉说。

其他人在旁边看着她们。罗杰尽量向前靠近两位大副，他的眼睛一刻也不离开大鱼。

罗杰正想用自己的手量鱼头的长度时，佩吉说：“不管你干吗，千万不要把手放进鱼嘴里。我有一次就这么干了，那条鱼要比这条小得多，我有一个月连绳子都拿不起来。”

“为什么？”

“你看看它的牙齿。”佩吉说，她停下手头的活，拿起一块石头打开了鱼巨大的嘴巴。

罗杰看见鲨鱼嘴里一排厚长的尖牙，下颚上也长着长长的牙齿，就像狗一样。

“船屋港没有鲨鱼也许是一件好事。”他说。

“为什么？”佩吉好奇地问道。

“因为弗林特船长要送给我一只猴子。”罗杰说。

鱼鳞很容易就刮下来了，但飞得四处都是。两位大副的胳膊上都沾满了鱼鳞，连头发里也有。刮完一面之后她们又把滑滑的鱼身翻过来放在石头上，接着刮另一面。然后她们要把鲨鱼切开洗干净，这个工作要更加困难。刮掉鱼鳞，大副们在湖里把鱼洗干净，又洗了洗自己的手，然后把大鱼搬回营地。苏珊大副负责把鱼切成鱼片，她直接砍断鱼的脊骨，把鱼横着切段。她一共把鱼切成七块，每块大约有两英寸。她们把鱼剩下的部分扔到火堆里烧掉，在煎锅里放了很多黄油开始煎鱼。她们不停地翻动锅里的鱼块，如果鱼块溜到锅的一边，她们就用勺子舀起黄油一股脑儿浇在嗞嗞作响的鱼身上。等锅里的黄油变黑了，鱼块呈现出棕色的时候，鱼就做好了。

鲨鱼排已经做好了，可还是没看到弗林特船长的影子。天色越来越暗，太阳还没落下，就已经被乌云遮住了。

“弗林特船长说我们不用刻意等他，”苏珊说，“不管怎样，鱼闻起来太香了，我们不能等了。”

“咱们现在就开始吃吧。”南希船长说。

“我饿了。”罗杰说。

“我们开始吃吧。”约翰也说。

“我们可以把他的鱼一直热在锅里。”提提说。

“那就把盘子都拿过来吧。”苏珊说。鲨鱼大餐开始了。

经过实验他们发现手要比叉子好用多了。淡水鲨鱼有很多鱼刺，不过这条鱼非常大，所以很容易就能发现鱼刺，用手直接把刺挑出来要比用叉子方便多了。小船员们坐在火堆旁边，锡盒子盖上放着一些盐，他们拿鱼块蘸着盐吃，这个吃相更像是野人而不是探险队员。

“真希望咱们明天不用离开这儿，”提提说，“我们都没有时间去最北边或最南面探险，航海图的两端有很多我们还没有探索的地方呢。”突然她想起了一件重要的事情，连忙转过头来看着约翰船长，“现在我们可以把鸬鹚岛改成金银岛了吧？”

“嗯，你的确在那儿发现了宝贝。”约翰船长说。

“听我说，”佩吉反对，“我们还是把那个岛叫作鸬鹚岛吧。因为那儿只是偶尔才会有财宝，但是鸬鹚们可一直都待在那里。”

“鸬鹚岛是个很好的名字呢，”约翰船长说，“我们还是把那儿称作鸬鹚岛，然后在你发现财宝的地方画上一个叉，在上面写上‘此处曾发现宝藏’，这样行了吧？”

提提表示同意。

“我们现在就做吧。”她说。约翰船长把手指头舔干净，回到自己的帐篷拿出航海图，在地图上用小写字母写上“此处曾发现宝藏”，又在鸬鹚岛上画了一个叉，表示发现财宝的地方。

“是的，”提提说，“现在我们找到了宝藏，但这个岛不是一个藏宝岛，只是曾经有过宝藏。”

“那儿现在唯一的财宝，”罗杰说，“就是一只木头鱼。等那些强盗找到再挖出来，他们连鱼排都不能做。他们太倒霉了！”

“这个航海图真棒！”南希船长边说边和佩吉凑在一起看，她们拿着地图靠近火堆，这样能看得更清楚，“可是上面有很多地方你们没有标名字。”

“野人画得还不错，”佩吉说，“鲨鱼也可以，可是你们在泻湖那儿画的是什么呀？”

“是一只章鱼。”约翰说。

“明年你们可以在上面添上更多的东西，”南希船长说，“我们也要做一件大事情。今年冬天我们就开始计划，没课的时候也可以考虑。去最南方或者最北方都行。要是去南边，我们会划着独木舟去冒险，然后会去海上。什么事都有可能，我们得准备好一条船。”

“北边的高山后面肯定还有别的东西。”提提说。

“我们可以千里迢迢地跑到山里去，顺着河流往上游走，”佩吉说，“到了深山里，我们就可以步行探险。但是我们得带着帐篷。”

“我们可以牵一匹马替我们驮帐篷，”南希说，“就这样，我们去那里淘金子。”

“就在崇山峻岭之间。”提提说。

“你会在山里走好久也不会碰见一个土著人。”佩吉说。

“弗林特船长说他明年和我们一起，”南希说，“到时候，他肯定会唠唠叨叨。

他可能会租一条大船，得是亚马逊号的三倍或者四倍大，然后带着我们这些船员出海。他总说有一天他一定会这么做。现在有了燕子号船员们，我们就是一个相当大的队伍啦。”

“他的鱼排怎么办？”提提问。

“还是热的呢，”苏珊说，“可是有点发干了。”

“在上面再放一块黄油。”佩吉说。

天快要黑的时候他们终于听见一阵船桨声，然后听见船在登陆点的沙石上发出的嘎吱嘎吱的声音。几分钟后弗林特船长朝着篝火走过来。他拿着一个大笼子，外面包了一层蓝色的布。从底端你就能看出来这是一只笼子，笼子大大的铜制把手从布上伸了出来，营火照在上面闪闪发光。把手上还有个小环，这样就可以用手拎着或者挂在横梁上。弗林特船长把笼子放在提提身边的草地上。小环上还系着一个白色的标签，提提借着火光读出了上面的字。

弗林特船长送给提提的礼物——感谢提提救了他的命根子。

“可是我没有救你的命啊。”提提说。

“不是性命，”弗林特船长说，“我写的是命根子，《形形色色的苔藓》这本书就是我的命根子。这是一回事儿。”

“非常感谢，”提提说，“我会把笼子挂在教室里，给鹦鹉准备着。”

正在这时，蓝色的笼布下面发出一阵刮擦声。

“看看笼子里。”弗林特船长说，“要等我明年春天从南方回来，那你等的时间就太长了。”

提提掀起蓝色的笼布，一阵欢快的声音从底下传了出来，听起来倒有几分像南希·布莱凯特的声音。

“八片币，”绿色的鹦鹉脱口而出，“八片币！”

“它以前从来不说这句话，”南希说，“但是现在它会了。”

“我可以留着它吗？”提提问。

“当然可以，”弗林特船长说，“这是你应得的，而且你早该得了。”

“妈妈这下肯定相信我们是从太平洋远航回家啦。”提提说，“谢谢你，非常感谢！”她跳起来，伸出手，弗林特船长握住了她的手。

“应该是我感谢你才对。”他说。

“我的猴子明年就能到了。”罗杰说。

“如果你能得到妈妈的同意，”弗林特船长说，“我现在就去给你弄，在靠近非洲的地方有猴子。现在我的书已经失而复得了，我要带着它去伦敦。我可以在见出版商的间隙里去看看猴子，就当是休假了。”

“有尾巴的？”罗杰问道。

“有长长的尾巴。”弗林特船长说。

“你的鱼排现在已经干了，”苏珊大副说，“不过还是滚烫的。”

弗林特船长直接用手拿着吃，说这是他吃过的最好吃的鱼排。

然后他们又一起讨论明年的计划，去爬山，去亚速尔群岛，或者去波罗的海，在那儿划着独木舟冲进大海。

“如果我们去山地，”南希说，“那我们能带一匹马吗？”

“我们完全可以带两匹嘛！”弗林特船长说。

让毛茸茸的小马替大家驮行李，大家都非常喜欢这个主意，但是后来又都喜欢上了去波罗的海航行这个计划，所以最后什么也没决定下来。

“不管干什么，”弗林特船长说，“明年夏天我有空，所以如果诸位愿意让我加入你们的话，我随时奉陪。我们要是去波罗的海，你们肯定需要一个人抛锚；要是去淘金，小马既要驮帐篷，又要驮金子，那也太辛苦了。”

“小猴子也可以来啊，”罗杰说，“它可以站在桅杆最高的地方做哨兵，或者骑在马上。”

最后弗林特船长说：“我得回去了。你们的篝火烧得很旺，不过现在已经到了你们上床睡觉的时间了。”

“没有了鹦鹉，你会不会很孤单？”提提问。

“我肯定会想它的。”弗林特船长说，“它还很小，我对它来说只是一个无聊的同伴，现在它找到更好的朋友了。”

他站起身朝自己的小船走去。

“对了，”他说，“你们的帐篷够牢固吗？我觉得今晚到明早的天气会很糟糕。”

“妈妈说只要不刮大风，我们的帐篷就没事儿。”约翰船长说。

“哦，不过天看起来要刮大风呢。那好吧，我相信你们不会有太大的危险，就算刮风也没事儿。”

他划着船走了。

没过多久，燕子号和亚马逊号的船员们就要上床睡觉了。天气非常热，而且没有星星。

“噗，”南希说，“我都不能呼吸了。”

“气压计又下降了百分之十，”约翰船长喊道，“从今天早上开始都下降了百分之三十了。”

“那么多？”佩吉问。

“很多。”约翰说，“你准备好了吗，罗杰？我要把蜡烛吹灭了。”

在大副帐篷里，提提把鹦鹉笼子放在自己旁边，和她挨得很近。

她把蓝色的笼布拿下来。“现在用不到了，”她说，“现在它和我们一样都待在黑暗中。波利，晚安啦。”

“八片币，”鹦鹉突然说，白色帐篷里的烛光让它非常兴奋，“八片币，八片币，八片币。”它不停地说“八片币”，语速非常快，就像真的在数财宝一样。

南希·布莱凯特的笑声从营地另一边的帐篷里传了过来。

苏珊吹灭了蜡烛。帐篷里乌黑一片，鹦鹉也顿时安静下来，好像被催眠了一样。

“晚安！”“晚安！”亚马逊号和燕子号船员们互道晚安。他们在岛上的最后一夜已经降临了。

第三十章 暴风雨来袭

最近几天天气一直都不错，这些天只是下了几小时的毛毛细雨，出现了几个小时的雾气，再有就是那个发生无耻抢劫和大冒险的黑夜。但是，空气一直都很干燥，天空也非常晴朗。即便飘来几朵云彩，却依旧是阳光灿烂，阵阵和风又把云彩给吹散了。朵朵云彩相互追逐嬉戏，飞过明亮的石南花，越过了山上的蕨类植物。现在燕子号该出发返航了，天气却突然来了个大“变脸”，这也提醒了船员们夏天马上就要过去了。在岛上的最后一天，空中一直有沉闷的雷声，太阳飞快地落下山，虽然只有阵阵微风，但是狂躁而又漆黑的乌云迅速“占领”了南边的天空，到了晚上的时候，天上的星星都被乌云遮得严严实实。

一阵巨大的雷声伴着暴风雨，惊醒了所有的船员，一道摇曳的闪电照亮了黑夜。鹦鹉尖声惊叫起来，似乎和一群同伴在热带风暴中的棕榈林中惊恐地尖叫。闪电过后是一片黑暗与寂静，大大的雨点落下来，嘀嘀哒哒地打在帐篷上。

提提醒了，渐渐觉得有些不舒服，但是很快就恢复了活力。她没有动，只是伸出手来碰了碰鹦鹉笼子。“苏珊。”她轻声喊道。

“怎么啦，提提？”苏珊问。

船长的帐篷里，罗杰猛地坐起来，大喊一声：“他开火啦，他又要开火啦！”看来他此时还沉浸在“船屋港战役”之中，随后他又放声高喊，“约翰，约翰！”叫得上气不接下气，等他醒来的时候他发现自己原来置身于一片漆黑之中。

“好啦，罗杰，”约翰说，“只是打雷。”

“南希，你要去哪儿？”佩吉问。刚听到第一声雨点，南希就坐起来点亮了帐篷里的灯。

“当然是去搬些干木柴进来啦，”南希说，“你不记得了吗？上次下雨的时候所有的木柴都给淋湿了，咱们都没有办法生火了。”

几分钟之后她就抱着一捆木柴进了帐篷。

“雨下得还不是很大，”她说，“不过马上就要下大了。”

随后她又钻进了睡袋里。

天空中又划过几道闪电，把帐篷也照亮了，在白色的篷布上留下了一跳一跳的影子，那是头顶的树枝落下的。

“波利别害怕，”提提说，“马上就结束啦。”

“漂亮的波利！”小鹦鹉说，现在它也彻底清醒了。

闪电一道接着一道，空中又炸开三声闷雷，还有很多小雷，仿佛天空已经被撕成碎片，有一块大大的铁顶棚要掉下来一样。

“这是给你的舷炮齐射。”南希·布莱凯特在帐篷里放声大喊。

“八片币。”鹦鹉说，紧接着它可能又想起了那些棕榈树，于是又发出一阵厉声尖叫。

“你想让我拿块布把你的笼子盖上吗？”提提问。

“约翰，几点啦？”苏珊问。

“表中间四个铃铛。”约翰船长说，边说边拿着手电筒照着航行表，他要把航行表上的时间转换成船上时间。

“那真实的时间呢？”佩吉问。

“凌晨两点钟。”约翰船长说。看来亚马逊号船员们终于也有不知道的东西啦。

又刮起一阵大风，雨点更加密集地打在帐篷上，后来雨像一块块固体一样落下来，似乎要把“柔弱”的帐篷砸破冲垮。

“漏雨啦，”罗杰叫了起来，“我都能感觉到。”

“不要碰帐篷壁。”约翰喊到。

“我没碰，但是还是能淌进来啊。”

“我们的帐篷也漏雨啦！”苏珊说，“提提，你最好把那个鹦鹉盖起来。”

“我已经盖好了，可是我觉得它应该不喜欢这样。”

天上的雷和闪电更多了。雨停了一小会儿，然后又铺天盖地地泻了下来。

“约翰！”苏珊喊道。

“怎么啦？”

“我们最好都穿上衣服，这样躲在毯子底下衣服就不会被雨淋湿了。你有油纸吗？”

“有，你呢？”

“马上就去拿，我正点灯呢。你把油纸铺在毯子上。罗杰，你也是。”

苏珊匆匆忙忙地帮提提穿好衣服，自己也穿好。约翰和罗杰穿上了自己的灯笼裤，亚马逊号船员的帐篷里传来一阵争吵声。

“佩吉，不要把头埋在毯子底下！像其他人那样穿好衣服！”

外面明亮的闪电和沉闷的雷声凑到一起同时发威，紧接着很长一段时间电闪雷鸣，一道接着一道，船员们都搞不清到底哪个雷声是接着哪道闪电了。营地上都是闪电，头上翻滚而来的闷雷让周围的一切显得那么急促，似乎本来有事情要做，但却没有时间做了。灯笼都点亮了，灯光在短暂的黑暗中显得格外明亮，但是刺眼的闪电一来，灯笼里的光却又显得微弱了。

黑暗再次袭来，周围突然一片寂静，似乎暴风雨也要停下来歇口气。随后远处又传来一阵急促而又响亮的声音，越来越近，越变越响。

“这是什么声音？”提提问。

“风声。”苏珊说。

“我觉得这是暴风雨。”提提说。

提提正说着，风就已经吹过来了。

一根大树枝被吹了下来，发出一阵碰撞声，落在了小岛南边的某个地方。树木在暴风雨中左右摇摆，发出“嗖嗖”的声音。不过这可不是营地上唯一的声音，燕子号船员们的帐篷就挂在树木之间的绳子上，底部则用石头固定着，帐篷的篷壁底部缝了一些口袋，里面可以放石头。树木被吹得东倒西歪，绳子时松时紧，这么一来压着船长帐篷的石头在口袋里滚个不停，发出咔咔的声音。

“喂，苏珊，”约翰喊道，“你那边压帐篷的石头够用吗？我们的帐篷变小啦。”

“我们的很好，”苏珊说，“那些石头也没有乱跑。”

“什么？”约翰大声喊，“我听不见。”

“我们的石头没事儿。”苏珊放开嗓子大声喊道。不过这话她说得有些早了。突然“噼啪”一声，石头固然够沉，但是支撑帐篷的树木猛地一扯，树上湿漉漉的绳子突然断了，整个帐篷都塌了下来，一大块湿篷布盖住了苏珊和提提，把小鹦鹉也罩住了。帐篷里的蜡烛灯笼被打翻了落到地上，烛火也灭了。

其他人在自己的帐篷里听到一阵噼啪声，鹦鹉的笼子跌落在地上，小鹦鹉顿时愤怒地尖叫起来，但声音马上就被盖住了，“救命啊！救命啊！”

约翰和南希立即冲出帐篷。约翰拿着手电筒，但是并没有派上用场，借着一道长而耀眼的闪电，他们看到大副灰色的帐篷塌在地上，帐篷被雨水打湿了，变成了灰蒙蒙的。有人在篷布底下挣扎个不停。他们找到帐篷门掀开，苏珊大副和一等水手提提从里面爬了出来，提提手里还拖着鹦鹉笼子，蓝色的笼布已经不见了。

“到我们的帐篷里来，快点。”南希站在咆哮的风中大声说。

“我们的东西怎么办？”苏珊喊道。

“还有波利的蓝斗篷？”

“反正都湿透啦，扔那儿吧。”南希喊道，不过这的确是现在唯一能做的事情。

提提尽量替鹦鹉挡着风雨，直接冲进亚马逊号船员的帐篷。进去后发现佩吉在里面，看到提提佩吉也很兴奋，苏珊跟在提提后面也进了帐篷。

“我们应该把灯笼拿出来，”苏珊说，“你们只剩下蜡烛头儿了。”

“树要倒了吗？”佩吉问。

“如果要倒的话，早就倒了。”苏珊说。

“可怜的波利。”提提说，不过鹦鹉马上纠正她，它正在梳理羽毛，刚才大风把它的羽毛给吹散了。

“漂亮的波利。”它纠正道。

“我觉得它应该不介意丢了斗篷。”提提说。

“你们的帐篷也要倒了吗？”南希船长在风中大声喊。

“希望不会。”约翰船长说。

“什么？”

“希望帐篷不要倒。”约翰冲着她的耳朵大声说。

狂风卷过整个小岛，把树木吹得像草一样摇摆。山上那棵高高的松树（也就是他们的灯塔树）发出一阵阵叹息声。有几分钟的时间营地上漆黑一片，随后一道闪电划亮了整个天空，周围变得像白天一样明亮。每来一阵风约翰的帐篷就被吹得东倒西歪，就像暴风雨中松了的船帆，而且帐篷底部的石头也被风吹得滚个不停。

罗杰从帐篷里爬出来。

“帐篷变得越来越小了，”他说，“口袋里的石头都被吹出来了。”

南希和约翰根本听不到他在说什么，但是他们都能看见帐篷正在风雨中左右摇摆。

罗杰刚从帐篷里爬出来，南希就抓住了他的领子，带着他朝亚马逊号船员帐篷跑，把他推了进去。“你身上还没湿。”说完她又跑回去找约翰船长，这时约翰船长正要钻进飘摇的帐篷里取气压计和航行表。天空又划过一道闪电，他举起气压计。

“气压下降了百分之四十。”他喊道。

“快点来我们的帐篷里，”南希大声喊，“如果行的话就带上你们的灯笼。”

约翰船长把气压计塞给南希，把航行表放到自己口袋里。随后他又钻进自己的帐篷——如今已经成为一堆杂乱的篷布。他找到灯笼，费了一番力气才钻出来。

“不要磨蹭啦，”南希喊道，“快点啊。”

他们一起钻进亚马逊号船员的帐篷，里面的烛光逐渐弱下去，马上就要熄灭了。约翰把大灯笼点亮放到中间。南希急忙跑出去松了松系帐篷的绳子，回来之后立马关上了帐篷门。

“我们的帐篷刚好背面向风，”她说，“大风都是从南边吹来的，所以我们才选择在这儿搭帐篷。帐篷柱子也起了很大的作用，我们的帐篷什么都不怕。”

“你的衣服是不是湿透啦？”苏珊问。

“全湿透了。”约翰船长说。

“我全身都湿透啦，”南希说，“很好玩。”

亚马逊号船员帐篷里的空间对他们六个人加上鹦鹉笼子来说有些拥挤。每边的睡袋上坐三个人，在他们中间，正对着帐篷后面是一堆木柴，这是南希从风雨中抢出来的，以便早上生火用。帐篷里还有鹦鹉笼子，大灯笼则摆在帐篷中间。帐篷两侧的人都紧紧挤在一起，因为他们得格外小心以免碰到帐篷两边的篷壁。既然现在他们都在一起了，外面的天气就没那么重要了。就算是最讨厌闪电的佩吉现在也变得兴高采烈，也许她是不想在罗杰面前表现出害怕的神色吧。不过在南希面前情况就不一样啦，南希什么都知道，所以她在南希面前就不用逞强假扮勇敢。东西都被淋湿了，苏珊有些担心，不过她还是很高兴，因为没有出现更坏的情况。约翰暗自庆幸暴风雨等到他们在岛上的最后一晚才发起袭击。南希则为自己结实的帐篷感到自豪，还欣赏了风敲帐篷后壁的情形。提提此刻两眼放光，她正想着台风的事情。鹦鹉已经把自己的羽毛梳理好了，还时不时地冲着明亮的灯笼吹几声口哨，灯笼就在地板上紧挨着它。

好长一段时间里，他们都坐在那里听着暴风雨在岛上肆虐的声音。突然约翰想起了他们的小船，他有些羞愧自己没能早点想起来。“我要去看看燕子号。”他说。

“真是见鬼！”南希船长说，“还有亚马逊号呢，幸亏我们晚上停妥当了。”

两位船长马上站起来，南希解开了帐篷门。

“最好等我们出去之后再系上。”她说。

“我也去，”提提说，“小鹦鹉现在应该没事了。”

“你会被淋湿的。”苏珊说。

“我衣服已经湿了，”提提说，“不怕再湿了。我想去看看。我们可能再也不会遇到比这儿更好的暴风雨了。”

“我也要去。”罗杰说。

“不行，你不能去，”大副说，“你的衣服是干的。”

“罗杰，我告诉你可以做什么，”约翰说，“你可以把手电筒借给南希船长。她的灯笼不好用，你们在帐篷里可以用灯笼。”

“遵命，船长。”罗杰说。如果他不能出去看看，至少他的手电筒还可以出去，这比谁都不去要强得多。

提提、约翰和南希钻出帐篷来到暴风雨中。他们打开手电筒，弯下腰躲着大风和暴雨，沿着小路努力朝港湾走去。船上积了很多水，湖面也上升了一些，不过燕子号和亚马逊号泊在港湾平安无事。

“我要去松一松船头的牵绳，”约翰船长说，“绳子湿透之后就会绷紧了。”

“我也要去松松亚马逊号的牵绳。”

他们把系船索松了一些。

“这个港湾很棒，”南希喊道，“听听外面的声音！”

这个隐匿的小港里虽然也有浪头，但是都无关紧要。浪花还没有打过来就已经被两边的巨石给打散了。不过，他们还是能听到碎浪互相撞击的声音，是从外围的沙滩以及陡峭的西海岸传来的。提提躲开他们两个，自己爬到了海岸边的峭壁上，她迎着风趴在那里。峭壁下面溅起的浪花打在她的脸上。一束束闪电照亮了整个湖面，隐约能看到巨浪在湖面上翻滚，激起一道道旋转的浪花。此后周围又是一片漆黑，随后而来的闪电又隔着狂怒的湖水照亮了对岸的田野、树林和山丘。

刚开始他们没有看到提提，要不是南希看到小路左边有一束微弱的亮光，他们肯定就把她落在这里直接回帐篷了。

约翰找到提提，拉了拉她的袖子。

“跟上，”他喊道，“还以为你早走了呢。”

“遵命，船长。”提提说道，不过约翰听不到她在说什么。他们返回小路和南希一起回到帐篷。

“哎呀，”苏珊说，“刚才你们的衣服就是湿的，现在要更湿了，也没有可以换的干衣服。”

“出去一趟值啦。”提提说。

“两只船都还好吧？”罗杰问道。

“它们都舒服极了，”南希船长说，“不过船员们明早恐怕要给船排水啦。”

“现在几点啦？”佩吉问道，“苏珊说现在差不多也就是三点钟。”

“都快五点了。”约翰回答。

大家都睡不着。现在他们想象自己变成了失事船只的船员。

“不过我们的桅杆都倒在了甲板上。”南希船长说。

“在此之前，船上后桅杆的纵帆也遭到了雷电的袭击。”约翰船长说。

“你们看到船柱两头的蓝光了吗？”南希说，“那是后桅杆受袭击之前的样子。”

“然后我们放开船坐板，”约翰讲道，“水灌了进来。”

“大副跑到甲板上大声喊，‘所有人手都去抽水，船上水深五英寸！’苏珊，这是你。”南希说。

“为什么不是我？”佩吉好奇地问。

“因为你只是第二大副啊，你正忙着把漂在水面上的残骸都锯断呢，要做救生艇用。不，不是。我们没有做救生艇，我给忘了。你要把漂在水面上的残骸锯断清理甲板，还要负责放下小艇。”

“我们的船名叫燕子号，另一艘船叫亚马逊号。”罗杰说。

“浪花打在船上，”提提说，“而且大家都在船上，船行进的时候船头吃水比船尾还要深。有人在之前杀死了一只信天翁。”

“八片币，八片币！”鹦鹉大声喊道。

“是的，船上装满了西班牙古银币，”提提说，“这也就是为什么船会沉得那么快。”

“我们划动小船，”南希说，“突然船就沉了，就剩下我们在茫茫大海上。”

“有时隔着浪头我们还看不到对方，”约翰说，“但是有时我们就能看到。”

“我们船上也没有食物，每人只有一片饼干和一点水。”苏珊说。

“我们冒着暴风雨漂了一天又一天，”南希说，“西北偏北方向是我们的航向，我们在弃船之前就都想好了。”

“我们只能吃饼干、喝水。”佩吉说。

“天气总是电闪雷鸣，暴雨滂沱，没完没了。”提提说，“而且我和罗杰要一直给燕子号排水，佩吉要给亚马逊号排水。”

“后来雨停了，我们很多天都没有吃的，也没有水喝。”南希说。

“在燕子号上，我们要抽签决定应该先吃掉谁。”提提说。

“我们马上也要抽签的时候，突然我们看到了陆地。”南希说。

“我们也看到了，时机刚刚好。”罗杰说。

“海岸边有巨大的碎浪。”南希说。

“只有闪电划过天空的时候我们才能看见陆地，”提提说，“棕榈树在风中疯狂地摇摆。”

“天空中每时每刻都有闪电，”南希说，“我们在碎浪中间穿行。我们的船翻了，所以我们只好紧紧地抓住船舷。巨浪把船扔到了岸边，我们浑身都被摔散架了，但是我们获救了。”

“鹦鹉也获救了，”提提说，“现在我们要在这里待上二十年。每天我们都望着海面，希望能有船经过这儿。”

“可是，我们哪里来的帐篷呢？”罗杰问。

“幸亏每艘船上各有一个帐篷。”南希说，“我说，佩吉，咱们来一块巧克力怎么样？还剩下很多呢。”

后来外面的天终于亮了。有一段时间，雷声跟在闪电后面传来。最后一道闪电划过来，过了好久才从远处传来隆隆的雷声。风停了，雨打在帐篷上的声音越来越小了，渐渐停止了。曙光渐渐地从东边的山头漫了上来，帐篷里不再只有灯笼发出的光，光线也穿过篷布从外面透了进来。燕子号和亚马逊号船员从帐篷里走出来，在晨光中查看营地上的一片狼藉。头顶上露出一块块蓝天，山上出现了一片片阳光，乌云被风吹走了。空气中弥漫着新鲜泥土的气息，暴风雨结束了！

约翰回到帐篷里查看气压计，气压升上来了。

苏珊开始把火堆里湿透了的烟灰拨出来，南希抱出来一大捆干木柴。其余的木柴都被雨淋湿了，他们花了很长时间才把火点着。要是没有干木柴，他们肯定就不能生火了。提提钻进她和大副的帐篷，把鹦鹉的蓝色斗篷拿出来，用两根木头撑起晒干。

第三十一章　水手返航

土著人来了。

第一个是迪克森太太。遭遇沉船的水手们的火堆刚点着，他们就看到迪克森太太从鲨鱼湾上面的农场田野里走下来，一只手提着牛奶罐子，另一只手拎着大篮子。迪克森先生也来了，肩上扛着一对船桨。迪克森先生把船装好推下水，载着迪克森太太穿过湖面朝小岛驶来，激起阵阵浪花。虽然风已经停了，但是湖面上仍然有浪花，甚至在小岛和沙滩之间也有一些。

“他们想干吗？”南希说。

佩吉和提提已经跑到哨岗去观察湖面上的动静，然后她们跑回营地。

“弗林特船长来了，”佩吉喊道，“他快到了。湖面上来了另一艘划艇，远处还有一艘汽艇。我猜那是我们的人。”

“另一艘划艇上是妈妈，船上还有一个土著人。”提提报告道。

“如果是汽艇的话，上面的人肯定是妈妈，我敢和你们打赌。”南希说。

“湖面上仍然有很大的浪，”提提说，“不过妈妈都安全地穿过来了。”

大家都跑到码头，到那儿的时候迪克森先生刚刚下船要把船拉到岸边。迪克森太太就带着大篮子和牛奶罐子爬下船。她在篮子上盖了一个托盘当作盖子，一缕缕热气从底下冒了出来。

“不，这不是厨房的剩饭剩菜，”她说，“你们可能会这么想。这是为一群落汤鸡熬的粥，因为我觉得你们现在就是一群落汤鸡。你们能把火生起来，做得很不错呢。昨晚上一想到你们要经受那样的暴风雨我就睡不着。上帝啊，怎么就有那样的天气呢。而且你们还找到了特纳先生丢失的箱子。昨晚上迪克森从村子里回来后就把这个消息告诉我了，我以前还以为是你们拿的。”

燕子号船员和亚马逊号船员面面相觑。所有人都知道了吗？

“粥？”罗杰说。

“是的，是粥，”迪克森太太说，“如果喝上一碗热粥，感冒在身体内就无处可藏了，就像我总说的那样。你们有勺子吗？”

“有很多呢。”

“那我就把牛奶倒进桶里搅拌一下，在农场的时候我就在牛奶里放上糖了。”

燕子号上的四位船员和亚马逊号两位船员马上坐在一起，直接用勺子从桶里取牛奶和热粥，大口大口地趁热喝了起来。

“这才是真正的直接从盘子里取吃的呢。”提提说。

弗林特船长也来了。

“做得好，迪克森太太，”他刚来就这么说，“我应该也想到这些才对。现在喝粥正是时候。一、二、三、四、五、六，没错，昨天晚上没有人被吹走。”

“是七个，”提提说，“你把我的鹦鹉给忘了。打闪的时候它说‘漂亮的波利’，打雷的时候它就说‘八片币’。”

“是七个。”弗林特船长说，“我看见你们的两顶帐篷塌了，我本来就担心帐篷会被吹塌。刮风的时候很难划船过来。尽管现在风停了，湖面也恢复到了平时的样子，现在要在湖上航行也不是容易的事。风停得很快。”

然后妈妈也从霍利豪威赶过来了，是那个强壮有力的土著人杰克逊先生划船送来的。妈妈带了三个保温瓶，里面装着滚烫的热可可。

“早上好，迪克森太太，”她说，“您能来这儿实在是太热心了。我还担心他们自己不能生火呢。”

“他们做到了，真不容易。”迪克森太太说。

“不过我们的水还没开呢，”苏珊说，“要不是南希想到要留一些干木柴，我们就没办法生火了。”

“你们是亚马逊号的小海盗？”妈妈看着南希和佩吉问道。

“是的，”南希说，“这是弗林特船长，他有另外一个名字叫特纳先生。”

“您好。”妈妈说，弗林特船长为自己以前没能和燕子号船员们做朋友感到很抱歉，“您不知道我是多么亏欠这些孩子们。”他说。

“孩子们？”南希·布莱凯特不屑地说。

“探险家和海盗们。”弗林特船长马上纠正了自己的说法，“要不是他们，我今年暑假所有的活儿可能都要功亏一篑了。”

“昨天晚上我从杰克逊先生那儿听说了一些，”妈妈说，“他们能帮上忙我也很高兴。他们的爸爸不会再觉得他们是一群笨蛋水手了，但是有时我自己有些不确定。”

“妈妈！”约翰抱怨了起来，妈妈笑了。

“他送给我一只鹦鹉。”一等水手提提说，妈妈走过去看鹦鹉。

“他还要送给我一只猴子呢。”罗杰说。

“什么？”妈妈问。

弗林特船长解释给妈妈听，妈妈说必须得是一只小猴子才行。

“肯定会的，夫人。”弗林特船长承诺。

妈妈看了看残破的帐篷。

“它们在大风里还是不行。”她说，“我记得有一次在灌木丛里……我也在那样的帐篷里，结果帐篷被风吹破了，变成一条条的，最后直接被风吹走了……”她说，“嗯，幸亏你们今晚不用睡在里面了，昨晚你们没有回家真是让人担心。”

“我可不这么认为，夫人。”弗林特船长说。

“要是我们回家了就找不到那些财宝了。”提提说。

妈妈说：“现在要做的第一件事就是换上干衣服，我给你们四个每人带了一套干净的。”

“罗杰根本就没有淋湿。”苏珊说。

“那很好，”妈妈说，“但是你淋湿了，约翰也是，提提看起来就像一块抹布。快去船上问杰克逊先生要那个包袱吧。”

汽艇也来了，咔嚓咔嚓地来到登陆点，船头轻轻地靠在岸边，和其他三艘船停在一起。现在登陆点就像里约港一样，特别拥挤。弗林特船长跑过去见汽艇上的人，布莱凯特太太跳上岸，投到弟弟的怀抱里。她身材不高，不比南希高多少，面孔和南希很像。在接下来的土著人进行的交谈中，她说话特别快。弗林特船长和沃克太太只能时不时地插上几个字。

“你能在这儿，我太高兴了，”布莱凯特太太对弗林特船长说，“那么现在，露丝……”

“她做海盗的时候叫南希，亲爱的，”弗林特船长说，“用正确的名字称呼她。”

“南希，佩吉，上船，你们这两个冒失鬼，去船上换件干衣服。衣服在船舱里呢。您好，沃克太太。看来您已经见过我弟弟了，还有我的两个疯丫头。他们就是燕子号的船员们吧，事实证明，他们的表现比某些人认为的好多了。”

尽管住在湖对面的里约岛，看来布莱凯特太太也听说了燕子号的事迹。

迪克森太太说：“如果你们用完了木桶，那我该回去啦。我还要喂鸡呢，迪克森也得去照看他的羊。”

两位妈妈、弗林特船长、燕子号和亚马逊号船员们都向她表示谢意，感谢她带来这么丰盛的一顿早餐。

“对啊，没有比粥更好的了。”迪克森太太说，“我猜以后早上我就见不着你们了，我肯定会特别想你们，我来就是要看看你们。不过也许你们明年还会再来。”

“每年都来，年年如此。”提提说。

“是的，”迪克森太太说，“我们年轻的时候都是这么认为的。”

迪克森先生一直在船里等着他们，来的时候他说过“早上好”，现在他要载着迪克森太太离开了，于是又说了一句“祝你们今天过得愉快”。这个土著人总是不怎么说话。

不过其他人却不是这样。他们一直在聊，一直在聊，全都是土著人之间的交流，谈论着暴风雨和抢劫的事情。有时他们会问一些问题，尽管有弗林特船长帮忙，亚马逊号船员们还是有点不知道怎么回答。就算是杰克逊先生，也就是霍利豪威那个强壮的土著人，也想弄清楚燕子号船员们到底如何找到那个箱子的。

土著人们的交谈终于渐渐停了下来。

“咱们开始打包，怎么样呢？”布莱凯特太太对亚马逊号船员们说，“你们可以把东西放到汽艇里，和我一起坐进去，在后面把亚马逊号拖走。”

“拖着亚马逊号！”南希一脸惊诧地说，“我们要划回家。我们不需要海上救援。”

“这里什么都湿透了，”燕子号船员们的妈妈说，“你们最好和我一起回霍利豪威。”

“现在不行，”提提恳求妈妈，“我们身上的衣服都是干的，而且我们还有一大罐牛肉糜压缩饼和很多面包圈呢，这是我们在岛上的最后一天。”

被一群土著人带回家是多么恐怖的事情啊，就算他们是最好的土著人也不行。去异地远航的时候，有一半的乐趣就是返航的时候，而且她还要和小岛说再见呢。约翰、苏珊和罗杰也都恳求妈妈让他们在这里再待一会儿。南希和佩吉坚决不回家。

“要是一会儿又刮风了，那该怎么办？”燕子号船员们的妈妈说。

这下轮到弗林特船长开口了。

“风不会再接着刮了，”他说，“这是秋天第一场雷暴。风已经停了，不出意外的话，天黑之前都会是风平浪静的天气。明天也许会下雨，但是我能保证今天绝对是个好天气。”

于是什么都商量好了。燕子号船员们把暂时用不到的东西全都放到杰克逊先生的船里，亚马逊号海盗们的东西都放进汽艇里。汽艇会拖着杰克逊先生和他的船回到霍利豪威湾，这样两位妈妈就可以一起坐在船舱里。“我们之间有很多话要说。”布莱凯特太太说。

“是关于明年再来的事情吗？”佩吉和提提异口同声地问。

“也许吧。”妈妈们说。

杰克逊先生的船先打包，弗林特船长过去帮忙，没多久他们就忙完了。湿漉漉的帐篷卷起来了。“待会儿我再把它们摊开晾干。”杰克逊先生说。毯子都团在一起放在大袋子里。南希想把草垫里的草都倒出来放在火堆上，让营地上的火最后再旺一把。“不行，”杰克逊先生说，“这些都是好草。”所以这些草要省下来给牛吃。燕子号船员们所有的东西都堆在杰克逊的船里，营地上就只留下了煮茶用的大水壶、今天的食物、鹦鹉笼子还有约翰的大锡盒子。

“锡盒子你们用不着了。”妈妈说。

“可是里面有我们的船员合同。”约翰船长说。

“我们留着帐篷，”南希船长说，“但是睡袋和其他东西用不到了。”

最后土著人准备好要出发了。

弗林特船长和船员们告别。

“你也要走了吗？”提提问。

“我也和他们一起去汽艇上，”他说，“我要和你妈妈谈谈明年的事情。而且我有很多事情要做，因为我明天要去伦敦，我要去那儿看看猴子。不过我会从我那儿瞭望你们这里，一直到晚上。”

最后汽艇马上就要咔嚓咔嚓地离开小岛了，船尾拖着两艘划艇，弗林特船长在短船索那一侧，杰克逊先生在长船索那一侧，两条船索分别系在左舷和右舷后半部。汽艇要起航了，船上的土著人挥手告别。

“再见，燕子号船员们，”布莱凯特太太说，“相信下次见面你们会带来更多惊喜。”

“不要太晚了，”妈妈喊道，“如果七点前回家，我就带着维姬去船库。她看到一群远航回来的水手肯定高兴，而且还带着一只鹦鹉。再见了亚马逊号船员们！”

“再见，再见，”南希和佩吉喊道，“你保证明年还会再来？”

“我们一定会再来的。”妈妈说。

他们走了之后，燕子号和亚马逊号船员们互相看着对方，神情有些低落。

“土著人来得太多了，”南希说，“他们把我们的探险变成了一次野餐。”

“我妈妈没有。”提提说。

“要是我妈妈自己来，她也不会。”南希说。

“弗林特船长一个人来的时候也不像个土著人。”提提说。

“他们凑到一起的时候，就忍不住这样做了。”南希说，“这事儿真糟糕！”

“现在他们已经走了，”佩吉说，“那咱们就接着说海上遇险的故事吧——今天是我们被卷上岸的第二天，现在我们要在这里待上二十年，等着过往的船只。”

“可是今天下午我们就回家了啊。”罗杰说。

“你可以不用说出来。”提提说。

但是这样说也没用，大家都知道，他们再也不能恢复原来的心情了。

“我们该去给船排水了。”约翰说。

这样就好多了。这是大家必须得做的事情，两艘船里都积了很多水，湿漉漉的船横板冒着蒸汽，正在太阳底下烘干。横板已经热乎乎的了，不过船帆依然湿漉漉的。他们撑起船帆晒在太阳底下，然后回到营地。

营地现在看起来小多了。燕子号船员原先搭帐篷的小片空地上，现在只剩下既混乱又灰蒙蒙的痕迹。防潮布把小草都盖住了，阳光照不到草上，只留下一片阴影。只有亚马逊号船员的帐篷孤零零地立在那儿。

“快点，”南希说，“反正我们要把帐篷拆下来——我是说要把帐篷都撤掉——不如现在就动手吧。”

要把篷柱从湿漉漉的篷布边上拔出来不是件容易的事情，但是大家都一起帮忙。帐篷松松垮垮地卷好了，帆柱也折成一段段的，所有的东西都卷起来包在防潮布里。

燕子号和亚马逊号船员们忧伤地看着整片营地。现在营地上就剩下火堆和有气无力的火苗，用来搭帐篷用的四方形小空地，还有沐浴在阳光里的鹦鹉笼子、苏珊的水壶、几个杯子、一个肉饼罐头、面包圈以及约翰的锡盒子，除此之外就什么也没有了。从这些剩下的东西上能看出，这儿曾经是探险队员和他们海盗朋友的家。

“我们走了以后，”提提说，“这儿也许会被别人发现。他们从火堆上能判断出这里曾做过营地，不过他们会认为这是土著人生的火堆。”

“要是有人敢占领这片营地，我们就把他烤了吃了。”南希·布莱凯特说，“这是我们的小岛，是你们的，也是我们的。我们要保卫这儿，谁也不让进来。”

“夏天快结束的时候我们就要去上学了。”佩吉说。

“我们也是。”苏珊说。

“不过我们不会永远都待在学校里的，”南希说，“我们会长大，这样我们就可以一年到头天天住在这儿了。”

“我们也是，”提提说，“到冬天的时候，我们就乘着雪橇在冰上找食物。”

“哪天我还要去航海，”约翰说，“罗杰也去。但是休假的时候都会回到这儿。”

“我还要带上我的猴子。”罗杰说。

“我也要一直把鹦鹉带在身边。”提提说。

“老在这儿待着也没意思，”南希提议道，“咱们去海上吧。”

营地上剩下的东西被搬到港湾，全部塞进船舱里。苏珊把壶里的水全都倒在火上，把火浇灭。提提带着鹦鹉环岛走了一圈，这样等他们回到家之后小鹦鹉还能记得提提最喜欢的地方。约翰在最后一分钟突然想起了灯塔树上吊灯笼的绳子，他赶紧跑过去，松开绳子一头，绳子在高高的树枝上迅速溜了一圈，砰地掉到湿漉漉的地上。约翰把绳子卷好带到港湾。

随后他们划船入湖。海面上的浪头已经平静下来了，风也停了，不过湖上仍然有很多连续起伏的波浪。

“风是从南边吹过来的，”南希船长说，“我们直接迎着风划过去。在湖的南边我们知道一个特别好的停靠地，从那里我们就可以乘着顺风疾驰到家了。”

“我们在后面跟着你。”约翰船长说。他希望燕子号能最后一个离开小岛。

罗杰站在燕子号船头，一等水手提提和鹦鹉笼子待在桅杆后面的船底，苏珊和约翰站在船尾。约翰掌舵。

没多久他们就驾驶着燕子号离开了港湾，小船左舷受风。提提刚才一直在和鹦鹉聊天，突然她说：“约翰船长，我们在船员合同上该怎么形容这个小鹦鹉呢？”

“我们已经有了一位船长和一位大副，一个一等水手和一个见习水手。那我就把它写成船上的鹦鹉吧。”约翰船长说。

“你带着船员合同了吗？”提提问，“要是等航行结束了再让它签字，那就没意义了。”

约翰把舵柄交给大副，打开自己的锡盒子拿出那张大家都签好的船员合同，那是很久以前他们在达恩峰签署的。合同上还有很多空白，能再加一个手印。于是约翰写道：“波利：船上的鹦鹉。”然后他把合同递给一等水手提提。

“你得替他签。”他说。

不过一等水手却打开了鹦鹉笼子，小鹦鹉迈着正步走出笼子，仿佛它知道自己现在要办一件公事。

“实际上你不会签字，”提提说，“不过很多海员也不会签。你必须用你的脏爪子蘸上水然后按爪印。”

“八片币。”鹦鹉说。

“它在询问自己的报酬。”约翰说。

一等水手把鹦鹉那只脏兮兮的爪子打湿，把合同放在爪子下面。鹦鹉一脚踩在正确的位置上，留下了一个相当不错的脚印，不过它的脚趾把纸给划破了。

提提在脚印旁边写上：“波利：本人签字。”

“全体准备——”苏珊大喊一声，约翰和提提赶紧低下头，小船的尾桁转了个圈，燕子号打了个圈换成了右舷受风。小船没有丝毫停顿，继续兴高采烈地乘风破浪。

“亚马逊号好棒啊！”苏珊说，她正望着前方的那艘白色帆船，船上黑白相间的海盗旗迎风飘展，甲板上站着两个戴着红帽子的海盗。

“燕子号和亚马逊号一样棒。”约翰船长说。

“我们更好，”提提说，“我们有棕色的船帆。”

他们继续航行，从湖的一侧到另一侧不停地换舷，最后他们来到了湖岸边，离着蒸汽船的栈桥只有一英里了。

小船在这儿与一艘大汽船擦肩而过，船上载满了乘客，他们都跑到船舷处对着小船指指点点。掌舵的船长拿出望远镜，从望远镜里把小小的燕子号看个清楚。到现在为止，燕子号的事迹已经传遍了里约港，也传到了湖的南面和北面，大家都知道了燕子号船员们找到了特纳先生船屋里丢失的箱子。

突然一阵巨大的欢呼声从湖面上飘过来，此起彼伏。乘客们挥舞着帽子，大声喝彩。

“蒸汽船上的那些土著人怎么啦？”罗杰问道。

然后一个船员向后跑到船尾的旗杆那边，把巨大的红色船旗降到旗杆一半的位置，然后又升到旗杆顶端。

“他们在朝我们欢呼，”约翰船长说，脸顿时变得通红，“太可怕了！”

“他们在向我们致敬！”苏珊说，“我们是不是要回应他们？亚马逊号船员在这么做。”

他们看到佩吉拉着升降索，忙着降海盗旗致敬。

提提把鹦鹉关在笼子里，也把燕子号的船旗降半旗，然后再升起来。

“幸亏我们要走了，”约翰船长说，“等到明年的时候他们就能把这些全忘了。”

大汽船继续向前飞驰。亚马逊号船员朝湖西岸上的一个小港湾开去。燕子号紧紧跟在后面。小湾四面被树木包围，一条小河缓缓流过。燕子号和亚马逊号在靠近小河河口的位置登陆。

“这个小湾简直太完美了。”约翰船长说。

“这是我们最爱来的地方，谁也不知道，”南希船长说，“绝对没有土著人打扰。树林另一边好几英里以外的地方才有路。除了我们，根本就没有人来过这里，而且也没有人能看见我们在这儿，就算是在水面上也看不到，除非他们恰巧看对了方向。”

他们在小溪旁边生火烧水，经历了昨晚的大雨，小溪现在哗哗地响个不停。水面上漂浮的木柴都是湿漉漉的，树林里倒是散落着一些干树枝。他们用一把干苔藓点着火。生火并不是一件容易的事，但是一旦点着了，火苗就能把壶里的水烧开。他们在这儿，一个远离小岛的地方度过他们的最后一天，最后南希船长发现湖面上已经风平浪静了。

“看来我们回家要多花一点时间了，”她说，“舰长，你有什么命令？”

约翰开口了，刚才他在想着一些别的事情。

“舰队起航，朝北行进。”他说。

两艘小船慢慢驶出小湾来到宽阔的湖上。水面上风特别小，不过时不时地会有一阵从南边吹来的猫掌风助他们一臂之力，并在湖面上吹起一片暗色的轻浪。

“昨天晚上我们肯定想不到风会变成现在这样。”罗杰说。

他们继续向北航行，船下桁全部伸开。树林北边高高的山坡上升起了一道道烟。他们能听见烧炭工人伐木的声音回荡在安静的空气中。

“我们走了之后他们还会留在这儿。”提提说。

“是谁啊？”苏珊问道。

“野人哪。”提提说。

风渐渐停了。船下桁摆向船尾，主桅杆操纵帆时不时地会碰到水，在水里拖着走。

“一等水手，去坐在下风向，”约翰说，“这样船桁就能向外伸出去了。”

亚马逊号上南希也因为同样的原因坐在了下风向。

“我们最好划桨，是吗？”罗杰问道。

“你想要一艘摩托艇。”约翰船长说。

“不是，我没有，”罗杰分辩道，“扬帆航行才好呢。”

舰队慢慢地经过野猫岛。小岛又一次回到无人居住的状态，就像提提以前在达恩峰一直看到的那样。不过，现在它已经不再是原来那个小岛了。约翰看着小岛，想起了那个港湾、导航灯、他绕着湖游泳的场景，还有他爬大树的样子。罗杰永远都会记得他第一次下水游泳的地方。对苏珊而言，他们的营地、主持家务、为大家庭做饭这些都历历在目。提提一直把小岛当成鲁滨孙·克鲁索的小岛；比起其他人来，这个小岛更属于她，因为她曾经自己一个人待在岛上；她还记得自己清理出来的那条小路，在黑暗中醒来，听见猫头鹰的叫声；她记得北斗星，记得自己把亚马逊号小船划出港湾。她猛地看了看湖对面的鸬鹚岛，然后看了看在前面隔着一条船缆的距离静静航行的亚马逊号，她真的在黑夜里把亚马逊号停在那里了吗？

他们经过船屋湾的时候，弗林特船长划着船出来再一次和他们说再见。

“再见啦！”他们大声回应。

“明年再见！”他也喊道，随后就靠在船桨上，看着舰队慢慢地朝达恩峰驶去。

在达恩峰下面，舰队要分道扬镳了。

他们不知道说了多少声再见，“要记得我们的盟约哦！”“明年再来！”“为野猫岛高呼三声！”约翰船长提议道。他们一起放声欢呼起来。“为燕子号船员高呼三声！”南希船长大声说，“为亚马逊号船员！”燕子号船员们回喊。约翰改变方向，面朝霍利豪威船库的方向停下，亚马逊号继续向前行驶，没多久就绕过港湾的最远处，从他们视线中消失了。

“真希望这次探险还没有结束。”罗杰说。

“再也没有肉饼了。”苏珊说。

“来唱首《咸牛肉之歌》怎么样？”提提说。于是他们一起唱：

咸牛肉，咸牛肉，这是我们的慰藉，
咸牛肉和烤软的小圆饼，哦！

咸牛肉，咸牛肉，我们的慰藉，
咸牛肉和烤软的小圆饼，哦！
在岸上的时候吃的有很多
美味的食物喂饱我们，哦！
不要忘记你的老船伴，
傻瓜，傻瓜，羞羞，羞羞！

“苏珊就是歌里的那个老船伴。”罗杰说。

“我们都是。”约翰纠正他。

“航行快结束的时候水手们是怎么唱的？”苏珊问道。

提提起头，其他人也加入了，因为他们都知道该怎么唱：

噢，很快我们就听见老水手说，
离开它，小伙子，离开它。
你可以上岸，取走你的薪水，
我们现在要离开它。
离开它，小伙子，像个男人那样勇敢地离开它，
离开它，小伙子，离开它。
哦，离开它，小伙子，鼓起勇气来离开它，
我们现在要离开它。

“那个小伙子是谁？”罗杰问道，“嘿，那是妈妈和维姬，她们正沿着田野走过来呢！”